les nuits du Bengale

JACQUELINE MONSIGNY | *ŒUVRES*

FLORIS, MON AMOUR	
FLORIS, LE CAVALIER DE PÉTERSBOURG	
LA BELLE DE LA LOUISIANE	
LES AMANTS DU MISSISSIPPI	
LE MIROIR AUX PINGOUINS	
FREDDY RAVAGE	
DIVINE ZÉPHYRINE	
L'AMOUR DINGUE	
UN MARIAGE À LA CARTE	*J'ai Lu* 1289**
LES NUITS DU BENGALE	*J'ai Lu* 1375***

JACQUELINE MONSIGNY

les nuits du Bengale

Éditions J'ai Lu

« Je vois l'ange de Dieu en tout changement. »

EMMET FOX.

PROLOGUE

Prenant un jour l'avion d'Air India pour rejoindre Edward qui tournait dans un film à Bombay, je me trouvai, par les hasards du voyage, assise à côté d'un voisin aussi charmant que prévenant.

– Il fait bien chaud... Voulez-vous un peu plus d'air? Ma cigarette ne vous gêne-t-elle pas, madame? C'est la première fois que vous vous rendez en Inde?...

Racé et mystérieux, comme savent l'être les Indiens, l'œil noir et velouté des natifs du Bengale, il parlait cet anglais châtié appris sans nul doute dans les parages d'Oxford.

Mes connaissances de la langue de Shakespeare étaient, quant à la syntaxe, infiniment moins parfaites que les siennes. Elles passaient nettement plus par l'argot new-yorkais que m'avaient inculqué, avec une persévérance louable, aussi bien mes jeunes beaux-frères que mon Américain de mari.

Le sympathique Indien, me croyant peut-être sourde, profita de mes hésitations pour mieux articuler ses mots, tout en se penchant avec sollicitude vers moi.

Je m'étais faite belle pour retrouver Edward que je n'avais pas vu depuis trois semaines. Comme pour toutes les femmes fidèles et amoureuses, un brin de cour avec un inconnu rassurait mon miroir.

Tandis qu'une hôtesse en sari nous passait maintenant des plateaux colorés annonçant déjà pour moi l'exotisme fabuleux de l'Inde, mon aimable compagnon de voyage m'apprit qu'il se nommait Ravi Shikra. Il était ingénieur, voyageait souvent de Londres à Delhi et Bombay. Il s'était arrêté à Paris pour acheter un cadeau de Noël à sa mère, ce qui dénotait une bonne mentalité.

– Et vous, chère madame, est-il indiscret de vous demander si vous exercez un métier dans la vie? interrogea, curieux, mon ingénieur indien.

Tout en dégustant le riz au curry valant celui servi dans le meilleur restaurant de Londres, je répondis négligemment :

– Ce n'est pas indiscret, je suis romancière...!

Comme d'habitude, ce dernier mot frappa mon interlocuteur. Il me considéra d'un regard dubitatif, que je connaissais bien.

Une actrice – je l'ai été –, une dentiste – ça, je n'ai jamais arraché de dents –, une gérante de magasin, une laborantine ou une serveuse, peut être « dragable ». Une romancière est un être beaucoup plus inabordable, parfois même magique et qui, de toute façon, fait « penser ».

La phrase rituelle tomba de la bouche charnue de mon voisin :

– Si j'avais le temps, moi aussi j'aurais aimé écrire... Comment vous viennent vos idées?

Ma réponse habituelle fusa aussitôt :

– Partout et nulle part... la nuit, le jour, dans les encombrements, en avion... en faisant mon marché... en me lavant les dents...

Aïe... c'était mal venu!

Mon Roméo indien n'imaginait visiblement pas une « grande » romancière se livrant à ces dernières actions par trop terre à terre.

Il faut toujours garder du mystère!

Afin de rattraper ma bévue, je laissai errer sur mes

lèvres un sourire beaucoup plus énigmatique que celui de la vieille Mona Lisa, et je réattaquai :

– Vous savez, cher monsieur, les idées sont comme les rencontres... IM-PRÉ-VI-SI-BLES !

Là, j'exagérais peut-être un peu !

Si Edward avait été là, j'aurais vu passer dans ses yeux une lueur de malice. Peut-être même aurait-il soufflé entre ses dents : « Arrête ton carrosse, chérie ! Tu as l'air d'un jive turkey. »

Traduction littérale : *Dinde dansante !*

Traduction adaptée à la langue française : *« Faut pas pousser, ma vieille ! »*

Mon voisin, rasséréné, s'était approché pour interroger :

– Et maintenant, vous écrivez quelque chose ?

Ma réponse fut rapide.

– Non... neuf romans en neuf ans... je suis décidée à « laisser le puits se remplir », comme disait Hemingway... Plus d'écriture pendant au moins un an !... Du reste, ajoutai-je, boudeuse... en ce moment, je n'ai aucune idée.

– Pas la moindre ? s'étonna l'ingénieur.

– Le grand vide. Je vais rejoindre mon mari. Nous allons visiter l'Inde en touristes.

Probablement désappointé, mon voisin recula carrément dans son siège.

« Quel mufle, cet Indien ! »

Il valait bien les Occidentaux, ce Ravi Machin chose ! « Ce n'était plus la peine de se donner du mal pour une femme mariée qui ne serait même pas libre à l'arrivée ! »

– Aaaaah !

Ce soupir à décrocher un réacteur provenait de mon don Juan attiédi. J'avais envie de rire. Soudain, il soupira, rêveur.

– J'ai vécu l'osmose d'une histoire qui pourrait faire un roman...

Tous les mêmes !

Ils rencontrent un jour Marinette à la foire au jambon et veulent qu'on en fasse cinq cents pages!

J'étais franchement méchante. Sans deviner mes pensées narquoises, monsieur mon voisin, après un regard interrogateur, alluma un long cigare. Ses yeux noirs perdus dans le vague de la fumée, il murmura :

– Ils étaient tous si séduisants.

Je ne suis pas bégueule, mais les histoires de mœurs collectives, moi!!!

– Hem... si séduisants...

– Oui, l'avion et... EUX!

– Ah! c'est une histoire d'aviateurs!

Décidément très troublé par les réminiscences du passé, l'ingénieur indien secoua la tête.

– Non, madame, c'est l'histoire d'une femme... qui partit un jour avec six hommes...

– SIX... le rêve de toute créature : « UN HOMME PAR JOUR! »

– Pas tout à fait! protesta mon ingénieur, il y a sept jours dans une semaine. C'est là la surprise...

– Bigre! m'exclamai-je à la façon de Ronald Reagan. Cher monsieur, vous commencez à m'intéresser très sérieusement.

– C'est une longue histoire, prévint mon compagnon de vol.

Je regardai ma montre et me livrai à un savant calcul, en tenant compte des fuseaux horaires.

– Il nous reste huit heures quarante-cinq de vol avant Bombay. Je suis tout ouïe!

Calée dans mon fauteuil, j'écoutai longtemps l'ingénieur indien.

Lorsque le Jumbo 747 atterrit en douceur sur l'aéroport international de Santa Cruz à Bombay, j'étais brisée de fatigue, mais enchantée... Mon romanesque voisin avait parlé toute la nuit.

Edward, toujours beau, merveilleux et bronzé, m'attendait après la douane.

J'étais moche, mal coiffée, le visage défait par la trop longue conversation.

Mon mari, galant, ne parut pas s'en apercevoir. Il m'entraîna rapidement vers l'hôtel Taj-Mahal.

– Tu as besoin de te reposer, chérie!

Dans le taxi noir à toit jaune qui nous emmenait à destination, étourdie par le fabuleux changement d'atmosphère, de climat, dépaysée par le spectacle nocturne des rues qui s'offrait à mes yeux, comme malgré moi, je répondis :

– Est-ce la Mahatma Gandhi Road...?

– Oui, comment le sais-tu?

– ELLE... a donc pris le même chemin que nous, murmurai-je rêveuse, la tête contre l'épaule de mon mari.

– Qui? fit Edward, surpris.

– CORNÉLIA, en descendant de l'avion avec ses hommes.

– Hon... je croyais que tu venais ici en vacances! se contenta de lancer Edward, qui avait déjà compris.

– Presque, chéri, mais figure-toi que j'ai trouvé cette nuit ma nouvelle histoire. Elle est toute faite, je n'ai qu'à arranger deux ou trois petites choses, nettoyer, élaguer, mettre de l'ordre, les faire vivre quoi!...

– Bon, « l'enfer » pendant quatre mois, soupira mon mari, philosophe. Et comment s'appellera-t-il, ce dixième enfant?

– Mais... LES NUITS DU BENGALE...

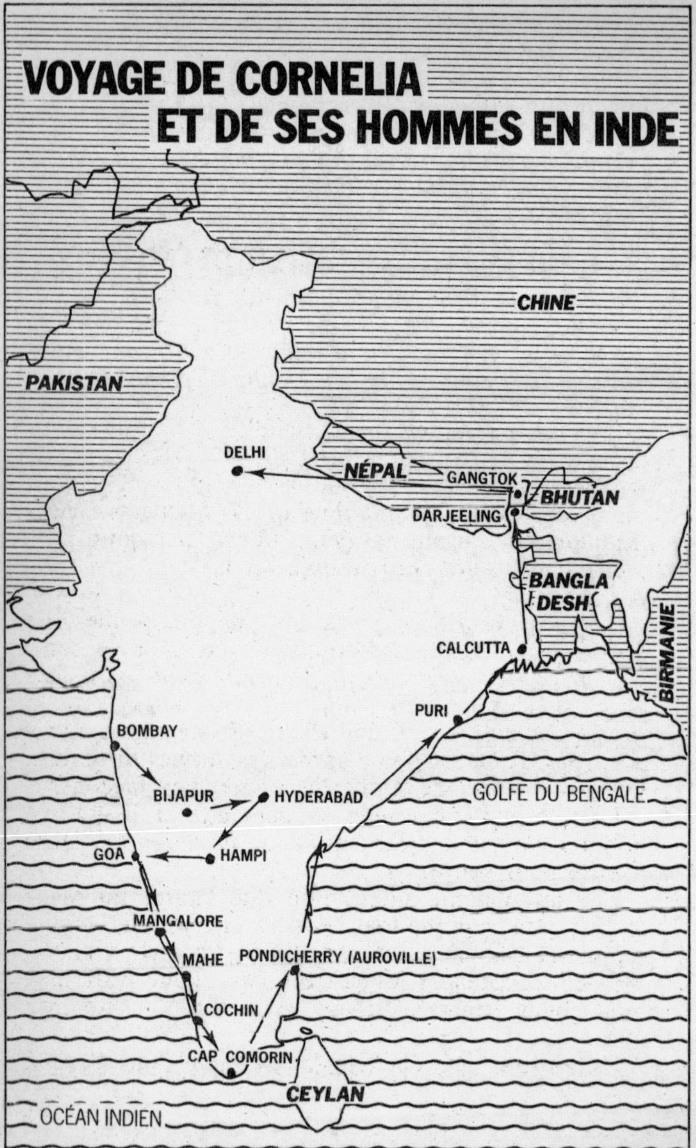

VOYAGE DE CORNELIA
ET DE SES HOMMES EN INDE
CHINE
PAKISTAN
DELHI
NÉPAL
GANGTOK
BHUTAN
DARJEELING
BANGLA
DESH
BIRMANIE
CALCUTTA
PURI
BOMBAY
BIJAPUR
HYDERABAD
GOLFE DU BENGALE
GOA
HAMPI
MANGALORE
MAHE
PONDICHERRY (AUROVILLE)
COCHIN
CAP COMORIN
CEYLAN
OCÉAN INDIEN

1

LE PLUS VIEUX MÉTIER DU MONDE

– Dix, soupira Cornélia.

Il ne lui restait donc que dix malheureux francs pour terminer la semaine.

C'était une somme absolument stupide. On était mercredi. Il n'y avait pas besoin de calculatrice électronique. A raison de deux francs par jour, elle pourrait peut-être tenir jusqu'à lundi.

Mais après?

Cornélia remit le porte-monnaie dans sa poche. Elle déplia le papier de soie autour du croissant et commença, presque sans appétit, de le grignoter, assise face au bassin des Tuileries.

Le froid était sec. C'était heure du déjeuner. Il n'y avait pas d'enfants pour animer les statues du jardin. Un vieux monsieur donnait à picorer aux pigeons.

Une seconde, Cornélia se demanda si le pauvre homme n'avait pas l'intention de garder un volatile musclé pour son dîner.

Elle les plaignit autant l'un que l'autre un court instant, puis, comme tous les êtres malheureux, elle se replongea dans l'égoïsme sombre de sa triste vie.

Quelle existence! Vingt-trois ans. Tout était déjà raté, bouché, fermé, grillagé. Aucun espoir. Le trou noir.

Fallait-il se jeter la tête la première dans l'eau à

moitié gelée du bassin et en finir une fois pour toutes?

Malgré le manteau relativement chaud en toile molletonnée marron, Cornélia grelottait. Elle se leva pour marcher vers la place de la Concorde. Un soleil froid faisait miroiter de rose l'obélisque sous le ciel clair d'hiver.

Paris!

Maintenant, elle haïssait la plus belle ville du monde pour la solitude, le malheur et l'échec qu'elle y avait trouvés.

Devant une vitrine de la rue Royale, Cornélia, désœuvrée, s'arrêta pour regarder les affichettes d'une agence de voyages, promettant pour 1 999 F le dépaysement complet sous les palétuviers dorés du Club des Optimistes...

« Bien sûr, s'ils ont l'argent pour s'offrir le voyage, ils peuvent quand même être de bonne humeur », pensa Cornélia avec aigreur.

Elle devenait hargneuse. Elle le savait, mais n'y pouvait rien.

Son regard, remontant vers un encadrement chromé, lui renvoyait l'image d'une très jeune fille aux grands yeux bleu marine, le nez fin pincé par l'air vif, les joues creusées entre de longs cheveux châtain doré, sortant d'un béret gris enfoncé jusqu'aux sourcils.

Elle avait l'air triste, malheureux. Un vrai chat écorché.

« Ce que je suis moche, sinistre... Mais pourquoi, pourquoi? » pensa-t-elle en ayant envie de hurler au milieu de la foule qui se pressait maintenant sur les trottoirs, après un bon déjeuner. « Pourquoi est-ce que tout rate pour moi, avec moi, depuis que je suis née? »

Afin d'avoir une vue objective et en pied de sa silhouette, Cornélia recula légèrement.

« Bon sang, elle n'était pas plus mal fichue qu'une autre... Son corps était svelte, ses jambes étaient peut-être un peu trop fines... presque maigres... »

Cornélia entrouvrit son vêtement. Ici, elle était trop plate, réellement pas assez de poitrine, si elle avait eu un peu d'argent, peut-être aurait-elle eu intérêt à recourir à la chirurgie esthétique pour se faire carrément gonfler le buste... Stupide!

Cornélia haussa les épaules. Pour se présenter dans les emplois des petites annonces, elle ne retirait même pas son manteau. Ses guiboles et ses nichons trop menus n'avaient rien à voir avec les refus successifs qu'elle essuyait régulièrement depuis plus d'un an.

Dix francs!

L'allocation chômage étant supprimée, l'angoisse la ressaisit à la gorge.

Une épaule masculine s'était insensiblement rapprochée de la jeune fille.

– On passe un petit moment ensemble? chuchota la voix d'un homme.

Le premier mouvement de Cornélia fut la fuite, puis, comme la louve aux abois, elle se ravisa brusquement.

Les paupières baissées, elle songeait: « Voilà la solution... Faire le trottoir, pourquoi pas? »

Il fallait simplement balayer toute la bonne éducation que Cornélia avait reçue à Clermont-Ferrand chez tante Arma.

– Il y a un endroit tranquille juste à côté, reprit l'homme, encouragé par ce silence.

Cornélia se décida à lui jeter un rapide coup d'œil dans les reflets de la vitrine.

C'était un individu assez grand, même costaud. La quarantaine légèrement dégarnie du sommet, le visage barré d'une large moustache noire, le nez busqué... En tout cas, il avait l'air propre!

Sans pouvoir prononcer une parole, Cornélia se contenta de rabaisser les paupières et elle emboîta le pas de l'inconnu.

Maintenant que l'affaire était conclue, lui non plus ne parlait pas. Il marchait rapidement vers la façade blanche, à hautes colonnes imposantes, de l'église de la Madeleine.

Interloquée, Cornélia se demanda s'il allait y entrer pour faire une prière, mais l'homme contourna brusquement le lieu saint. Il passa devant le fameux magasin d'alimentation Fauchon. L'odeur alléchante des plats cuisinés réveilla une faim sauvage chez Cornélia. Stoïquement, elle n'osa quand même pas demander à s'arrêter.

Enfin, dans la rue Tronchet, entre des magasins regorgeant de robes chatoyantes, l'homme poussa la porte aux vitres opaques d'une discrète maison de rendez-vous.

Comme en état d'hypnose, Cornélia suivit l'inconnu dans un petit hall dont les murs laqués blancs et la moquette grenat auraient pu lui faire croire qu'elle pénétrait chez un dentiste.

Derrière le comptoir de faux acajou, une femme brune tricotait une brassière. Sans un regard sur le couple, elle rendit à la fois cinquante francs de monnaie sur les deux cents que lui tendait l'homme et une clef.

– Une heure? fit la femme.

C'était à la fois une interrogation et une confirmation.

L'homme regarda Cornélia :

– Ça ira...

A cette réponse ambiguë et sous le coup d'œil, Cornélia crut mourir de honte. Pourtant, comme une somnambule, elle pénétra avec l'individu dans un vieil ascenseur.

L'inconnu ne regardait plus sa conquête, mais la pointe de ses chaussures. Tandis que la cabine montait avec une lenteur aussi rassurante qu'exaspérante, Cornélia entendait la forte respiration de son voisin.

Celui-ci devait certainement percevoir les battements affolés du cœur de Cornélia, car elle-même les entendait taper dans sa poitrine comme une forge.

Une douleur lui coupait l'estomac.

La cabine s'arrêta enfin dans un étage. Cornélia ne savait même pas lequel.

L'homme poussa la grille en fer forgé. Il s'effaça poliment pour laisser passer la jeune fille dans le couloir sombre. Sans trop savoir comment, elle se retrouva dans une chambre aux volets clos, éclairée seulement par la lumière tamisée d'un abat-jour pourpre.

Tandis que Cornélia restait plantée au milieu de la pièce, l'homme ôta pardessus et veste, qu'il suspendit à une patère puis, passant entre sa conquête et le large lit, il interrogea :

– Tu as soif?

A cette question inoffensive, Cornélia sursauta.

L'homme ouvrait un petit frigo encastré dans un buffet. Il regarda la jeune fille. Sans pouvoir parler, gardant obstinément son manteau serré et son béret enfoncé, Cornélia se contenta d'acquiescer d'un signe de tête.

– Gin fizz? Vodka? Whisky? Coca?

Cornélia opina du chef. L'homme versa dans un grand verre le Coca pétillant. Il s'apprêtait à ajouter le Dan Campbell, Cornélia l'arrêta d'un geste. Avec son estomac quasi vide, si elle buvait une goutte d'alcool, elle allait tomber raide.

– Sans whisky?

A cette interrogation de l'inconnu, Cornélia secoua ses cheveux châtains. Elle prit le verre que l'homme lui tendait et but à longs traits, tandis qu'il se préparait un Dan Campbell on the rocks.

Cornélia avait bu trop vite. Les bulles piquantes la firent aussitôt hoqueter. Gênée, elle se détourna vers la porte de la salle de bains.

– Oui... Mets-toi à l'aise! dit aussitôt l'homme, se méprenant sur son geste.

Déjà, il ôtait sa cravate.

S'asseyant sur le couvre-pied fleuri du lit, il délaçait ses chaussures noires.

Prise d'une horrible panique, Cornélia ne bougeait

pas. Les yeux fixes, elle le voyait maintenant ouvrir sa ceinture de pantalon. Sous ce regard, l'homme se redressa :

– Excuse-moi, j'oubliais...

Il fouilla dans sa poche et tendit à la jeune fille un billet froissé.

– Ça ira?

Transformée en statue de sel, elle ne répondit rien.

Devant ce mutisme, l'homme se trompa encore sur ses intentions.

– Si tu me disais ton prix, ce serait plus simple.

La gorge nouée, incapable de prononcer un seul mot, Cornélia mordait sa lèvre supérieure...

– Bon, attends...

Pour se diriger vers sa veste, l'homme passa devant Cornélia. Elle respira un fort parfum de lavande qui lui donna mal au cœur, à moins que ce ne fût le Coca sur son estomac vide!

L'homme revenait. Il tendit un nouveau billet tout propre cette fois-ci...

– Tu es bien gourmande...

Il souriait, les yeux brillants.

Cornélia sentit qu'il mettait l'argent dans sa paume, tandis que de l'autre main, avec une confiance tranquille, il enfonçait les doigts entre ses cuisses.

La première seconde de stupéfaction passée, un frisson parcourut Cornélia, tandis qu'un hurlement, ressemblant plus au cri du aïkido qu'à la plainte effarouchée d'une frêle créature, sortait de sa poitrine.

Avec une force insoupçonnable chez une fille aussi mince, Cornélia repoussa violemment l'homme surpris de cette réaction brutale.

Tandis qu'il basculait en arrière sur le lit, Cornélia, profitant de sa stupeur, bondit vers la porte.

Elle s'enfuit en dévalant les escaliers, non pas quatre à quatre, mais parfois huit à huit!...

Sans reprendre son souffle, sans ralentir l'allure, elle

passa devant la tricoteuse du comptoir, qui en laissa tomber ses mailles. Toujours le diable à ses trousses, Cornélia se retrouva dans la rue animée.

La main crispée sur les billets, bousculant les passants qui faisaient leur shopping, elle courut comme une échappée d'asile vers les grands magasins du Printemps. A chaque instant, elle s'attendait à sentir la main de l'homme sur son épaule ou à l'entendre hurler derrière : « Au voleur, voleuse... Arrêtez-la, rendez-moi mon argent ! »

Toujours courant, elle pénétra dans la gare Saint-Lazare. Elle traversa au galop l'immense salle des Pas Perdus.

Deux loubards de banlieue ricanèrent sur son passage météorique.

– Va rater son train la tordue !

Au bout du quai, Cornélia hésita un dixième de seconde entre le départ pour Rambouillet et les toilettes de voyageurs.

Comme le train s'ébranlait déjà, la jeune fille se jeta sur la porte des lavabos.

Quatre hommes, alignés en rang d'oignons, relevèrent la tête, visiblement atterrés par cette intrusion féminine sur leur territoire.

Devant cet attentat à la pudeur qualifié, ils firent le même geste de remonter précipitamment leurs fermetures Eclair.

Le moment étant mal choisi pour se confondre en excuses, Cornélia repartit comme elle était venue.

Tel un ouragan, elle enfonça le battant des dames.

Au passage, elle faillit renverser deux touristes japonaises, et elle s'enferma à double tour dans un cabinet.

Les jambes tremblantes, épuisée, essoufflée, en nage, un point de côté au foie, elle mit quelques minutes à récupérer dans cet abri un semblant de calme. Enfin, elle ouvrit sa main crispée, pour regarder ce qui s'y trouvait.

Deux billets de cent francs... La fortune, quoi !

– CORNÉLIA... CORNÉLIA DASSAS... Quelle surprise! Que deviens-tu? Mais cela a l'air d'aller!

La voix rieuse et féminine provenait du fond de la salle assez sombre. Cornélia arrêta à regret son geste d'avaler une quatrième brioche à la confiture d'orange.

Ne connaissant presque personne à Paris, elle plissa ses yeux bleu nuit dans le clair-obscur pour voir qui lui adressait la parole.

Deux hommes et une jeune femme, auxquels Cornélia n'avait pas fait attention en pénétrant au *Caddie Tea,* l'endroit par excellence sur la rive gauche où l'on peut prendre à 5 heures le meilleur thé anglais et où la jeune fille était bien certaine de ne pas se heurter au moustachu de la veille, se levaient pour partir.

Une grande belle fille aux boucles cuivrées, très maquillée, vêtue d'un blouson glacé noir et d'un pantalon tuyau de poêle, s'approchait de Cornélia.

– Marie-Berthe! s'exclama Cornélia.

Elle reconnaissait, avec difficulté, une ancienne amie de Clermont-Ferrand, n'ayant plus rien de la petite provinciale de leur Ecole du Bon Repos.

– Maintenant, je m'appelle Gwendoline, souffla Marie-Berthe. (A voix haute, elle lança :) Tiens, je te présente Claude, dit Cloclo, et Hervé... Nous travaillons ensemble. Voilà Cornélia, une vieille connaissance...

Les deux garçons chevelus saluèrent rapidement, avec l'assurance des jeunes qui ont réussi.

– Allez devant, j'arrive!

Tout en donnant cet ordre, Marie-Berthe-Gwendoline s'asseyait sans façon devant Cornélia.

– Vu, mais gaze, parce que ça urge et Tonton va piquer une de ces rouspétances maison... prévint l'un des garçons.

– Dis-lui que tout va s'arranger, Cloclo! répondit tranquillement Gwendoline.

– Ah oui! Et comment? On est venus ici pour trouver une solution. Il est bientôt 5 heures ma loute, et on a déniché peau de balle! lança le dénommé Hervé en enfilant une veste à carreaux.

Il en fallait plus pour démonter Gwendoline.

Cornélia admirait l'assurance de son ex-amie.

– T'inquiète, on n'est pas des nuls! Je suis là dans cinq minutes... Alors, ma cocotte, ça fait vraiment plaisir de te revoir. Qu'est-ce que tu deviens? interrogea Gwendoline comme les deux garçons sortaient du salon de thé.

– Ça va...

Cornélia ne se compromettait pas.

– Tu vis à Paris? T'es mariée? T'as un môme? Tu travailles?

Sous cette avalanche de questions, Cornélia eut un timide sourire.

– Heu, non.

– Qu'est-ce que tu fiches alors? Et tante Arma?

– Elle est morte il y a deux ans.

– Ah! désolée... et t'étais pas un peu fiancée à Renaud Bergerie... C'est Gertrude qui m'avait dit ça?...

– Non, non, c'est fini...

En faisant cette réponse, Cornélia s'efforçait de conserver un visage calme.

Comment expliquer à son amie la longue série de catastrophes qui s'étaient abattues sur elle.

Orpheline de mère très jeune, Cornélia s'était retrouvée seule avec un père accablé. Entrepreneur de travaux publics, Robert Dassas avait fait de mauvaises affaires. Comme lassé de la vie, il s'était laissé mourir, pour les quinze ans de sa fille, sans même chercher à se faire soigner d'un cancer à l'estomac.

Une sœur de sa grand-mère, la seule famille restant à Cornélia, avait pris le relais. Tante Arma était une brave femme complètement en dehors de l'époque.

Cornélia avait dix-neuf ans, lorsqu'elle avait connu à l'université de Clermont-Ferrand Renaud Bergerie...

grosse fortune hôtelière de la région... Les deux jeunes gens s'étaient aussitôt aimés. Les parents de Renaud destinaient leur fils à la fille d'un riche restaurateur de la région.

L'arrivée de Cornélia bouleversa leurs plans, d'autant plus que Renaud déclara à la même époque qu'il voulait devenir peintre et faire les Beaux-Arts!

Les parents Bergerie, furieux, accusant Cornélia de cette « lubie », fermèrent leur porte à la jeune fille et coupèrent les vivres à leur fils.

Renaud et Cornélia montèrent à Paris.

Elle ne pouvait penser à ces deux ans, pauvres certes mais si merveilleux, avec Renaud, sans avoir un sanglot dans la gorge.

Un lamentable accident de moto avait coupé net le fil du bonheur. Sans un mot de pitié pour Cornélia, les parents Bergerie étaient venus rechercher le corps de leur fils.

Cornélia ne leur en voulait même pas de cette dureté.

Tante Arma, à son tour disparue, les quelques objets lui appartenant vendus pour payer les dettes, Cornélia était restée seule à Paris avec un grand vide et son immense chagrin, dans la modeste chambre qu'elle avait habitée avec Renaud.

L'année suivante, l'entreprise de roulements à billes qui l'employait à la comptabilité fermait ses portes. Chômage technique!

– Et toi, qu'est-ce que tu fais? interrogea Cornélia pour ne pas sangloter sur son propre sort.

– Moi, je suis célibataire... Avec les mecs ça ne marche jamais... Par contre côté boulot c'est extra! Animatrice de relations humaines : salons, conférences, vidéos... tu vois le genre?

– Bien sûr, approuva Cornélia, ne comprenant pas très bien en quoi le travail de son amie consistait exactement.

Gwendoline se levait déjà.

– Ma cocotte, ne m'en veux pas de filer, mais je suis

à la bourre, il y a une grosse merde au bureau. Où peut-on te joindre?

– Toi, donne-moi ton adresse, répondit aussitôt Cornélia qui n'avait pas tellement envie de voir débarquer Gwendoline dans son sixième sans ascenseur.

– Voilà la carte de la boîte, j'y passe tous les jours à 5 heures, parce que j'ai beaucoup de rendez-vous au dehors...

Tandis que Gwendoline tirait la fermeture Eclair de son blouson noir, Cornélia lut le carton :

« Symposias 2000 organise tous vos problèmes d'entreprises, colloques, rapports humains, déplacements, accueil chaleureux, visites guidées, repas d'affaires, symposiums, arbres de Noël, traductions simultanées, etc. »

- Dis donc, tu parles anglais? interrogea soudain Gwendoline en ramassant sac et dossiers qu'elle avait déposés sur la table.

– Oui, pourquoi?

– Tu ne fais rien en ce moment?

– Non, j'avais un très bon travail, tenta d'expliquer Cornélia. J'en attends un autre dans...

Gwendoline la coupa :

– Pour le moment, t'as rien?

– Non, mais...

– Pas d' mec à la maison?

– Non, mais...

– T'es mon homme, viens.

– Mais...

– Les deux cents Japs au *Sheraton*...

– Pour le Ricain et ses anges gardiens, un cachot chauffé au Mont-Saint-Michel...

– Trois vélos pour Roméo and Co...

– Cent trente-cinq tables de bistrot et deux hôtesses à tablier jaune et vert...

Depuis qu'elle avait franchi le seuil de « Symposias

2000 » Cornélia se demandait si elle n'était pas entrée chez les dingues.

Dans les trois salles d'un appartement en étage, décoré de couleurs psychédéliques, les collaborateurs de Gwendoline : Cloclo, Hervé et deux filles aux jupes rasant les fesses, parlaient tous en même temps dans les nombreux téléphones de l'agence.

Gwendoline avait poussé son amie vers le bureau largement ouvert de son patron : M. Gaston.

L'humeur de celui-ci ne paraissait pas au beau fixe. Cornélia se faisait toute petite derrière Gwendoline. Dire même que M. Gaston s'exprimait était un euphémisme. Un long aboiement sortait de sa gorge :

– Qu'est-ce que je viens d'apprendre, Gwendoline? Il n'y a plus personne pour International Madison?

– Mais je l'ai su il y a une heure, Gaston.

– M'en fous, qui devait partir?

– Annabel.

– En veux plus de celle-là... nous faire faux bond la veille, elle est rayée...

– Mais, elle a une hépatite! protesta Gwendoline.

– M'en fous, dans ce métier, faut de la santé! Et Béatrice?

– Elle est à Saint-Tropez avec les Hollandais pour huit jours.

– Merde... Et toi?

– J'ai demain les Japonais de Kasukawa...

– Envoie Cloclo ou Hervé...

– J'ai mieux!

Avec le geste du prestidigitateur qui va faire jaillir trois cocottes d'un haut-de-forme, Gwendoline désignait Cornélia plus morte que vive.

– Hon!

Le borborygme de M. Gaston n'était guère rassurant. D'un pas lent, le râblé directeur de Symposias 2000 vint faire le tour de Cornélia.

– Elle parle anglais?

L'ignorant totalement, il interrogeait sa collaboratrice.

– Oui, oui, très bien, se hâta de répondre Gwendoline.

– Do you speak english?

Cette fois-ci, M. Gaston daignait s'adresser à Cornélia.

– Yes, répondit la jeune fille d'une voix sourde.

– Very good; do you have a passeport?

– Yes... heu no... it's expired...

Le hurlement de M. Gaston pétrifia Cornélia :

– Là, tu vois, c'est foutu... Foutu... A cause de ta négligence, Gwendoline, et de cette conne qui a attrapé la jaunisse, à se frotter Dieu sait où... Je vais perdre mes meilleurs clients, on ne peut pas les envoyer tout seuls...

Sous l'orage, Cornélia admira une fois de plus son amie.

– Mais, puisque je vous dis que tout va bien, Gaston. J'ai un pote à la préfecture. Dans une demi-heure, elle a son passeport.

Légèrement radouci, M. Gaston s'approcha à nouveau de Cornélia.

– Mais, d'où l'as-tu sortie, Gwendoline? Il n'y a qu'à la regarder, elle n'a aucune expérience! grommela le directeur, accablé.

Cornélia commençait à en avoir assez d'être traitée comme un pot de chambre.

Mue d'autre part par un farouche instinct de survie, elle protesta avec force :

– Vous vous trompez, monsieur, j'ai fait plusieurs saisons au Club des Optimistes, comme encadrement de loisirs...

– Ah oui! Et dans quels pays? interrogea M. Gaston soupçonneux.

Cornélia pensa aux deux cents francs du moustachu, dont il ne restait déjà plus que la moitié. L'idée d'être obligée de recommencer la même horreur du trottoir lui donna du génie.

– Mais dans tous les « Pays de Palétuviers », monsieur. Aux Antilles, Tahiti, la Réunion, La Nouvelle-Orléans, Hawaii...

Cornélia, qui n'avait jamais été plus loin, avec Renaud, qu'à Dieppe et au Tréport, en faisait un peu trop.

Le ton de M. Gaston devint plus aimable.

Un semblant de sourire éclaira sa large figure :

– Comment vous appelez-vous?

– Cornélia Dassas!

– Tiens, c'est marrant, Cornélia. O.K.! J'appelle mon collègue Carlos aux Optimistes...

Tout en parlant, M. Gaston appuyait sur les boutons du téléphone digital.

– S'il me donne de bonnes références sur vous, je vous engage pour six semaines... Vous aurez 8 000 F tout net, 4 000 maintenant, 4 000 à la fin... Bien sûr, défrayée, logée, nourrie... Ça va?

Si ça allait!

Cornélia, désespérée, voyait en même temps la fortune lui tomber du ciel et une fois de plus s'arrêter devant sa porte à la réponse que n'allait pas manquer de faire dans une seconde le dénommé Carlos :

« Cornélia Dassas, jamais vu cette donzelle! »

Elle sentait son dos transformé en chutes du Niagara.

M. Gaston avait mis l'appareil sur écoute.

Cornélia pouvait entendre la musique et le disque qui répétait d'une voix suave : « Ici le Club des Optimistes, gardez votre bonne humeur! Une hôtesse va vous répondre pour vous apporter le bonheur... Ici le Club des Op... »

– Chiotte, râlait M. Gaston, exaspéré de cette attente.

Avec un regard vif pour son amie, Gwendoline réattaqua :

– Franchement Gaston, on perd du temps. Dans une heure, la préfecture sera fermée. Faites-moi confiance, je vous dis que je réponds de Cornélia comme de moi-même...

– Merde, fallait commencer par là...

Tandis que M. Gaston raccrochait, Cornélia eut du mal à dissimuler le tremblement convulsif de sa lèvre supérieure.

– Suivez Gwendoline ! Allez vous préparer ! Vous commencez demain matin ! On va vous remettre le dossier et les instructions. Mais, rappelez-vous, mademoiselle, heu, Darras... vous avez une énorme responsabilité... International Madison sont de gros clients... A vous de les satisfaire par tous les moyens... dévouement... pas d'horaires ! toujours prête ! du sérieux ! de la gaieté !... Allez, bonne chance, sinon je vous coupe la tête au retour...

M. Gaston tendait sa main grassouillette à Cornélia.

La jeune fille eut l'impression qu'elle venait de signer son arrêt de mort.

La suite se déroula dans un tel tohu-bohu que Cornélia n'eut plus le temps de réfléchir.

Cloclo, Hervé, Gwendoline et les deux filles agitant leur arrière-train parlaient tous en même temps pour mettre Cornélia au courant de sa mission.

– Ce sera très facile !

– Ils ne sont que six !

– Moi, pour ma première, j'en avais vingt-quatre !

– Tu dois être à l'aéroport à 8 heures.

– Moi aussi, j'y serai, affirma Hervé.

– Non, toi tu as les Bulgares ! Ce sera moi ! corrigea Cloclo. Rendez-vous au lieu habituel !...

– Tu prendras un taxi ! Voilà l'enveloppe avec les instructions à lire avant de te coucher !

Gwendoline remettait à Cornélia un dossier plus gros que celui du Watergate.

La litanie reprenait :

– Peu de vêtements ! Faut être opérationnelle...

– N'oubliez pas l'Alka-Seltzer ! Ils en ont toujours besoin.

– De toute façon, voilà une petite pharmacie à

toujours garder : du mercurochrome pour les ampoules! de l'aspirine pour...

– Tu es leur maman! leur frère! leur sœur! leur confidente! Tu dois tout écouter! Ne rien répéter...

– Enfin, tu piges cocotte, c'est facile! Faut se faire aimer, mais respecter... La main de fer dans un gant de velours, quoi!...

C'était Gwendoline qui donnait ce dernier conseil en entraînant Cornélia vers la préfecture.

Dans le taxi qui se faufilait au milieu des encombrements, Cornélia osa enfin interroger son amie :

– Je te remercie beaucoup Marie-Be..., heu Gwendoline, pour ce que tu as fait...

– De rien cocotte, c'est toi qui me rends service, parce que j'étais dans une sale mélasse!

Après une brève hésitation, Cornélia se lança courageusement :

– Il y a une chose que je n'ai pas très bien comprise...

– Ouais?

– Qu'est-ce que je dois faire exactement demain matin?

– Ben, tu pars avec les agronomes de Madison, pour un symposium sur le chanvre...

– Ah! le chanvre... heu... je suppose que nous irons à la campagne?

– Un peu partout, ville et campagne... Tu sais, en six semaines, vous en ferez des kilomètres... C'est grand l'Inde!

– L'Inde! répéta Cornélia d'un air parfaitement stupide.

Gwendoline se tapa sur le front :

– Bon Dieu! pour le Népal, es-tu vaccinée?

2

LES SIX MOUSQUETAIRES

– Hep...hep!

Il pleuvait à torrents le lendemain, lorsque Cornélia, terrifiée à l'idée d'être en retard, prit un taxi dès 6 heures du matin.

Elle n'avait bien sûr pas dormi de la nuit.

Fiévreuse avec tous les vaccins que le docteur lui avait administrés, occupée ensuite à se laver les cheveux, à lire les instructions du gros dossier, à ranger sa chambre, à payer deux mois de loyer en retard, à donner Gontran, son canari, à la garde bienveillante de Mme Joseph, la brave concierge de l'immeuble, à faire enfin sa valise. Vu la pauvreté de sa garde-robe, cette dernière besogne avait été vite expédiée...

Cornélia avait hésité à prendre son gros manteau de duvet marron, mais, le dépliant touristique annonçant que l'hiver la température en Inde oscillait entre dix-neuf et vingt-cinq degrés, elle avait décidé de partir avec sa veste blazer bleu marine, sa jupe écossaise et son chemisier blanc. Ainsi vêtue, elle faisait un peu « enfant de Marie », mais c'était la meilleure tenue qu'il lui restât.

Un blue-jean, un blouson de toile rouge élimée, un ciré jaune, deux chemises écossaises, une robe d'été rose, dernier cadeau de tante Arma, un pull-over fané, mais propre, un carré de mousseline pour les cheveux, un béret vert, un vieux châle espagnol lui venant de sa mère, une chemise de nuit et un petit peignoir bleu, l'une rapiécée devant, l'autre dans le dos, complétaient les tenues que Cornélia emportait.

Le taxi roulait vite dans la nuit sur les boulevards périphériques presque déserts.

Comme tous les novices des voyages, Cornélia serrait nerveusement un sac de skaï sur son cœur, puis elle l'ouvrait pour s'assurer une énième fois qu'elle avait bien emporté son passeport tout neuf! le visa! l'enveloppe avec l'argent pour menus frais remis par Gwendoline! les billets de groupe! la liste des participants! les destinations! les villes! les chambres! les hôtels!...

Avec tous ces noms nouveaux, Cornélia en avait la tête qui lui tournait. Elle était presque sûre qu'elle allait se réveiller en sursaut, gelée dans sa chambre mal chauffée, et que le rêve merveilleux allait s'évanouir.

Mais la voiture continuait, lancée sur l'autoroute du Nord.

A 6 h 30, Cornélia était rendue à l'aéroport de Roissy-Charles-de-Gaulle pour le rendez-vous de 8 heures. En raison de grèves à Orly, c'était Roissy qui servait de lieu de départ depuis quelques jours.

Cornélia n'avait bien sûr jamais pris l'avion de sa vie. Orly ou Roissy étaient donc pour elle aussi inconnus que la Grande Muraille de Chine.

Après avoir payé le chauffeur, elle entra timidement dans l'immense bâtiment circulaire de l'aérogare, en portant sa valise.

Les derniers travailleurs immigrés nettoyaient encore le sol.

Cornélia, désœuvrée, alla s'asseoir dans une rotonde qu'elle supposait être le point de rendez-vous, non loin de stands encore fermés.

Vers 7 heures, les voyageurs commencèrent d'affluer, Cornélia remarqua qu'ils prenaient tous un chariot pour y déposer leurs bagages. Elle les imita.

Soudain affamée, elle se mit à la recherche d'un bar, mais n'en découvrit pas au rez-de-chaussée.

Une pancarte annonçait un Fast-Food au sous-sol et un restaurant à l'étage supérieur. Cornélia n'osa pas prendre l'ascenseur, ni abandonner son chariot pour emprunter les tapis montants.

Découragée, elle trouva plus sage de revenir sur son banc pour attendre patiemment l'heure du rendez-vous...

La voix rogue de Cloclo la réveilla en sursaut :

– Ouf! Je m' faisais un sang d'encre! J' te cherchais partout. C'est pas là que j' t'avais donné rancard et ce n'est pas le moment de pioncer, ma vieille... Ils sont arrivés... Viens que je te présente.

Cornélia se redressa si brusquement qu'elle renversa son sac de voyage.

Cela commençait mal!

A quatre pattes sur le sol, elle dut rassembler tout le fatras, papiers, enveloppes, passeport, rose à lèvres, qui avait roulé sous le siège.

De plus, un gosse jouait avec son chariot!

Partagée entre le rouge de la honte et celui de la fureur, Cornélia courut pour rattraper l'affreux môme et ses bagages. Au pas de Jazy, elle rejoignit enfin Cloclo qui pérorait au milieu d'un groupe de cinq hommes.

– Ah! messieurs, je vous présente votre guide, Mlle Cornélia Dassas. Nous vous avons gâtés! C'est le meilleur élément de Symposias 2000. Mlle Cornélia connaît très bien l'Extrême-Orient... les problèmes et le sujet que vous allez traiter, affirmait Cloclo avec un culot qui fit frémir la jeune fille. Elle va être votre « ange gardien » durant le symposium... Vous pouvez lui faire une entière confiance.

– Mademoiselle...

D'une seule voix, les cinq hommes saluaient la jeune fille.

– Messieurs...

Relevant la mèche de cheveux trop propres qui lui balayait les yeux, Cornélia ajouta à sa réponse un timide sourire.

Bien qu'ils ne se ressemblassent pas au point de vue taille, ni traits, ses cinq futurs compagnons de voyage offraient au regard de la jeune fille le modèle de cadres supérieurs oscillant de trente à quarante printemps, que l'on retrouve dans tous les aéroports du monde : l'homme - à - attaché - case - noir - chemise - blanche - cravate - à - pois - costume - gris - Burberry - sur - le - bras - ou - pour - les - « dans - le - vent » négligemment - jeté - sur - l'épaule!

– Voici M. MATHIAS LA ROSE de Madison Canada... continuait Cloclo, présentant à Cornélia un petit trapu aux yeux fendus et malins de Cherokee, le visage entouré d'un collier de barbe brune.

Cornélia lui serra la main pour se tourner aussitôt vers son voisin.

– M. ROBIN PERCY de Madison Angleterre...

C'était un grand blond, distingué, à moustache pointue, ayant l'air « plus anglais et flegmatique qu'un acteur jouant un Anglais dans un film français ».

– M. LÉOPOLD FREULEMANS de Madison Belgique...

Cornélia nota au passage que le représentant belge avait des yeux très bleus et rieurs derrière de grosses lunettes d'écaille à verres épais pour myope.

– M. DANIEL KURZMAN de Madison Suisse...

Contre toute attente, cet avant-dernier venant d'un pays si sérieux possédait une toison de cheveux châtains et frisés, presque de hippie, au-dessus de son impeccable costume gris, tout en portant sur le nez des lunettes d'intellectuel cerclées d'argent.

– Et M. MARIO MIRRECCELINO de...

– Firenze... ou, si mademoiselle préfère, de Florence... interrompit d'une voix de mandoline le représentant rouquin de Madison Italie.

Les quatre autres ne purent s'empêcher de sourire.
– Prenez garde au charme latin de Mario, mademoiselle, prévint le Belge qui semblait un bon vivant.
Un sixième voyageur accourait.
– Ah! enfin... Voici le dernier mousquetaire... M. GUILLAUME BERRI de Madison Nord de la France... Je commençais à m'inquiéter, vous avez bien failli être en retard, cher monsieur Berri, reprocha avec douceur Cloclo, accompagnant ses paroles du sourire le plus professionnel pour le retardataire essoufflé qui rejoignait le groupe.
– Des encombrements aux portes de Paris, s'excusa le représentant de Madison France.
Cornélia faillit pousser un hurlement strident, tomber à la renverse, ou avoir une crise de tétanie sur le carrelage de l'aéroport, en reconnaissant dans le grand homme au crâne légèrement dégarni, le visage barré d'une large moustache noire, le nez busqué... son « client » de l'avant-veille... le dragueur dont elle avait volé les deux cents francs!
Quelle abomination!
Il allait sûrement la reconnaître, crier au scandale, démasquer la supercherie, appeler la police...
Le visage en feu, Cornélia s'était brusquement détournée, feignant de regarder les pancartes du tableau des départs.
Elle avait quelques secondes de répit.
Pour l'instant, le dernier arrivé était très occupé à raconter aux autres le mal qu'il avait eu à trouver un taxi devant l'*Hôtel Terminus* de la gare du Nord!
Cornélia sortit précipitamment de son sac une vieille paire de lunettes noires qu'elle avait eu la précaution d'emporter. D'un mouvement rapide de l'index, elle rabattit une longue mèche de cheveux sur son nez et elle voulut s'éloigner du stand. Cloclo la rattrapa par le bras.
– Tout est bien qui finit bien, monsieur Berri. Je vous présente votre ange gardien, mademoiselle Cornélia Dassas!

« L'ange » était bien obligé de se retourner. Elle fit face à l'adversaire, n'offrant à sa vue qu'un quart de visage et un verre fumé sortant du rideau de cheveux. Elle accompagnait son sourire d'une sorte de tic lui déformant la bouche.

On aurait dit qu'elle chiquait dès le matin!

– Enchanté, mademoiselle!

Guillaume Berri devait être mal réveillé car il ne parut pas remarquer l'étrange physionomie de Cornélia. Les autres non plus, ils discutaient entre eux. Seul le Suisse Daniel Kurzman jeta un coup d'œil perspicace derrière ses lunettes d'argent vers la jeune fille.

– Parfait, et maintenant que les présentations sont faites, à vous le flambeau, Cornélia! déclara Cloclo. Je dois filer au C.N.I.T. pour un rendez-vous à 9 heures... Excusez-moi, messieurs, mais je vous laisse en de bonnes mains. Bon voyage à tous!

Cornélia avait envie de sangloter, de s'accrocher aux basques de Cloclo. « Je vous en supplie, ne me laissez pas seule avec eux. » D'un œil borgne derrière ses lunettes noires, elle regarda partir le jeune homme, avec l'expression du nageur solitaire pris de crampes au milieu de l'Atlantique voyant s'éloigner à jamais la bouée de sauvetage.

Cornélia, éperdue, toussota :

– Bon, eh bien, heu... voilà...

Les six hommes se tournèrent vers la jeune fille :

– Je... j'espère que vous n'avez rien oublié... reprit Cornélia pour dire quelque chose.

Les six hommes se regardèrent entre eux.

– Oublié quoi? interrogea le Belge, Léopold Freulemans.

– Heu... enfin... on ne sait jamais quand on part... on peut toujours oublier un truc... un dossier... n'importe quoi...

Des gouttes d'eau perlaient sur le front de Cornélia.

– Bon, eh bien, heu... vraiment enchantée, messieurs!

– Si on allait se faire enregistrer? proposa le Suisse Daniel Kurzman.

– Bonne idée!

Cornélia n'avait aucune idée de ce en quoi consistait l'opération.

– Comme ça, nous pourrons partir plus vite, ajouta-t-elle se décontractant trop tôt.

Les six hommes échangèrent un nouveau regard, puis à la queue leu leu, poussant leurs chariots, ils suivirent Cornélia qui se dirigeait d'un pas très décidé vers le comptoir d'Air Canada!

D'un geste large, comme elle l'avait vu faire aux autres voyageurs, elle déposa l'enveloppe aux billets devant le préposé. Celui-ci jeta un coup d'œil sur le coupon :

– Vous vous trompez, mademoiselle, c'est juste derrière à Air India.

– Heu, oui... bien sûr! Où avais-je la tête?

Toujours suivie de son escorte, Cornélia rebroussa chemin vers le comptoir de la compagnie indienne. Une longue queue de voyageurs s'était maintenant formée. Cornélia prit la dernière place. Groupés derrière leur guide, les six hommes allumaient des cigarettes. Cornélia entendait des bribes de leur discussion, moitié française, moitié anglaise :

– Ça va à Montréal? interrogeait le Français Guillaume Berri.

– Ouais, nous sommes remontés au derrrnier moment de trrrente mille tonnes... C'est pâs mâl...

En d'autres circonstances, l'accent folklorique du Canadien aurait amusé Cornélia, mais ce matin, elle n'avait vraiment pas le cœur à rire.

Le Belge Léopold Freulemans et Robin Percy, l'Anglais, étaient plus intimes :

– Votre femme va bien? interrogeait Léopold.

– Yes, but she has the flue! répondit l'Anglais d'un air désolé.

Que Mrs. Percy ait un rhume n'intéressait que médiocrement Cornélia.

Daniel Kurzman le Suisse et l'Italien Mario Mirrecelino avaient d'autres préoccupations :

– Je crois qu' « il » passera par Genève...

– Erreur Danny, par lé tounel dou Mont-Blanc, l'étape viendra le 8 juillet jusqu'à Torino...

Allons bon, ces deux-là parlaient du prochain Tour de France !

Cornélia avait enfin atteint le comptoir de la compagnie indienne.

– Désolé, mademoiselle, s'excusa l'employé d'un ton aimable, mais avec un billet de groupe V.I.P. (Very Important Persons), vous devez faire enregistrer aux premières classes... Ici, vous êtes aux touristes... Du reste, regardez, c'est écrit là en rouge sur votre coupon... Vous aurez ensuite droit au « Service Maharadjah », salon des premières, dégustation gratuite... Tenez, c'est en face...

L'employé désignait une autre queue de voyageurs. Cornélia, honteuse, repartit vers le stand indiqué.

Dans son dos, les six hommes commençaient à s'interroger sur les capacités de leur ange gardien !

Le Suisse Daniel Kurzman interrogea :

– Quelque chose ne va pas, mademoiselle ?

– Oui... non... c'est... c'est une erreur sur les papiers ! mentit Cornélia.

– C'est toujours la même chose, soupira aimablement le Belge Léopold... On donne un dossier à taper et la dactylo se trompe.

Cornélia lui jeta un regard reconnaissant derrière ses verres fumés.

D'un geste machinal, elle releva la mèche qui lui camouflait le visage. La voix de Guillaume Berri résonna presque aussitôt :

– J'ai la brusque impression que nous nous sommes déjà rencontrés, mademoiselle...

– Non, je ne crois pas... je suis sûre que non...

Précipitamment, Cornélia se réabrita derrière ses cheveux.

Le Français inclinait sa haute taille, Cornélia reconnut son odeur de lavande. Obstiné, il plissait le front, lorgnant la jeune fille :

– Peut-être avez-vous fait le Salon agricole de Lyon?

– Non, non...

– Vous n'étiez pas à Sydney au printemps?

– Oh non!...

Cornélia lui tourna carrément le dos. Elle avait eu le temps d'apercevoir le regard perspicace du Suisse Danny Kurzman qui n'avait pas perdu un mot de la brève conversation.

Les sept valises enfin enregistrées, Cornélia se retrouva avec le billet de groupe et les sept cartes d'embarquement en main.

– Vol 126, satellite nº 3... salle nº 22... Allez-y, cela va commencer dans dix minutes, conseilla l'employé d'Air India.

– Bon, moi j'appelle ma femme...

– Je vais acheter des cigarettes...

– On prend des journaux...

– Vous venez avaler un petit café?

– On se retrouve là-haut!

Comme une volée de moineaux, les six hommes attrapèrent des doigts de Cornélia leur carte d'embarquement et ils s'égaillèrent dans l'aéroport.

Rien n'est plus paniquant pour le néophyte que de prendre l'avion pour la première fois de sa vie, sans avoir un aimable compagnon qui guide ses pas.

Sorte de Babel futuriste, l'aéroport de Roissy, avec ses couloirs aériens aux toits de plexiglas et ses tapis montant vers une douane invisible, n'est pas fait pour rassurer le voyageur novice.

Désespérée d'avoir vu partir les hommes qu'elle était censée convoyer, Cornélia avisa une vieille dame esseulée :

– Pardon, madame, je dois aller au satellite nº 3. Savez-vous où il se trouve?

– Je prends l'avion pour la première fois et je n'y

comprends rien, ma pauvre demoiselle! gémit la vieille dame.

Cornélia allait s'éloigner lorsque la voyageuse ajouta :

– Je rejoins mes petits-enfants à Bombay.

Phrase magique... Cornélia proposa aussitôt :

– Moi aussi, je vais là-bas... Voulez-vous qu'on essaie de trouver ensemble?

– Volontiers, mademoiselle. Vous êtes bien aimable.

Outre un chihuahua japant dans un panier, la vieille dame avait une dizaine de bagages à main, allant du sac en plastique au carton à chapeaux. Elle marchait de plus avec beaucoup de difficultés.

C'était l'alliance de l'aveugle et du paralytique.

Après plusieurs essais infructueux, Cornélia avait dû laisser le chariot en bas des tapis montants. Croulant sous les paquets, poussant, tirant sa compagne, elle arriva enfin devant la douane.

Une fouille sévère avait lieu.

Cornélia perdit un temps précieux avec tous les sacs de la vieille dame. Elle repartit enfin dans les longs couloirs, sans oser abandonner la pauvre femme. Elle se trompa bien sûr de direction, revint sur ses pas... Le chihuahua s'échappa du panier. Il fallut courir après cette sale bête, jusqu'au restaurant.

Dans les haut-parleurs, la voix susurrante d'une hôtesse psalmodiait :

– Départ imminent pour Francfort, New Delhi, Bombay... Compagnie Air India, vol nº 126... EMBARQUEMENT IMMÉDIAT... EMBARQUEMENT IMMÉDIAT...

« Mon Dieu, je vais rater l'avion! »

Au bord de l'asphyxie, bousculant maintenant sans aucun ménagement le poids mort dont elle s'était chargée, rouge, échevelée, Cornélia arriva enfin au satellite d'embarquement.

Trois comptoirs disséminés aux points cardinaux fonctionnaient en même temps. Sans prendre le temps de lire les instructions lumineuses qui indiquaient le départ d'Air France pour Nice, Cornélia se précipita à la queue de ce stand.

– Mademoiselle, nous vous cherchons partout. Qu'est-ce que vous faites ici?

C'était le Suisse Daniel Kurzman.

– Je... c'est... pour cette dame... fit Cornélia, hagarde.

– Nous vous attendons avec le billet, nous sommes tous là...

Danny Kurzman désignait un pilier central derrière lequel se trouvait le départ du vol 126. Les autres Madison étaient groupés devant le comptoir.

Plantant sans façon la vieille dame interloquée, Cornélia suivit aussitôt l'ingénieur suisse.

– Cette dame était perdue... tenta d'expliquer Cornélia. C'est la première fois qu'elle prend l'avion...

Visiblement énervés, les six hommes ne daignèrent même pas répondre.

– Dépêchez-vous, mademoiselle, conseilla l'hôtesse, dans une minute, le vol sera clos... Votre carte d'embarquement?

– Ma carte d'embarquement? répéta Cornélia d'un air stupide.

– Oui, le carton orange qu'on vous a remis et le billet collectif. Ces messieurs m'ont dit que c'était vous le guide... J'ai leur carte, mais pour vous laisser tous monter à bord, il me faut aussi voir votre billet de groupe.

– Ah... heu... oui, oui, le billet...

Cornélia fouillait dans son sac, ses poches... pas de carte! pas de billet!

– Mais enfin, mademoiselle! commença de s'énerver le Canadien Mathias La Rose.

La main de l'Anglais Robin Percy avançait vers le visage de Cornélia. Elle recula, épouvantée, croyant qu'il voulait lui flanquer une claque.

– Voilà, Miss!

L'Anglais, imperturbable, soufflait une bouffée de sa pipe tout en désignant du doigt la carte et le billet collectif que Cornélia avait coincés dans son soutien-gorge et qui dépassaient par l'entrebâillement du chemisier.

– Merci, monsieur, balbutia Cornélia.

Elle devint toute pâle. La fumée de la pipe à jeun lui faisait tourner la tête. Le plafond du satellite bascula. Pour la première fois de sa vie, Cornélia tomba évanouie au milieu des six hommes éberlués.

Le premier moment d'affolement passé, l'Anglais et le Canadien saisirent Cornélia, l'un par les épaules, l'autre par les pieds, pour l'allonger sur une banquette. Le Suisse et l'Italien couraient chercher un verre d'eau, le Français et le Belge réclamaient un docteur.

L'hôtesse conseillait de laisser cette jeune fille à Paris.

Cornélia reprit conscience sur ces entrefaites. Elle se redressa vivement.

Rester, jamais!

– Ouf, ça va mieux? interrogèrent les six hommes en chœur.

– Oui, oui, c'est idiot... pas déjeuné ce matin...

Sous le regard insistant de Guillaume Berri, Cornélia remit ses lunettes noires qui avaient glissé. Elle s'accrocha au bras complaisant de Mario l'Italien et le petit groupe courut dans le dernier couloir conduisant à l'avion.

Derrière eux, la vieille dame, accompagnée d'un employé de la compagnie, criait furieuse :

– Ce n'est pas moi qui me suis trompée! C'est cette fille qui m'a abandonnée à l'avion de Nice...

« Quelle ingratitude, c'était bien la peine d'avoir tiré la vieille dame dans tous les escaliers! »

Cornélia, furieuse, hâta le pas.

C'est presque au galop qu'avec ses six hommes sur les talons, elle pénétra dans le gros 747 de la compagnie indienne.

En cette saison de l'année, le Jumbo était presque

plein. Cornélia se laissa tomber dans le fauteuil qu'une hôtesse lui indiquait.

Le hasard la plaça heureusement entre l'Italien Mario Mirreccelino et le Belge Léopold Freulemans, que Cornélia considérait comme les plus gentils.

Aux places juste devant eux, se trouvaient le Suisse Danny Kurzman, le Canadien Mathias La Rose et Robin Percy l'Anglais.

Avec un soupir de soulagement, Cornélia nota que le grand Guillaume Berri était assis un rang plus loin sur le bord du couloir à côté de deux jolies filles, des mannequins probablement!

Comme de vrais potaches, les cadres de Madison International plaisantaient à l'intention de leur compagnon :

– On fait bande à part, Berri?

– Il se débrouille bien le grand Guillaume...

– Tirez les premiers, messieurs les Français...

« Eh bien, ça va être gai, pensa Cornélia, que la brusque terreur du décollage imminent rendait d'humeur acariâtre. Ils ont l'air complètement idiots avec leurs plaisanteries stupides... »

L'avion roulait maintenant sur la piste. Un hoquet de panique saisit Cornélia. Pour se rassurer, elle serrait frénétiquement le sac sur son cœur.

– Votre ceinture, mademoiselle!

L'hôtesse se penchait sur la jeune fille.

– Ma... ah!

Obéissant à l'ordre, Cornélia tirait avec obstination sur la lanière du siège voisin.

Mario Mirreccelino se laissa aussitôt glisser contre l'épaule de Cornélia :

– Voulez-vous qué nous voyagions dans lé même fauteuil, mademoiselle?...

Cornélia devint toute rouge.

L'Italien faisait son œil de velours.

– Laissez-moi lé plaisir dé vous attacher...

Incapable de répondre, Cornélia ferma les yeux.

Une forte poussée des réacteurs la rejeta sur son dossier.

« Si seulement l'avion pouvait s'écraser en bout de piste, ce serait fini une bonne fois pour toutes! »

Les cheveux électrisés, Cornélia laissa aller sa tête sur le côté.

– Peur en avion? chuchota l'Italien.

Il lui tapotait gentiment la main.

– N'en profitez pas, Mario, protesta le Belge.

Cornélia sentit soudain un grand calme l'envahir. Elle ouvrit les paupières.

– Nous n'avons pas décollé? balbutia-t-elle, navrée.

– Non, régardez...

Mario Mirreccelino lui désignait du doigt le hublot.

Cornélia voyait au-dehors le paysage qui, se découpant en petits carrés, s'éloignait à vive allure. Les humains se transformaient en insectes, les routes en serpentins, les maisons en jouets et les champs en nuages. Tout semblait si petit sous les cumulus. Cornélia n'avait même pas senti le décollage.

Soudain, elle éclata de rire :

– C'est formidable, je ne me suis rendu compte de rien...

Sans trop savoir pourquoi, peut-être simplement parce que son enthousiasme juvénile était communicatif, le Belge Léopold et l'Italien Mario mêlèrent leurs rires au sien.

– On est bien gais derrière...

C'était Danny Kurzman qui retournait sa tête frisée en même temps que le Canadien Mathias La Rose et Robin l'Anglais.

Le Belge répondit aussitôt :

– C'est Mlle Cornélia qui nous fait rire...

– On va en avoir besoin, déclara d'un ton mi-figue, mi-raisin Danny Kurzman.

– Pourquoi donc, monsieur? osa lancer Cornélia.

– Six hommes et une jolie fille comme vous sur

quarante mille kilomètres, si on ne se bat pas à l'arrivée...

– Vous avez raison, Danny, acquiesça Mario. Ils sont fous à Symposias, ils auraient dû nous donner un gros moustachu comme Berri...

Le « gros moustachu » se penchait de l'autre côté du couloir :

– Qu'est-ce que vous dites?

C'est Mathias La Rose qui répondit avec son merveilleux accent :

– Que Mlle Corrrnélia devrait avoirr une moustache comme la vôtrrre, Berri.

La tête stupéfaite de Guillaume Berri fit redoubler l'allégresse générale. Même Cornélia, oubliant presque les raisons impérieuses qu'elle avait d'éviter le grand Guillaume, pouffa de rire.

L'avion avait atteint son altitude de croisière.

Les hommes de Cornélia allumaient maintenant des cigarettes. Le grand Guillaume détacha sa ceinture pour rejoindre ses compagnons. S'accoudant sur le dossier de Robin Percy, il se pencha à nouveau vers Cornélia.

– Je cherche toujours où je vous ai rencontrée... Vous n'étiez pas en mai au Salon d'Oslo?

Il fallait que cette obsession cesse à tout prix!

Otant ses lunettes noires, Cornélia osa regarder le grand Guillaume dans les yeux et elle s'entendit répondre avec assurance :

– En effet, j'y ai passé une journée pour Symposias...

Guillaume Berri se frottait les mains :

– Ça y est, j'ai trouvé, je vous ai vue en Norvège... Oh! j'ai une bonne mémoire visuelle, mais surtout une mémoire auditive qui me stupéfie moi-même... Je peux vous répéter mot à mot un discours que j'ai entendu il y a vingt ans... Mais je ne crois pas que nous ayons jamais parlé ensemble, sinon je me souviendrais à coup sûr de votre voix...

Cornélia l'avait échappé belle!

Elle bénit le ciel de ne pas avoir ouvert la bouche pendant son court essai de péripatéticienne.

– Vous êtes impardonnable d'avoir même cherché un instant, Berri, coupa Mario, car moi jé vous dis qué des yeux bleu marine comme ceux de Mlle Cornélia ne s'oublient pas plus qu'ouné peinture florentine!...

Il couvait Cornélia d'un sourire satiné.

Léopold le Belge interrompit la séance de charme.

– Vous, les Italiens, tout de suite la Madone, puis il voulut se rattraper : mais mademoiselle a de très beaux yeux...

Là-dessus, tout le monde était d'accord et chacun reprit sa place. Hôtesses et stewards indiens passaient les plateaux d'un copieux breakfast.

Cornélia se jeta sur le sien en personne qui, à part les brioches du *Caddie Tea,* n'avait pas mangé depuis plusieurs jours. Elle lut un magazine que lui tendait Mario, puis elle discuta en anglais avec Robin Percy. Celui-ci admira son accent :

– Où avez-vous appris à si bien parler?

– A Clermont-Ferrand! répondit Cornélia en riant.

Cela faisait trois fois qu'elle se surprenait à rire en même pas une heure, alors que depuis deux ans elle n'avait pas souri un seul instant.

Depuis que l'avion avait décollé, elle se sentait beaucoup plus légère.

La question étant réglée avec le grand Guillaume, Cornélia mit donc son changement bénéfique sur le compte de l'altitude. Se détendant de plus en plus, elle trouvait l'assurance de discuter avec ses six hommes.

Après l'escale de Francfort, ce fut l'heure de l'apéritif.

Les hôtesses revenaient en poussant les chariots remplis de bouteilles.

– Ouné petit champagne? proposa Mario.

– Va pour le champagne! accepta Cornélia.

– Pour moi aussi, une fois! fit Léopold.

De l'autre côté du couloir, le grand Guillaume

commandait un Dan Campbell on the rocks (Cornélia connaissait ses habitudes). Il leva son verre en direction de la jeune fille. Les autres l'imitèrent. La glace étant totalement rompue, le petit groupe trinqua d'abord à Cornélia et ensuite au voyage.

– Maintenant, plus de monsieur ni mademoiselle, O.K.?

C'était Danny Kurzman qui faisait cette proposition. La motion fut adoptée à l'unanimité.

– Veg or non veg?

Le steward posait cette surprenante question à Cornélia.

Le Belge Léopold, qui connaissait déjà l'Inde, expliqua, en plissant des yeux rieurs derrière ses verres de myope, que la politesse indienne consiste à demander si vous êtes végétarien ou non.

– Mais vous qui avez tellement voyagé devez connaître tout cela, mademoiselle Cornélia, ajouta le Belge.

– Oui... oui, mais j'avais oublié...

Après avoir trouvé cette explication, Cornélia décida qu'elle avait suivi une trop longue diète pour être « veg »!

Sur les trois plats présentés, elle choisit un poulet « tandoori » enduit de masala, donnant à sa chair une belle couleur orangée.

« C'est déjà la PORTE DE L'INDE », songeait Cornélia avec excitation.

Son lyrisme ne lui coupa pas l'appétit.

Après le repas, « ses » hommes lui offrirent les uns une cigarette, les autres un chewing-gum ou un cachou. Elle accompagna Robin, Mathias et Danny au bar pour prendre un digestif. Revenue à sa place, Cornélia regarda le film, un western pas très indien avec Paul Newman, tandis que Mario lui faisait une cour éhontée, puis, épuisée par toutes ces émotions, bercée par le doux ronronnement des réacteurs, elle ferma les yeux avec la pensée rassurante que Léopold,

Mario, Mathias, Robin, Daniel, et même Guillaume, allaient devenir ses meilleurs amis...

Cornélia se réveilla au-dessus du Pakistan. Elle n'avait jamais mieux dormi.

En individus ayant l'habitude des voyages, ses six hommes partaient l'un après l'autre pour se raser dans les toilettes.

Cornélia les imita, du moins en ce qui concernait la direction!

Après s'être rafraîchie, elle revint, toute rose, plus reposée que par une nuit dans son lit, reprendre sa place.

Le Suisse Daniel Kurzman saignait abondamment du nez.

– C'est stupide, mon rasoir électrique a dû m'accrocher un poil, expliquait-il en se tamponnant à l'aide d'un mouchoir blanc, qui devenait rapidement rouge.

Les conseils de Gwendoline revinrent aussitôt à la mémoire de Cornélia :

« Tu es leur maman! leur frère! leur sœur!... »

Avec décision, elle se précipita sur la trousse de pharmacie qu'elle avait eu la précaution de glisser dans son sac de voyage. Penchée sur le « blessé », Cornélia tamponnait l'objet du drame.

Sa tête bouclée rejetée en arrière, Danny se laissait faire, tel un bébé, tandis que ses cinq compagnons, comme dans une publicité T.V., regardaient le plus sérieusement du monde leur collègue et son infirmière.

Celle-ci avait envie de rire à leurs commentaires masculins.

– J'ai abandonné le Phillups à double tête, il m'arrachait barbe et peau...

– Je préfère le triple Gilotte, c'est assez doux...

– Essaie tout simplement le vieux Rhomson à une lame. Il coupe sans blesser.

– Je suis revenu au mécanique de mon père...

L'avion amorçait sa descente. Le voyant lumineux annonçait « Attachez vos ceintures. No smoking... »

– Vous êtes notre petite fée, Cornélia, déclara Danny, le nez barbouillé de rouge.

Les autres se rasseyaient.

Tandis que Cornélia ramassait ses ustensiles, Danny Kurzman en profita pour lui caresser la hanche. C'était un geste gentil, sans plus. Cornélia voulut s'éloigner dans le couloir pour regagner son fauteuil, Danny saisit ses doigts qu'il baisa au passage :

– Merci, mon petit ange bleu...

Cornélia sentit les lèvres chaudes du jeune ingénieur qui insistaient sur sa peau.

Les jambes un peu molles, Cornélia enjamba Mario pour se laisser retomber sur son siège.

– Méfiez-vous dé lui, chuchota aussitôt l'Italien, tout en tendant à la jeune fille un des bouts de ceinture. Jé né souis pas raciste, mais il est bien juif!...

– Ma mère s'appelait Bruchman! répondit froidement Cornélia.

Soudain, elle détestait ce bellâtre d'Italien. Elle lui tourna carrément le dos.

Léopold désignait du doigt les petites lumières de Palam, l'aéroport de New Delhi :

– C'est à soixante-dix kilomètres de Delhi, qu'éclata en 1857 la fameuse révolte des Cipayes! commença l'érudit petit Belge.

Cornélia soupçonna qu'il avait tout entendu et voulait la distraire. Elle l'écouta avec plaisir lui raconter comment trois régiments de Cipayes indiens mutinés avaient abattu leurs officiers et marché sur la ville.

Cornélia avait du reste vu un film avec Charlton Heston sur le sujet.

– Mais je suis ridicule, vous devez savoir tout cela par cœur, vous qui avez tellement voyagé! répéta le petit Belge. Je vous ennuie peut-être... mademoiselle Cornélia?

– Oh, non! vous me passionnez...

La jeune fille était sincère.

Sous le compliment, Léopold Freulemans rougit jusqu'aux oreilles.

A la courte escale de Delhi, l'avion s'était aux trois quarts vidé.

Ne restaient sur leurs sièges que Cornélia, les six hommes du groupe et quelques voyageurs disséminés çà et là...

L'un d'eux, un grand Indien vêtu à l'européenne, paraissait dormir, ses longues jambes allongées sous le siège de Cornélia.

Un observateur attentif aurait remarqué le léger frémissement de ses paupières bistres attestant qu'il ne perdait pas un mot de la conversation se déroulant devant lui.

– J'adore l'histoire de l'Inde lorsque vous la racontez, Léopold... Comment cette fameuse révolte s'est-elle terminée? reprit Cornélia avec un rien de coquetterie et un regard pour Mario.

L'Italien, vexé, mâchait un chewing-gum.

– Mal, bien mal pour les pauvres Cipayes... Le 14 septembre, les Britanniques donnèrent l'assaut. Après six jours de combats de rues, maison après maison, Delhi fut reprise et les malheureux Cipayes littéralement écrasés, réduits au silence par les Anglais... Mais c'était le premier grand soulèvement national de l'Inde et...

Ce récit n'était pas tout à fait du goût de Robin Percy :

– Vous avez une façon très belge de raconter l'Histoire, protesta-t-il, sa tête aux cheveux cendrés retournée. Les Cipayes étaient une bande de renégats et d'assassins...

– C'est une façon bien anglaise de voir les choses, rétorqua le Belge.

Le ton monta assez rapidement entre les deux

hommes. Ils arrivèrent très vite à se jeter pêle-mêle les moutons du Marché commun! Dunkerque! La capitulation du roi des Belges en 1940! et... à tout hasard, Mers el-Kébir qui pourra encore servir pendant une centaine d'années à narguer la perfide Albion...

Tout y passa!

Cornélia, aux cent coups, ne savait comment arrêter cette dispute stérile. Mario se pencha vers la jeune fille :

– Tout cela est dé votre faute, jeune sorcière...

Heureusement, d'autres passagers étant remontés à bord, le Jumbo repartait pour sa dernière destination. Cornélia commençait à se rendre compte que six bonshommes « c'était décidément de la dynamite! »

Pendant la dernière partie du voyage, elle s'absorba dans un silence prudent, profitant de ce répit pour relire ses consignes d'arrivée.

A l'heure prévue, le gros 747 d'Air India atterrissait enfin sur l'aéroport international de Santa Cruz à Bombay.

Avant que l'avion ne soit complètement arrêté à son aire d'arrivée, Cornélia, impatiente de se dégourdir les jambes, déboucla sa ceinture. Elle se redressa pour prendre sa veste dans un des casiers fermant automatiquement au-dessus de sa tête.

– Ce n'est guère prudent, vous devriez vous rasseoir...

C'était le voyageur indien assis juste derrière Cornélia qui donnait ce conseil en anglais.

« De quoi se mêle ce type? » pensa la jeune fille, agacée par cette réflexion.

Sans daigner répondre, elle monta sur le siège pour atteindre le casier. Un brusque coup de frein la déséquilibra. Elle voulut se rattraper au dossier, mais elle bascula pour s'effondrer, tête en bas, jambes en l'air, aux pieds du voyageur indien.

Les hommes de Cornélia se portèrent à son secours.

C'était inutile.

L'inconnu relevait déjà la jeune fille :
– Ça va?
– Hon hon...
A cette affirmation, le visage basané du voyageur indien s'éclaira d'un très mince sourire.
Ainsi, il faisait moins sérieux, plus juvénile.
– J'ai vu une fois en Amérique un homme qui, malgré les consignes de sécurité, a fait la même imprudence que vous; il a traversé la cabine comme une fusée et s'en est sorti avec trente jours d'hôpital...
– Eh ben!...
Cornélia massait son crâne endolori. L'avion s'était enfin arrêté à son aire de stationnement.
L'Indien se redressa vivement :
– Bon séjour en Inde, messieurs, mademoiselle...
Il saluait d'un signe de tête. Cornélia songea que son nez droit, sa bouche ferme et son menton modelé évoquaient la froideur d'un masque romain.
Une seconde, il enveloppa d'un coup d'œil aigu le groupe que formaient Cornélia et ses hommes. Il sourit à nouveau, puis, après avoir enfilé un blazer bleu et pris son attaché-case sous le siège, il s'éloigna d'un pas rapide au milieu des voyageurs encombrés de paquets.
– Qui est-ce? interrogea Guillaume Berri qui n'était arrivé qu'à la fin de l'échange.
– Sais pas!
– En tout cas, il est trrrès sympathique cet Indien... déclara Mathias La Rose.
– Je ne suis pas de cet avis, répondit froidement Cornélia. Il est trop prétentieux... Je trouve même qu'il a quelque chose d'assez antipathique...
Sur ces mots définitifs, Cornélia sortit la pancarte rose et verte Symposias 2000 de son inépuisable sac et elle partit d'un pas décidé devant son troupeau masculin.

3

LA PORTE DE L'INDE

– Un café, mon petit ange!
– Deux Coca, ma chérie!
– Un gin fizz, mon bébé!
– Trois thés, ma petite Cornélia!
– Trois whiskies, mon trésor!
– Un café, mon petit ange!
– Deux Coca, ma petite chérie!
– Trois thés, ma...

La litanie ne changeait guère. Depuis trois jours, Cornélia n'avait – mis à part le chemin nocturne parcouru de l'aéroport à l'hôtel *Taj-Mahal* – à peu près rien vu de l'Inde millénaire.

Après quelques heures de repos, prises chacun dans leurs luxueuses chambres à air climatisé, les hommes de Cornélia s'étaient aussitôt enfermés avec des représentants du groupe indien Ottar Urissa, dans une grande salle de conférences que l'hôtel avait mise à leur disposition.

Le rôle de Cornélia consistait à « materner » ces grands cerveaux!

Elle n'avait pas la possibilité d'alerter le M.L.F.!

Aux petits soins pour ses hommes, elle se tirait très bien de cette occupation.

La conférence commençant à 8 heures, trente minutes plus tard le Belge voulait son café noir avec trois sucres, l'Anglais son thé-citron sans sucre, le Français son crème avec la saccharine, le Canadien aussi mais sans sucrette, l'Italien son espresso noir avec un zeste d'orange, le Suisse son verre de jus de tomate glacé...

Les Indiens, eux, beaucoup plus faciles que les Occidentaux, ne fonctionnaient qu'au thé au lait très sucré.

C'était ensuite l'heure des boissons alcoolisées destinées à revigorer les cerveaux des six Madison fatigués, puis du lunch pris dans une salle particulière.

Cornélia devait au préalable avoir noté avec discrétion les commandes pour les glisser à M. Bimba, le maître d'hôtel indien. Elle prenait ses repas avec les ingénieurs, mais il faut bien avouer que ces messieurs, à l'heure du déjeuner, ne faisaient pas plus attention à sa petite personne qu'à une potiche du Rajasthan.

On ne se souvenait d'elle quc pour aller rechercher dans la salle de conférences un dossier, une carte, un dessin, c'est fou ce qu'ils pouvaient oublier de choses, ces hommes!

Dans l'après-midi, outre le ravitaillement liquide nécessaire aux facultés intellectuelles de ces messieurs, Cornélia devait leur rapporter sans cesse des munitions : cigarettes, papier, feutres, stylos à bille... Ils en faisaient une telle consommation que Cornélia finissait par croire qu'ils les avalaient.

Sagement assise dans le fond de la salle, rêvant d'être initiée à la mythologie de Brahma et Vichnou, Cornélia ne pouvait faire autrement que d'entendre les bribes de la conversation qui se déroulait en anglais :

– Le préalable hydraulique...
– Avec le concours de Madison International...
– Optique du secteur primaire...
– La planification permet de...
– Sélection de semences...
– Rotation rationnelle des cultures...
– De douze à quinze quintaux l'hectare...

– L'irrigation de la Damodar...
– Des tankers...
– Réseau de canaux...
– Jute du Bengale humide...
– Variétés à fibres courtes...
– Valeur textile moyenne...

Ce langage rébarbatif maintenait Cornélia dans une semi-somnolence polie.

Comme la prisonnière d'un paquebot de luxe, elle pouvait apercevoir, par les larges fenêtres de la salle de conférences, outre le quai Apollo Bunder et une statue équestre du célèbre roi mahratte Shivaji (sorte de Louis XIV national avait cru comprendre Cornélia) se reflétant dans les eaux irisées de la mer d'Oman, cette admirable baie aux couleurs chatoyantes de Bombay et les embarcadères pour l'île magique d'Elephanta.

Lorsque Cornélia descendait quelques instants au septième étage, de sa somptueuse chambre rose et or, la vue changeait du tout au tout.

C'était la fameuse Mahatma Gandhi Road qui s'étirait au loin. Toute une population vêtue de coton blanc, enturbannée pour les hommes, drapée de saris colorés pour les femmes, se pressait sur les trottoirs. Au milieu de la chaussée, les voitures les plus modernes côtoyaient charrettes à bras, chariots tirés par des bœufs, sans parler de vieux fiacres « Victoria » et de vaches sacrées errantes, mais finalement très à l'aise au milieu du trafic.

Ce spectacle fascinant était tellement différent de tout ce que Cornélia avait pu connaître en Auvergne, ou dans l'Ile-de-France, qu'elle avait l'impression d'avoir été posée par la main de Superman sur une autre planète.

Le soir, après un dernier colloque qui se terminait assez tard, les choses changeaient du tout au tout.

Les Indiens d'Ottar Urissa, toujours impeccablement cravatés et vêtus, comme les hommes d'affaires dans ce pays, à l'occidentale, se retiraient avec la promesse de revenir tôt le lendemain matin.

Cornélia appréciait leur exquise politesse, leur classe et discrétion. Elle aurait aimé avoir le temps de parler avec eux d'autre chose que planification et irrigation, mais Madison International ne lui en laissait guère le loisir.

Après une douche rapide prise dans sa salle de bains en marbre, la jeune fille se retrouvait pour la soirée seule – si l'on peut dire – avec ses six hommes.

C'était l'heure où ceux-ci se décontractaient. Ils reléguaient les costumes gris à la penderie, passaient des vestons clairs et faisaient les jolis cœurs pour Cornélia.

Le groupe allait dîner dans un des trois ou quatre restaurants de l'hôtel. C'était un soir la cuisine indienne, un autre la chinoise, même anglaise ou française!

– Le *Taj-Mahal* est vraiment l'hôtel le plus prestigieux de l'Inde et peut-être du monde. C'est un monument à lui tout seul! avait déclaré la veille Léopold d'un ton très sentencieux.

Ses six bonshommes sur les talons, Cornélia se promenait ensuite dans les vastes salles de réception, puis on faisait une petite promenade dans les galeries d'art, du lèche-vitrines devant les boutiques de luxe regorgeant de saris d'or, qui faisaient rêver Cornélia.

Les hommes plaisantaient, complimentaient Cornélia, déclaraient qu'ils ne pouvaient plus se passer d'elle, qu'elle était devenue leur mascotte...

La jeune fille n'était pas assez innocente, stupide ou oie blanche pour ne pas se rendre compte de la compétition évidente qui existait pour la séduire dans son groupe de machos occidentaux.

En si peu de temps, par des confidences habilement chuchotées çà et là..., en quelques instants volés loin des cinq autres, Cornélia avait appris à mieux connaître chacun de « ses » hommes.

Le gentil Léopold Freulemans était veuf avec deux

filles de douze et dix ans, élevées par leur grand-mère maternelle à Bruxelles. Léopold avait fait son voyage de noces avec sa femme en Inde, c'est pourquoi il connaissait si bien le sujet. Léopold était triste d'être veuf... Il avait besoin d'une sincère amitié féminine.

Cornélia le plaignait et l'aimait déjà beaucoup.

Robin Percy était marié, père de trois enfants, mais... *dixit* le beau Gallois, il ne s'entendait plus très bien avec sa femme. Celle-ci ne comprenait absolument pas son mari! Ils faisaient chambre à part dans leur cottage des environs de Londres! Margaret – son épouse – était professeur de dessin. Elle semblait ne pas avoir le caractère facile. Robin était un homme trop seul... Il avait besoin d'une réelle amitié...

Mathias La Rose était divorcé. Il avait un petit garçon qu'il ne voyait jamais. Son ex-femme avait quitté Montréal pour se remarier avec un Américain du Texas... Mathias était un homme très solitaire... Il avait besoin de...

Daniel Kurzman était célibataire. Il avait eu une longue liaison avec une actrice de la T.V. romande. Celle-ci, faisant passer sa carrière avant sa vie privée, était partie tenter sa chance à Hollywood. Malgré une profession qu'il adorait, Danny était très solitaire. Il avait besoin d'échanges spirituels ainsi que de chaleur humaine...

Cornélia avait un petit faible pour sa tête bouclée, ses yeux malins derrière les lunettes d'acier. Elle le plaignait un peu plus que les autres et aurait bien aimé le consoler plus longtemps.

Guillaume Berri était marié, trois enfants de dix-huit, seize et quatorze ans. Son histoire ressemblait étonnamment à celle de Robin Percy : il affirmait ne plus s'entendre avec sa femme, mais restait à cause des enfants... « Quand ils seraient finis d'élever, on verrait... » Il faisait, paraît-il, lui aussi chambre à part dans leur belle maison de Marcq-en-Barœul – la banlieue chic de Lille. Guillaume avait besoin d'affection...

Quelque chose dans son histoire sonnait aussi faux que dans celle de Robin et Cornélia se demandait si ces deux hommes mariés l'étaient réellement aussi mal qu'ils le prétendaient!

Connaissant, d'autre part, la façon dont Guillaume Berri cherchait la chaleur humaine, Cornélia le plaignit beaucoup moins que les autres et évitait :

– premièrement, de rester seule avec lui,
– deuxièmement, de parler d'Oslo!

Le « Dernier des Mohicans » posait un cas difficile à Cornélia. Mario Mirreccelino était très gai, heureux, bon vivant, célibataire, toujours prêt à faire un mot, raconter une blague, bien boire, bien manger... Bref, c'était le compagnon de voyage idéal.

Il s'était réconcilié avec Cornélia en lui avouant qu'il avait fait « ouné réflexion stoupide dans l'avion ». Il était navré. Il ne se méfiait de personne, il aimait la terre entière... Jaune, rouge, bleue ou verte...!

Depuis, Mario était aux petits soins pour Cornélia. Rapide et malin, il s'arrangeait toujours pour s'asseoir à côté de la jeune fille le soir au restaurant. Il amusait toute la tablée, baisait les mains de Cornélia, remplissait les verres de ses collègues...

Devant ce bonheur de vivre, Cornélia n'avait aucune raison de plaindre Mario. Il la faisait simplement rire à gorge déployée.

Encore trop inexpérimentée avec la gent masculine, Cornélia ne savait pas à quel point le rire pouvait être l'arme la plus dangereuse...

Il n'était pas minuit le troisième soir, lorsque les participants du groupe Symposias, encore assez fatigués par ce phénomène étrange que les Anglo-Saxons appellent « Jet Lag », se retirèrent chacun dans leur suite pour chercher le sommeil perturbé des grands voyageurs.

Au moment délicieux où elle allait s'endormir, Cornélia entendit gratter à la porte de sa chambre.

C'était Mario qui venait lui demander un comprimé d'aspirine.

Pas trop dupe du stratagème, Cornélia lui glissa le médicament dans une enveloppe sous le battant.

– Jé grelotte dé misère dans cé couloir inhospitalier et tou né m'ouvres pas? chuchota Mario d'une voix caressante.

Bien que ferme, la réponse de Cornélia manqua d'imagination :

– Vous devez dormir, Mario, il est tard!

Un soupir à fendre l'âme traversa le bois de la porte.

– Jé voudrais bien, mais comment dormir alors que jé souis tout seul avec une furieuse envie de parler... Tout ce que jé veux, c'est échanger un peu de chaleur humaine, né pas vivre comme des animaux... parler avec toi, Cornélia...

Le rire frais de la jeune fille fusa :

– Vous trouvez que vous ne parlez pas assez comme ça toute la journée, Mario?

– Cé n'est pas parler, ça, Cornélia, cé que nous faisons ici c'est dou... stakhanovisme... Parler, c'est dire des mots pour ne rien dire... c'est échanger des pensées, les plus folles, murmurer des mots doux au clair de lune... Jé souis sûr qu'en ce moment, tou es brûlante et belle comme une Madone dans cette nuit indienne... Cara mia... tou n'as rien à craindre, ouvre-moi juste la porte, jé n'entrerai pas... Simplement, jé te regarderai muet comme oune carpe, respectueux comme oune bonze, ensuite jé té laisserai dormir...

Le serpent avait dû tenir le même discours à Eve.

Cornélia hésita une seconde puis, avec stoïcisme, elle ne se laissa pas tenter.

– C'est ça qu'il vous faut tout de suite faire, Mario, dormir... Allez, bonsoir, à demain...

– Cruelle, tou es une vestale glacée... que j'aurais voulu réchauffer...

– Allons bon, tout à l'heure, j'étais brûlante, voilà que maintenant je suis glacée... pouffa Cornélia.

– Mon petit ange rose, tou es...
– Bonsoir, bonsoir...

Sans vouloir écouter la suite, Cornélia partit s'enfermer dans la salle de bains veinée de lapis-lazuli.

Elle s'assit souriante à la coiffeuse d'ébène incrustée d'ivoire.

Son visage prit une expression songeuse. Comme machinalement, ses doigts glissèrent dans ses cheveux châtains aux reflets dorés. Elle les tira en arrière, rabattit une frange sur son front légèrement bombé, lissa l'arc de ses sourcils et, la tête appuyée entre ses deux poings fermés, elle se regarda avec une attention soutenue.

Mario l'avait troublée.

Tous ces hommes la troublaient. Elle avait changé. C'était même incroyable ce qu'en trois jours – elle avait l'impression d'être partie depuis trois mois – elle s'était transformée. Qu'était devenue la Cornélia de la semaine dernière? Pauvre petite créature prête à se laisser engloutir par la misère et le désespoir?

Ses yeux bleu marine, si tristes, même ternes, à Paris, brillaient d'un éclat inaccoutumé, sa peau qu'elle trouvait grise était devenue souple, rose, vivante... Son nez, qu'elle avait toujours estimé un rien trop long, semblait se relever du bout comme aux jours heureux avec Renaud et dire : « Bonjour, regardez-moi... je suis le nez fier et orgueilleux de Cornélia Dassas, je n'ai peur de rien... Je suis un être vivant... indépendant et libre... »

Cornélia se redressa. D'un geste vif, elle fit passer sa vieille chemise de nuit par-dessus sa tête pour regarder son jeune corps dans le reflet du miroir doré.

Sans complaisance, elle détaillait ses formes longues et sveltes, qu'elle estimait trop maigres à Paris... Etait-ce déjà la bonne nourriture et les trois repas par jour qu'elle prenait depuis qu'elle était partie, en tout cas elle devait admettre que ses formes devenaient plus douces, moins anguleuses, souples et nacrées...

Ses doigts effleuraient en caresse les pommes de ses

seins, petits certes, mais accrochés très haut. Brusquement arrondis eux aussi... Leurs pointes mauves érigées comme en attente au-dessus d'un ventre ferme et plat que terminait le triangle châtain.

La main de Cornélia s'aventura entre ses cuisses. Tout doucement, presque à son insu, elle se laissa aller à effleurer la douceur de son intimité...

LA PORTE DE L'INDE passait-elle par ce vertige?...

Cornélia renversa la tête sur le côté. Ses cheveux se répandirent en cascade.

Elle s'était toujours trouvée ingrate. Elle admirait l'éclat de filles comme Gwendoline... Elle n'avait jamais très bien compris que Renaud l'eût choisie, et voilà que ce soir, par elle ne savait trop quel miracle, Cornélia se trouvait séduisante, mieux, belle d'une sorte d'esthétisme langoureux qui l'émouvait elle-même.

Les paupières à demi baissées, Cornélia s'observait tout en imaginant maintenant les mains agiles de Mario sur sa peau brûlante. Avec sa fougue italienne, il l'embrasserait partout, la mordillerait, la lécherait... Un long frisson parcourut Cornélia. Laissant son esprit vagabonder, elle imaginait Danny entrant à son tour dans la pièce... Il s'approchait, renversait la tête de Cornélia, prenait ses lèvres, les écartait pour un baiser profond et prolongé... Haletante, Cornélia passait ses doigts dans sa toison frisée... Elle attirait la tête de Danny entre ses seins...

Et si les deux garçons étaient là en même temps? Esclave et reine, Cornélia se couchait entre eux. L'un la pénétrait à l'Orient, pendant que l'autre à l'Occident... Un troisième arrivait... C'était Robin. Il évinçait les deux autres pour s'approprier Cornélia. Folle de son corps, sous le regard excité des premiers, Cornélia se donnait à l'Anglais... Elle se pâmait d'aise entre ses bras, quand survenait Mathias... Riant à gorge déployée, celui-ci retournait Cornélia... Il la prenait comme un bûcheron des forêts canadiennes...

Sous les coups de boutoir, Cornélia mordait ses lèvres pour ne pas gémir de plaisir.

– Cornélia... vous dormez?

On frappait à la porte de la chambre.

Brusquement dégrisée, Cornélia redescendit sur la mosaïque fraîche de la salle de bains.

« Je deviens complètement dingue! » pensa-t-elle, honteuse de s'être laissé envahir par ce phantasme érotique.

– Je ne voulais pas vous déranger, mais...

C'était Léopold Freulemans qui désirait un Alka-Seltzer.

« Il était désolé d'ennuyer Cornélia à cette heure tardive, espérait ne pas l'avoir réveillée... mais ne se sentait pas bien... »

Cornélia n'avait aucune raison de suspecter le gentil Belge. Elle passa vivement son peignoir mal reprisé sur le sein. Tout en dissimulant de sa main la déchirure, elle alla chercher le remède miracle et ouvrit sa porte.

Une trombe en robe de chambre de satin grenat s'engouffra dans la pièce.

– Vous êtes si charmante, Cornélia, je ne pouvais pas dormir...

La jeune fille s'attendait à tout, sauf à la furia possessive qui s'était emparée du timide Léopold!

Sans savoir comment, elle se retrouvait entre les bras incroyablement musclés de l'ingénieur belge.

Quel changement!

Tout en luttant dans le silence feutré de l'hôtel insonorisé, Cornélia protestait :

– Mais, arrêtez... Voyons... écoutez-moi, Léopold, Léopold...

Elle n'arrivait pas à lui faire lâcher prise. Mieux, collée contre Léopold, elle ne pouvait ignorer la transformation physique qui montait sous la robe de chambre du petit Belge.

Prévoyant, il avait ôté ses lunettes. Cornélia ne reconnaissait plus l'expression si douce de son regard bleu. Las... ce soir, c'était un forcené qui, sans perdre une seconde, entraînait la jeune fille vers le vaste lit.

Un garçon si poli et timide!

A qui se fier?

Une bouche chaude s'était emparée des lèvres de Cornélia. Soudain, elle n'avait ni l'envie ni la force de se débattre. Une seconde troublée par ce désir, elle faillit abdiquer. Pourtant, il allait trop vite en besogne, quand il voulut écarter avec violence les pans de son peignoir, le tissu acheva de craquer. Cornélia eut un sursaut de révolte.

D'un coup de genou digne des docks de New York, elle réussit à se dégager.

– Sortez, monsieur Freulemans! Vous vous êtes trompé d'adresse...

Elle était parfaite de dignité outragée.

– J'avais cru comprendre que vous aviez un peu de sympathie pour moi...

Balbutiant et visiblement dégrisé, Léopold se retirait l'oreille basse, à défaut d'autre chose...

« C'est sûrement le climat... Je suis à la merci de n'importe quoi... », gémit Cornélia en refermant vivement la serrure de la porte.

Elle ôta son peignoir que la séance de karaté belge avait rendu totalement inutilisable et elle se glissa, toute nue, entre les draps bordés de dentelle.

« Dimanche... dimanche, nous partons vers le Sud... », eut-elle encore le temps de penser.

La minute suivante, elle dormait, les jambes repliées comme un jeune faon.

4

LE MARCHÉ AUX VOLEURS

– En Occident, le chiffre sept est-il aussi un peu magique?

A cette question de l'ingénieur indien, le groupe Symposias-Madison se mit aussitôt à rivaliser de connaissances.

– Bien sûr, le sept de carreau! fit Mathias.

– La guerre de Sept Ans! lança Robin.

– Les sept péchés capitaux! jeta Danny.

– Jeanne d'Arc et Charles VII! reprit Léopold.

– Les sept Muses! grimaça Mario.

– Mais non, il y en avait neuf!

– Bah! qu'importe, on n'est pas avares!

Un fou rire de collégiens secoua les cadres de Madison.

– Et le chandelier à sept branches...

D'un air innocent, Cornélia ajoutait cette réflexion perfide pour Mario.

– Ah!... Hepta... du grec sept..., soupira le grand Guillaume Berri qui se piquait de philologie.

Le fou rire redoubla. C'était la grande détente! La franche gaieté.

– Eh bien, messieurs, mademoiselle, comme Rome est la ville des sept collines, Bombay est celle des sept îles...

– Aaah! sept îles..., répéta en un chœur parfait le groupe Symposias un peu calmé.

– C'est en effet au cours des deux derniers siècles que les îles ont été réunies, colmatées, des fronts de mer construits sur des zones marécageuses que les Portugais appelaient « Bom-Bahia », la Belle Baie...

– Les Portugais... avant les Anglais... Intéressant!...

La dernière conférence terminée, le samedi après-midi, Cornélia et ses hommes pouvaient enfin faire le « circuit typique » au triple galop.

Brusquement transformés en touristes, dans le minibus rouge du *Taj-Mahal,* ils faisaient ce même genre de réflexions, de borborygmes et de rires détendus que tous les groupes du monde aux explications du cicérone.

Ce rôle aurait dû échoir à Cornélia. Elle l'avait bien volontiers abandonné à Ravi Shikra, un ingénieur d'Ottar Urissa.

De tous les participants indiens, Ravi était celui que préférait Cornélia. Discret, chaleureux et courtois, il ne manquait jamais une occasion de complimenter la jeune fille, de la remercier, de s'effacer pour la laisser passer et de lui marquer en toute occasion une discrète admiration.

Toute neuve dans ses relations avec les hommes, Cornélia trouvait cette attitude bien agréable. En future mante religieuse aiguisant ses crocs, elle en profitait largement.

– Voici à gauche le musée du Prince de Galles, appelé communément Muséum par l'homme de la rue..., continuait Ravi, imperturbable.

Les têtes du groupe Madison se tournèrent avec un ensemble parfait pour admirer la large coupole en basalte de l'édifice.

– Nous arrivons à droite sur Hutatma Chowk... Flora Fountain... C'est l'équivalent de votre place de la Concorde, mademoiselle Cornélia...

– Aaaah!

Cornélia plissait ses yeux bleu marine, ravie du spectacle qui s'offrait à sa vue.

Plus que les monuments imposants, les mille et un petits métiers de la rue, avec ses artisans colorés, allant du tatoueur aux dentistes, écrivains publics, déboucheurs d'oreilles et marchands de chiques de bétel...

Très sensible à la beauté, Cornélia n'était pas non plus sans remarquer la variété des façades d'immeubles pouvant aller du dorique le plus sévère au nouillesque le plus profus, de murs usés par les ans au plus délicat alliage de bois et fer forgé.

Une vache sacrée faisait la sieste au beau milieu de la chaussée.

– Comment agit-on dans ce cas-là? interrogea le groupe en riant.

Le chauffeur du minibus arrêta aussitôt son engin.

Dans l'atmosphère climatisée du véhicule, on attendait le réveil de l'animal.

« J'aurais bien envie de descendre lui flanquer une bonne tape sur le derrière », pensait Cornélia.

– J'ai bien envie de descendre lui flanquer un bon coup de pied au cul, chuchota Danny.

Leur réaction d'Occidentaux fit pouffer Cornélia, puis elle mit un doigt sur ses lèvres, car l'ingénieur indien continuait, imperturbable, son exposé :

– La population de Bombay est en majorité mahratte... Un cinquième est musulman, quelques juifs et chrétiens... Les Parsis et les Jaïns sont essentiellement commerçants...

– Intéressant, n'est-ce pas? reprit Danny sur le même ton chuchoté, mais vous devez connaître tout cela par cœur, Cornélia...

La jeune fille dévisagea le Suisse pour voir si une ironie quelconque se dissimulait derrière sa réflexion. Il n'était pas possible que le jeune ingénieur ne se soit pas aperçu de son ignorance crasse. Mais Daniel Kurzman souriait avec innocence.

Cornélia était assise à côté de lui sur la dernière banquette du minibus.

Depuis la séance nocturne, elle était un peu « en froid » avec Mario et Léopold.

Elle avait tout d'abord craint que les deux hommes ne lui marquassent ouvertement leur rancune.

Il n'en était rien, du moins en apparence. Ils restaient polis, se contentant simplement, pour Mario de ne plus prendre place à côté de Cornélia, pour Léopold de limiter les conversations au strict minimum professionnel.

Par contre, Cornélia n'avait pas tardé à remarquer que Mario montrait un soupçon d'agressivité envers Léopold.

Avait-il vu le Belge entrer dans sa chambre et n'en avait-il pas touché quelques mots aux autres?

Cornélia avait perçu les regards insistants de Robin, Mathias et Guillaume.

Elle avait, de plus, surpris ces derniers, le matin même, ricanant comme des potaches avant le symposium.

« Ah! ces Belges! »

Cornélia avait choisi d'ignorer les cancans de ces messieurs. Digne comme une déesse, elle avait prosaïquement disposé sur la table de conférences papiers, gommes et crayons.

La vache sacrée ayant daigné terminer son petit somme, le minibus repartit :

– Voici la cathédrale Saint-Thomas... l'université... la tour Rajabai... la pointe de Malabar... Ah! nous entrons maintenant dans un quartier typique : Walkeswar Village... Vous voyez ce bassin quadrangulaire datant du XIe siècle, on raconte que ce point d'eau a été créé par une flèche que Rama – incarnation humaine de Vichnou – assoiffé tira un soir dans la terre...

Mi-narquois, mi-sérieux, Danny chuchota :

– C'est joli cette histoire de flèche... J'aimerais bien vous en tirer une droit dans le cœur...

Cette attaque poétique était tellement imprévisible

de la part du jeune Suisse que Cornélia piqua un fard sans trouver de réponse.

De plus en plus, Cornélia se rendait compte qu'elle ne savait pas tenir son groupe de barracudas. Il existait sûrement une manière de parler aux hommes, d'agir pour se faire « aimer mais respecter », *dixit* la grande spécialiste Gwendoline!

Le minicar remontait maintenant une rue de crête appelée Ridge Road.

Sur l'ordre de Ravi Shikra, le chauffeur arrêta son véhicule devant les jardins suspendus de Kamala Nehru.

Le groupe Symposias descendit aussitôt se dégourdir les jambes. Quelques prévoyants sortaient leur appareil photo.

Danny prit sans façon le bras de Cornélia pour l'entraîner vers le panorama.

– Voici le mont Blanc... Genève... le lac Léman, plaisantait Danny.

Il serrait Cornélia contre lui. Ne pouvant se défendre d'un trouble réel, Cornélia essaya d'ignorer le jeune homme pour regarder la vue sur la baie, qui était admirable en cette heure de la journée.

Une foule de bateaux, vrais navires ou larges barques aux voiles rouges déployées, se côtoyaient sur les eaux turquoise.

– Si on essayait de semer les autres, ce soir? murmura Danny.

Aux cent coups, pour se donner une contenance, Cornélia leva la tête vers le ciel.

D'énormes vautours tournoyaient au-dessus d'épaisses frondaisons.

– Qu'est-ce que font tous ces oiseaux? interrogea Cornélia à voix haute.

Ravi Shikra s'était rapproché.

Il désigna du doigt cinq tours crénelées.

– Les Parsis y exposent rituellement leurs cadavres qui sont dévorés par les carnassiers.

– Vous... voulez dire, étaient dévorés autrefois, rectifia Cornélia.

– Non, de nos jours, répondit très tranquillement l'ingénieur indien...

Cornélia devint toute pâle.

– Quelle horreur! Ces vautours sont si gros parce qu'ils mangent les morts... ho...

Elle avait soudain envie de vomir. Danny, lui aussi, avait l'air dégoûté.

– Vous jugez d'une façon trop cartésienne, mademoiselle Cornélia, répondit avec douceur Ravi. Vous enterrez bien vos cadavres qui sont grignotés par les asticots. Ce n'est pas mieux. Cette coutume des Parsis est justifiée par le fait que ces adorateurs du feu ne veulent pas souiller l'eau ni la terre et aussi par leur souci de traiter les morts sur un pied d'égalité... Conformément à l'enseignement de Zarathoustra...

Zarathoustra ou pas, Cornélia, complètement dégoûtée, abandonna le bras de Danny pour refluer vers le minibus.

Au voisinage de ces répugnants vautours, elle préférait attendre les autres à l'intérieur du car.

– Je vous comprends, Cornélia, moi non plus je n'aime pas beaucoup cette promiscuité assez barbare.

C'était le grand Guillaume qui venait la rejoindre. Le dernier des mousquetaires qu'elle aurait voulu voir seule à seul!

Maintenant, elle ne pouvait décemment plus trouver un prétexte pour descendre. Tout en lissant sa moustache noire, le grand Guillaume vint s'asseoir à côté d'elle.

– Je suis content de ce court moment de solitude avec vous Cornélia, car je dois vous avouer que j'ai des doutes...

Le cœur de Cornélia s'arrêta de battre.

D'un regard sévère, Guillaume Berri dévisageait la jeune fille.

– Des doutes, sur quoi donc, Guillaume?

Cornélia s'efforçait de prendre un air dégagé.
– Sur une chose très déplaisante!
« Ça y est, il l'avait reconnue! »
Cornélia essaya de sourire.
– On peut toujours se tromper, vous savez, les coïncidences!...
Le grand Guillaume la coupa avec force :
– Non, non, je suis tout à fait sûr de moi.
– Que voulez-vous faire? interrogea Cornélia d'une voix mourante.
– Vous parler d'abord, les prévenir ensuite...
Il désignait ses collègues qui mitraillaient les vautours dans le jardin.
Cornélia jeta un cri :
– Non, Guillaume, non! Je vous en prie, ne faites pas cela... Ce serait atroce, laissez-moi vous expliquer.
Au bord des larmes, Cornélia prit une profonde respiration pour plonger dans son aveu.
Le grand Guillaume lui jeta un regard surpris :
– Vous n'avez rien à m'expliquer, Cornélia, j'ai tout compris...
Un silence tragique tomba dans le minibus, puis le grand Guillaume reprit :
– Vous êtes trop généreuse, mon petit. Je voulais vous avertir que Mario et Léopold racontent des choses sur vous.
– Des choses sur moi? bégaya Cornélia.
Elle voyait s'éloigner l'orage.
Le grand Guillaume lui prit la main :
– Enfin des bêtises bien sûr, auxquelles je n'ai pas cru. Vous savez ce que c'est... Je n'aime pas rapporter, mais Mario a laissé entendre que vous aviez accueilli notre collègue belge dans votre chambre. Je sais que c'est ridicule, le petit Léopold est bien gentil, n'est-ce pas, mais... Bref, nous devons tous vivre ensemble un moment et vous connaissez les hommes...
« Non, justement, Cornélia ne connaissait pas! »

– Enfin, ma petite Cornélia, je voulais vous prévenir de faire très attention.

D'un geste paternel, le grand Guillaume tapotait maintenant le genou de Cornélia.

– Moi, je sais juger les êtres et je ne me trompe jamais. – « Hem! » – Je vois bien que vous êtes une fille sérieuse, pas une de ces petites minettes de trottoir – « il avait dû garder de la dernière un cuisant souvenir! » – mais une imprudence est vite commise... Vous ne pouvez empêcher les hommes de se vanter. C'est humain! N'ouvrez pas votre porte à n'importe qui. La moindre des choses en pareil cas est d'être discret, de se conduire en gentleman. Croyez bien que si j'étais dans leur situation, je saurais garder le silence. Mais, soit dit sans méchanceté, un Italien ou un Belge...

Le Canadien Mathias interrompit la brillante démonstration de Guillaume en remontant dans le minicar.

Les autres refluaient à leur tour. Soudain, Cornélia les détesta tous d'un seul bloc.

Pendant le trajet qui les conduisait à Chor Bazar – le Marché aux Voleurs – elle ne desserra pas les dents.

Dans Mutton Street, la rue la plus vivante de ces « Puces » indiennes, les hommes se livrèrent aussitôt à une véritable débauche d'achats de souvenirs.

– C'est pour ma femme! ma mère!

– Ma fille! Ma sœur! Ma concierge! Mon père! Mon oncle!

A croire que ces pauvres types n'achetaient jamais rien pour eux-mêmes!

Ne pouvant plus les supporter, remâchant sa rancune, Cornélia s'était un peu éloignée pour regarder seule les vieux meubles en bois de rose, incroyablement sculptés, les portes de palais incrustées d'ivoire, les tissus imprimés brodés d'or ou d'argent.

Un petit attroupement attira sa curiosité.

Au son d'une flûte, un homme enturbanné et accroupi faisait se dresser un grand serpent au capuchon déployé. Dans un lent mouvement de pendule, le reptile se balançait, charmé par la musique.

Un frisson parcourut Cornélia. Elle avait toujours eu horreur des serpents, mais la ferveur quasi religieuse de la scène exerçait sur sa peau hérissée une sorte de fascination. Comme malgré elle, elle fendit la foule pour avancer au premier rang du spectacle.

Un bras ferme se posa presque aussitôt sur son épaule, tandis qu'une voix chuchotait en anglais à son oreille :

– Attention, ce cobra est venimeux...

Pensant que c'était Robin, Cornélia répondit sur le même ton :

– Mais je n'ai pas peur!

Elle leva la tête et poussa un soupir de surprise.

L'homme qui venait de la mettre en garde ne faisait pas partie du groupe Madison.

C'était un Indien de haute taille, vêtu à l'occidentale. Il dépassait largement d'une tête la moyenne de la foule. Ses yeux très noirs dans son visage mat fixaient Cornélia. La jeune fille reconnaissait dans son interlocuteur altier le « masque romain » du passager qui lui avait fermement conseillé de se rasseoir à l'atterrissage du 747.

L'homme était toujours aussi hautain, sûr de lui.

Sans qu'un sourire étirât ses lèvres minces, il murmura :

– Vous avez tort, il faut souvent avoir peur. La peur nous protège de nous-même...

Cornélia ouvrit la bouche pour remettre en place ce philosophe de bazar, mais celui-ci fut plus rapide :

– Regardez!

Son bras ferme prit celui de Cornélia, la forçant à se retourner vers le charmeur de serpent.

– Cet homme doit venir de la région de Bhopura où l'on ne retire pas les crochets des cobras... Dès l'enfance, il a appris à vivre avec sa peur, à la dominer certes, mais sachant ce qu'il risque, il fera tout pour ne pas être mordu, car alors il serait trop tard...

– Mais c'est complètement stupide de risquer chaque jour la morsure! protesta Cornélia, reculant d'un pas.

– Nous risquons tous la morsure! repartit calmement l'inconnu avant d'ajouter : Bon voyage dans le Sud, mademoiselle!

Une telle stupéfaction se peignit sur le visage de Cornélia que l'homme ne put s'empêcher de sourire.

Cornélia, vexée, lança avec un rien d'agressivité :

– Vous êtes sans doute fakir, monsieur?

– Nous sommes tous un peu fakirs en Inde, mademoiselle!

Sur ces mots, l'inconnu salua Cornélia, puis, fendant la foule, il rejoignit une très belle jeune femme indienne, vêtue elle aussi à l'occidentale, qui paraissait l'attendre près d'une échoppe.

Il déchargea sa compagne d'une statue en bois peint. Tous deux disparurent dans Mutton Street, laissant Cornélia complètement ahurie.

– A qui parliez-vous, Cornélia?

C'était Mathias qui venait la rejoindre.

– Bof, avec un type! répondit simplement la jeune fille, ne voyant pas l'intérêt de répéter sa conversation avec l'inconnu de l'avion.

Mathias semblait pressé. Il jeta un coup d'œil rapide vers le groupe Madison qui traînait en arrière, puis, attirant Cornélia devant un étal de bijoux baroques, il chuchota :

– Hem... je suis content d'être quelques instants seul avec vous, Cornélia, car je voulais vous prévenir de fairre trrrès attention...

A peu de différence près, le Canadien tint le même discours à la jeune fille que le grand Guillaume. A entendre le Québecois, il était le seul du groupe à qui Cornélia pouvait ouvrir sa porte sans risque de ragots!

La coupe était pleine...

« Merde, en rentrant je m'inscris au Club des lesbiennes esseulées, quels cons ces mecs! Je les hais, vraiment je les hais! » pensa Cornélia. Ses yeux bleu marine jetaient d'inquiétantes lueurs noires.

Le groupe au complet arrivait en souriant.

Avec des expressions béates, les six Occidentaux l'entouraient.

Prenant l'attitude d'un premier communiant, Robin Percy lui tendit un paquet blanc.

– Pour notre mascotte, nous avons pensé qu'un petit souvenir de Madison vous ferait plaisir.

Derrière Robin, les cinq autres firent entendre un murmure modeste.

Sans comprendre, Cornélia déchira le papier blanc. Elle dépliait un somptueux sari de soie verte brodée d'or qu'elle n'aurait jamais pu s'offrir.

Les pupilles agrandies par le saisissement et le remords, Cornélia regardait ses six hommes. L'ingénieur Ravi Shikra se tenait avec discrétion à l'écart pour bien montrer qu'il n'avait pas participé au geste des Occidentaux. L'émotion étant trop grande, elle fondit en sanglots convulsifs.

« C'est vrai que nous lui faisons un beau cadeau de mille roupies, pensa Robin qui en bon Anglais savait faire les comptes, mais que ces Françaises sont donc expansives! »

– Je... je... ne sais pas comment vous remercier, balbutia Cornélia.

Soudain, elle aimait ses six hommes, elle les aimait tous sans restriction.

Avec la fougue de sa jeunesse, elle se jeta à leur cou, les embrassant à tour de rôle au beau milieu de la foule indienne assez étonnée de cette démonstration.

– Vous êtes si gentils, si gentils... répétait-elle sincère.

Il restait encore deux heures avant la nuit. Le groupe, complètement réconcilié, prit le bateau pour aller visiter les fameuses grottes de l'île Elephanta.

Un léger roulis balançait l'embarcation à moteur.

Dans la baie turquoise, Cornélia regardait s'éloigner les gratte-ciel blancs de Bombay, la colline rose de Neats Tongue, l'usine atomique de Trombay, et la presqu'île ocre du Dronagiri, que le « Dieu des singes Hanuman aurait laissée choir du ciel pendant son voyage à Ceylan », expliquait Ravi Shikra.

Soûlée d'air, de vent et de lumière, Cornélia se laissait aller contre l'épaule rassurante de Danny. Elle aimait sa chaleur communicative. Mathias lui tendit la main pour descendre au débarcadère. Elle fit la course avec Mario et Léopold pour monter les cent soixante-cinq marches conduisant à la grotte principale.

Derrière, ces paresseux de Guillaume et Robin prenaient avec Ravi des chaises à porteurs.

Tout le monde admira Brahma pensif, puis on plaisanta ensuite beaucoup devant l'immense statue de Shiva androgyne.

– Moi j'aimerais être le côté femme! déclara Danny en minaudant.

– Et notre petite Cornélia, le côte Jules, parce qu'elle nous mène à la baguette! dit finement Léopold.

On plaisanta beaucoup et si les Occidentaux se tinrent assez mal, l'ingénieur indien ne montra rien de ses sentiments peut-être choqués. Il prit poliment congé à l'hôtel avec promesse de revenir chercher le groupe tôt le lendemain matin pour les conduire à l'aéroport.

– Si on faisait une petite java indienne? proposa Mathias.

La motion fut adoptée à l'unanimité.

Cornélia courut dans sa chambre changer son jean. Elle voulut se draper dans le sari d'or, mais incapable de faire tenir le tissu soyeux autour de son corps, elle mit sa robe rose, dans laquelle elle était du reste charmante, et elle partit avec ses six hommes flamboyants, rasés de près et fleurant bon l'after-shave.

C'était Bombay by night.

Ils allèrent d'abord prendre un apéritif dans une tour de Nariman Point. La prohibition étant en vigueur au Maharastra, mais l'alcool toléré pour les étrangers, Guillaume Berri se chargeait d'exhiber les « liquor permit » de ses collègues et de Cornélia.

Du sommet de la tour, Cornélia, Danny et Mathias s'approchèrent des vitres pour admirer Back Bay et le féerique « collier de la Reine » formé par les lampadaires soulignant la forme arrondie de la route.

Copain-copain, Robin vint rejoindre ses camarades. Il entraînait Cornélia. On partait dîner au *Tropicana,* un restaurant chic de Marine Drive.

On regardait Cornélia avec ses six hommes. Flattée d'être le point de mire de la salle, elle hésita longuement entre la cuisine moghole et un chicken-sizzler, sauté de poulet et de légumes, servi tout grésillant sur la table.

Elle se décida finalement pour le premier, composé de bœuf, poivrons et piments rouges, qui lui mit le palais en feu! « Ses » hommes en profitèrent pour lui resservir à boire, ce dont ils ne se privaient pas pour eux-mêmes.

Il faut bien avouer qu'ils étaient tous les sept « à point » lorsqu'ils descendirent au *Tagore,* dernière boîte de nuit à la mode de ce Broadway indien.

On recommanda à boire!

On riait, on plaisantait, on parlait un peu fort, on décida d'aller danser tous ensemble. Au milieu de ses six hommes qui, à défaut de grâce, gigotaient sur le rythme hard rock, Cornélia se déhanchait avec ravissement.

C'était ça la vie!

Comment avait-elle pu ignorer ce plaisir jusqu'à aujourd'hui! Coquette et aguicheuse, elle lisait dans les yeux de ses hommes qu'elle était aussi belle que désirable.

Le plaisir sensuel du regard aiguisait celui de sa peau. Ayant des principes égalitaires, Cornélia exécuta ensuite à tour de rôle un slow avec chacun de ces

messieurs. Elle put se rendre compte qu'ils avaient :
– soit une pipe dans la poche!
– soit des « intentions » que la pollution mondiale, la grande révolution féministe et l'atome en folie n'avaient encore pu réduire à néant!

Bref, ils bandaient tous comme un régiment de cosaques après douze heures de cheval dans la steppe!

Ils lui proposèrent la « botte » du genre chuchoté : « On pourrait prendre un dernier verre, rien que tous les deux... Je suis au 312... 910... 711. » Il n'y avait en fait que le numéro de la chambre qui changeait.

Choix difficile!

Ivre de chaleur, de trouble, de musique et de boisson, Cornélia abandonna un instant son escadron, qui se leva à son départ d'un seul bloc, pour se diriger d'un pas incertain vers les « Ladies room ».

Elle avait vraiment besoin de se rafraîchir les idées!

Dans la semi-obscurité de la boîte, Cornélia se heurta à un groupe de trois hommes qui sortaient de la salle. L'un d'eux se retourna :

– Quelle coïncidence! Bonsoir, mademoiselle!

Le grand Indien de l'avion d'Air India et du Marché aux Voleurs inclinait légèrement la tête pour saluer Cornélia. Bouche bée, les cheveux embroussaillés et les pommettes brillantes, elle ne trouva à répondre d'un ton sec que :

– Bonsoir, monsieur.

Elle voulut passer outre. Une lueur brilla dans les yeux noirs de l'inconnu.

– J'ai vu que vous vous étiez bien amusée...

Sans savoir pourquoi, Cornélia fut exaspérée de ce toupet. Oser lui dire qu'il l'avait regardée danser avec ses hommes, de quoi se mêlait ce type arrogant?

– Bonsoir, monsieur! répéta Cornélia d'un ton sec.

– A très bientôt, mademoiselle!

– Je ne crois pas! rétorqua Cornélia, franchement désagréable.

Elle eut l'impression qu'un mince sourire éclairait le visage altier de l'inconnu dans la pénombre. Après s'être incliné à nouveau, il s'éloigna en compagnie de deux Occidentaux.

La belle jeune femme indienne de l'après-midi ne semblait pas ce soir l'accompagner.

« Quel culot! A bientôt... et puis quoi encore... Croit-il que je le fais exprès de me cogner à lui... C'est peut-être un type des services secrets à fureter partout... », décida Cornélia, de fort méchante humeur.

Après s'être donné un coup de peigne, elle rejoignit son groupe. Brusquement le cœur n'y était plus.

On traîna encore pour finalement rentrer au *Taj-Mahal* à 4 heures du matin.

Dans les couloirs de l'hôtel, Mathias fit rire tout le monde en déplaçant les plantes vertes devant les portes des chambres. Les six hommes embrassèrent Cornélia sur le palier de son étage.

Danny et Robin, galants, l'accompagnèrent jusqu'à sa porte. On se réembrassa. Danny appuya un peu plus que Robin sur la joue en feu de Cornélia.

On se sépara enfin. Il y avait les valises à faire et la fatigue avait saisi les noctambules.

Personne ne frappa à la porte de Cornélia cette courte nuit-là... Pourtant, si Danny Kurzman était venu, Cornélia savait qu'elle n'aurait pas eu le courage de le renvoyer. Mieux, elle songea même à le rejoindre, mais résista avec héroïsme à la tentation.

Les yeux un peu pochés, chacun se retrouva à 8 heures du matin dans le hall de l'hôtel. Fidèle à sa promesse, Ravi Shikra entraîna le groupe Madison dans des limousines noires vers l'aéroport.

Sur le trottoir, une foule de sans-abri se réveillait à deux pas des palaces.

Cornélia regardait cette population assez misérable, dont elle n'avait même pas deviné l'existence à l'ombre de son luxe doré.

Le cœur un peu chaviré, aussi bien par la pauvreté dont elle venait d'être témoin que par les boissons ingurgitées la veille, Cornélia s'aperçut que les voitures arrivaient à l'aéroport de Santa Cruz. Au lieu de se diriger vers le départ des lignes intérieures, les limousines d'Ottar Urissa s'engagèrent vers une aire de stationnement en dehors du grand trafic aérien.

Après avoir montré des papiers à un garde, les chauffeurs arrêtèrent leurs véhicules devant des hangars.

– Voici votre taxi, messieurs, fit Ravi Shikra. Ce sera plus pratique, la compagnie Ottar Urissa le met à votre disposition pour tout votre périple.

L'ingénieur indien désignait un petit Lear-Jet azur aux flancs argentés, soulignés d'une fine bande bleu marine : les couleurs du groupe indien.

Un pilote, de dos, surveillait le remplissage de kérosène.

On sortit les valises du coffre. Cornélia, c'était son rôle, recompta les bagages, y compris les classeurs de dossiers, puis elle se joignit à ses hommes pour s'approcher du Jet.

– Je vous présente votre pilote, le commandant Sarvapalli Sardishing!

Sur ces mots de Ravi Shikra, l'aviateur retourna ses larges épaules dans un blouson de toile fauve.

Cornélia ne broncha pas. Depuis une seconde, elle s'y attendait presque.

C'était le passager hautain d'Air India! Le philosophe de Chor Bazar! L'espion de la boîte de nuit!

Elle comprenait mieux son « A très bientôt! »

Lui savait! Il s'était bien moqué d'elle.

– Enchanté, commandant Savajal. Bonjour, commandant Sarsing... hem... très heureux que vous nous conduisiez, commandant... hem... Saparlli...

Les Occidentaux saluaient poliment le pilote indien tout en écorchant son nom à qui mieux mieux.

D'un geste qui paraissait lui être coutumier, le commandant Sarvapalli Sardishing passa une main longue et fine dans ses cheveux aile de corbeau, légèrement ondulés, puis il sourit, découvrant des dents très blanches :

– Je crois plus simple que vous m'appeliez comme tous mes amis, Sardi...

Tendant la main vers Cornélia, il ajouta :

– Mademoiselle, à vous l'honneur de monter la première dans l'Avion Bleu...

Sans paraître le moins du monde surprise, Cornélia posa ses doigts sur la paume tendue de Sardi.

Un court instant, leurs regards se croisèrent.

– Je vous l'avais dit que nous nous reverrions bientôt! chuchota Sardi.

Il avait soudain l'air d'un très jeune homme qui a fait une bonne blague. Cornélia ne put s'empêcher de sourire.

– Je me demande si nous n'avons pas déjà vu le commandant Sardi quelque part?... fit Léopold en s'asseyant à côté de Cornélia.

– Pour ma part, je ne m'en souviens pas! répondit négligemment la jeune fille.

L'avion décollait.

Elle regardait le soleil rouge qui, tel un gros lampion, colorait la surface moirée de la mer d'Oman...

5

JOURNAL TRÈS INTIME DE CORNÉLIA DASSAS

POONA... BIJAPUR... HYDERABAD... HAMPI... GOA... MANGALORE... MAHÉ... CAPE COMORIN... PONDICHÉRY... MADRAS...

Le périple se déroule sur un rythme effréné qu'explique un fait climatique implacable : il faut absolument avoir terminé avant la prochaine mousson.

A l'énoncé de ces noms me faisant rêver, j'avais espéré pouvoir faire un peu de tourisme. J'ai dû vite déchanter.

Les « vacances » du samedi soir sont bel et bien terminées. Le scénario est toujours le même : après trente minutes, une heure, quatre-vingt-dix minutes de vol par sauts de puce, le commandant Sardi pose en souplesse l'avion bleu sur un aéroport pouvant accueillir ce petit Lear-Jet.

Une délégation de deux ou trois ingénieurs et technocrates d'Ottar Urissa attend mon groupe Symposias.

Après les politesses d'usage, les Indiens nous entraînent aussitôt sur le lieu du projet. Je monte avec mes hommes dans une des limousines mises à notre disposition.

Je dois avouer que je suis devenue la parfaite-collaboratrice-organisée-discrète-et-stylée, je sais tenir à chaque instant à la disposition de mes ingénieurs les caisses de documents, rouleaux et plans du vaste programme Madison-Urissa.

On n'entre que très rarement dans les villes, juste le soir à la nuit tombée pour gagner, rompus de fatigue, les chambres du palace que les Indiens ont retenues.

Dans la journée, notre groupe se dirige toujours vers les vallées, les plateaux, dans un delta, sous un barrage, ou le long d'un bassin côtier.

Mes six Madison sont réellement très calés. Ils étudient des champs à perte de vue.

Mathias prélève des échantillons de terre rouge, jaune ou brune! Robin puise de l'eau! Guillaume enferme l'air en bouteille! Léopold cherche des graminées! Danny dessine des tankers et Mario court après les insectes et les papillons!

A défaut d'architecture brahmanique et de sanctuaires bouddhiques, j'ai appris qu'il faut distinguer en Inde des zones climatiques allant du Rajasthan aride au Punjab brûlant en été, du Cachemire et des vallées himalayennes – un peu fraîches en hiver! – au Gange moyen et fertile. Du Bengale heureusement pluvieux au Dekkan semi-irrigué, du Madras chaud au Kerala équatorial, dont la forêt quasiment tropicale tapisse les versants et les cocotiers bordent les lagunes!

Je suis devenue très calée. Transformée en géologue pas si amateur que ça, je sais maintenant qu'il faut classer les sols en trois catégories bien distinctes :

1) Les riches. Avec ceux-là pas de problèmes, ils donnent de bonnes récoltes sans irrigation...

2) Les moyens. Avec ces derniers, on commence à discuter. Si leurs deltas sont bien humides, on peut récupérer les alluvions!

3) Les sols carrément médiocres. Là, mes six mousquetaires s'excitent. Arènes granitiques! terres rouges! même sables désertiques... C'est ce que recherche essentiellement l'association Madison-Urissa, afin de rendre ces terrains – ça je l'ai compris sans explica-

tions – fertiles pour la culture du chanvre, du jute et même du coton.

Au bout de trois jours de ce régime, mes pieds sont remplis d'ampoules, mon nez pèle de coups de soleil – pourtant encore clément en cette période de l'année. Je suis moulue de courbatures à force de porter les caisses de dossiers, mais, obstinée, j'escorte comme un bon soldat mes ingénieurs sur tous terrains.

Je ne vois que fort peu le commandant Sardi! Il accompagne rarement le groupe dans le programme au sol. Le commandant Sardi reste près de l'avion, préparant son prochain plan de vol, ou surveillant les éventuelles révisions des réacteurs.

J'ai quelquefois l'occasion de lui adresser la parole en me rendant dans la cabine de pilotage pour lui demander un renseignement de la part de mes hommes, du genre: « Dans combien de temps va-t-on atterrir à Poona? », « A-t-on le droit de survoler le barrage de la Tungabhada? », « Arrivera-t-on avant la nuit à Mangalore? »

Le commandant Sardi me répond avec politesse et précision. Il se contente pourtant de ne me donner que le renseignement demandé, puis il s'absorbe de nouveau sur ses cadrans de contrôle.

Il s'exprime toujours en anglais. Je suppose qu'il ne connaît pas le français.

En dehors de ces rares moments, le commandant Sardi ne cherche plus à lier conversation avec moi. Il n'est plus revenu sur nos rencontres fortuites et ne cherche pas à plaisanter comme mes Occidentaux ou à me faire un brin de cour, ce qui serait normal étant donné que je suis le seul élément féminin du groupe.

Ce commandant Sardi m'agace. Il est de plus en plus hautain... altier et solitaire. Grand bien lui fasse, je me moque pas mal de ses airs supérieurs.

Trois jours sont déjà passés depuis Bombay.

En me tordant le cou à Poona – 900000 habitants, 600 mètres d'altitude, trente minutes de vol après

Bombay, pas mal pour le chanvre –, j'ai pu apercevoir sur la colline un célèbre temple construit pour la déesse Parvati, fille de l'Himalaya...

Bien que fatigué comme nous tous, Mathias me faisait du genou dans la voiture, j'aurais dû retirer ma jambe, mais Léopold était de l'autre côté et je sentais sa main sous les dossiers qui effleurait ma cuisse...

Mon petit Belge ne se décourage pas!...

Qu'aurait dit tante Arma? Suis-je un monstre?

Plus je pénètre dans cette immense péninsule qui est à elle toute seule un continent, plus j'ai l'impression que l'Inde m'échappe totalement... Par contre, je me rapproche moralement et... un peu trop physiquement, de mes hommes...

J'en suis arrivée à une conclusion :

Comment les femmes peuvent-elles imaginer la vie avec un seul homme?

J'ai presque de la pitié pour mes sœurs. Je deviens peut-être folle, mais je voudrais les garder tous sans exception. Nous sommes très heureux comme ça, enfin je les crois heureux, car moi je le suis... Je voudrais un harem!

Pourquoi les femmes n'y ont-elles jamais songé au cours des siècles?

En rentrant en France – mais la France existe-t-elle encore? – je ferai des recherches sur les civilisations matriarcales... J'ai entendu parler d'îles où la reine et ses suivantes, après avoir asservi les mâles, mangeaient ceux-ci le soir des noces... Bien sûr, après consommation du mariage!

Voudrais-je dévorer les miens?

J'ai changé... Mon Dieu, que j'ai changé... Je me regarde et je ne me reconnais plus.

Est-ce bien moi cette créature sûre d'elle, riant et discutant avec assurance de tous les sujets?

Lorsque je prends la parole, mes hommes se taisent maintenant. Ils m'écoutent...

A Bijapur – soixante-dix minutes de vol de Poona..., très bon pour le jute – j'ai pu apercevoir, en passant à cent à l'heure, le Gol Gumbaz, tombeau du septième roi, Mohammed Adil Shah... C'est presque aussi grand à ce qu'a dit Mario que Saint-Pierre de Rome...

J'ai ri, troublée, pourtant l'évocation du Vatican n'a rien de drôle... mais Mario me chatouillait l'oreille.

En revenant sur le terrain d'aviation, un des Indiens d'Ottar Urissa nous a montré « le Roi du champ de bataille », un gros canon coulé en 1551.

« Les princes de Bijapur pouvaient vraiment tirer des coups très puissants dans leurs cités fortifiées ! »

C'est Robin qui a dit cela. Les autres ont pouffé comme des fous. Ils sont parfois très gamins ! Robin est terriblement pince-sans-rire. On ne sait jamais s'il fait exprès de dire des choses énormes ou s'il se trompe de mots. Même en anglais. En tout cas, il n'abandonne jamais son air flegmatique. Sauf lorsqu'il parle politique avec Léopold, cela fait toujours des éclats !

Hier, Robin s'est assis à table à côté de moi. Pendant qu'il discutait irrigation avec un Indien, j'ai senti son pied contre ma cheville. Robin ! c'était la première fois ! Je n'ai pas ôté ma jambe comme je l'aurais fait il y a seulement quelques jours... quelques jours ou une vie...

En regardant mes hommes, je ne peux m'empêcher de songer : « Lequel va l'emporter en premier ? » Car je sais, comme eux le savent aussi, que je ne vais pas pouvoir continuer longtemps ainsi !

Il va falloir que je décide !

C'est terrible... terrible... Quel choix difficile !

A Hyderabad, au centre du Dekkan – cinq cents mètres d'altitude, climat relativement sec, plateau éventé, bon pour le jute, possible pour le chanvre – à part des terres ocre, poussiéreuses et remplies de cailloux sur lesquels j'ai failli me faire une entorse, je n'ai pas vu grand-chose... Les populations sont à 50 pour 100 musulmanes et la langue urdu reste très utilisée...

Comme je ne comprends pas l'urdu, pas plus que le hindi, le bengali, le goujarati, le maratti, le tamoul, ou même le sanskrit, une des huit cent vingt-six langues et idiomes secondaires utilisés dans ce fabuleux pays où si l'anglais n'existait pas personne ne se comprendrait, cela me laisse indifférente!

Par contre, Danny Kurzman, lui, a une petite place à part dans mon cœur. Il a une façon de me regarder derrière ses lunettes cerclées d'argent qui me trouble un peu plus que les autres... Je crois qu'il a les yeux verts avec de petites flammèches dorées pétillantes d'intelligence.

Ce matin, à l'hôtel *Ritz* de Hyderabad, j'étais seule avec Danny dans l'ascenseur qui descendait vers le hall.

Heureusement, il n'y avait que six étages. Dans une « tour infernale », mon affaire était réglée!

J'ai senti la main de Danny qui encerclait mon cou. Il m'a attirée à lui. Déposant un baiser sur mon oreille, il a chuchoté : « Bonne comme une pomme au réveil, ma Cornélia! »

J'allais me laisser embrasser lorsque les portes de l'ascenseur se sont ouvertes automatiquement. Je n'ai eu que le temps de reculer.

Nos cinq compagnons et le commandant Sardi nous attendaient près des valises.

C'est agaçant!

A leurs regards insistants, je jurerais qu'ils ont tous pensé la même chose : à savoir que j'avais succombé entre les étages au charme de Danny!

Pour le commandant Sardi, on ne sait jamais ce qu'il pense... Je crois vraiment que ma première impression était la bonne... C'est un homme très prétentieux, assez froid. Au fond, assez antipathique... presque trop beau avec ses yeux noirs et ses cheveux ondulés pour un représentant de la race mâle... C'est à peine s'il me regarde maintenant... Peut-être n'aime-t-il pas les femmes?

Après tout, cela existe partout, même en Inde.

Cette ville de Hyderabad a été fondée par le nizam

Sikandar. C'était l'un des hommes les plus opulents de l'Inde, à ce qu'il paraît.

Nous avons quand même visité le fort de Golconde à huit kilomètres de Hyderabad...

Si Golconde est resté synonyme de fabuleuses richesses, c'est parce que son territoire a fourni les diamants les plus précieux du monde... le Régent... le Koh-i-Noor... le diamant Orloff...

On a beau être désintéressé, je suis sûre qu'après, sur les terrains d'Ottar Urissa, mes hommes ne pouvaient s'empêcher de lorgner attentivement tous les cailloux un peu brillants!

Découvrir un diamant, qui n'en rêve pas?

J'ai fait de même mais je n'ai trouvé que des ampoules.

J'avais donc affreusement mal aux pieds en atterrissant à Hampi... Cela ne m'a quand même pas empêchée d'apercevoir, dans la ville fantôme, un magnifique palais qui avait pour hôtes les éléphants de l'empereur Vijayanagar... On avait de la chance d'être mastodonte en ce temps-là... Quel beau petit H.L.M.!

C'est le commandant Sardi qui nous avait, je ne sais pourquoi, exceptionnellement accompagnés et qui a daigné nous donner cette explication au passage.

Il est aussi hautain que l'empereur lui-même, ce Sardi. Avec son regard noir que j'ai jugé insolent, il a ajouté, en me dévisageant : « Au delà de ces pierres mortes, la contrée est liée à des épisodes du *Râmâyana*... C'est ici qu'on situe le Royaume des Singes... Certains enlevaient même les belles étrangères... »

Trois de mes six imbéciles chéris ont ri.

Pas moi... je ne trouve pas cela drôle.

Ce M. Sardi est un impertinent.

Se prend-il pour le Roi des Singes? Je lui rabattrai son caquet.

Nous sommes enfin arrivés de nuit à Goa.

Je rêvais déjà des plages d'or et du sable fin de ce littoral quasi méditerranéen.

Nous avions tous espéré piquer au moins une tête dans la piscine de l'hôtel *Métropole*, mais nous étions tellement fatigués que nous avons seulement trempé, individuellement, dans nos baignoires.

Après un rapide souper, pris au restaurant panoramique du vingt-deuxième étage, devant un spectacle de danses folkloriques, j'ai regagné mon appartement avec une escorte de quatre hommes.

Je suis incapable de dire comment les choses se sont passées, mais entre le vingt-deuxième et le rez-de-chaussée où se trouve ma chambre, j'ai perdu trois spadassins et je me suis retrouvée seule avec le grand Guillaume!

Il devait attendre cet instant depuis Bombay.

Me souhaitant bonne nuit devant ma porte, il a sorti de sa poche une petite boîte qu'il m'a tendue, presque rougissant.

C'est drôle les hommes!

– Je voulais que vous gardiez un souvenir plus personnel de moi, Cornélia!

Voilà à peu près ce que m'a chuchoté Guillaume dans le couloir de l'hôtel.

Politesse oblige!

J'ai bien sûr ouvert la boîte. Une petite bague d'or ornée d'une améthyste mauve brillait dans le papier de soie. C'était gentil de la part de Guillaume. J'aimerais lui rendre ses deux cents francs, évidemment en roupies, car c'est tout ce que je possède ici... Il faudra que je calcule au change combien cela fait exactement, honnêteté oblige!

En attendant, pour remercier le grand Guillaume de ce geste, je l'ai embrassé sur la joue.

Normal, non?

Sa moustache noire m'a un peu piquée. Elle sentait bon la lavande.

Maintenant, cette odeur me plaît. C'est Guillaume que je devrais faire entrer, ne serait-ce que pour lui payer les intérêts de son argent mal placé. Vraiment, je lui dois quelque chose et je n'aime pas cette sensation...

– Mettez-la à votre doigt, Cornélia, pour voir si elle vous va! m'a conseillé Guillaume.

J'ai obéi.

L'anneau m'allait parfaitement. J'ai regardé, dubitative, cette jolie bague, mon premier bijou, sur ma main gauche.

Devais-je y voir une allusion?

Pourtant le grand Guillaume est marié... Posant un bras sur l'encadrement de la porte, juste à côté de ma joue, Guillaume a murmuré :

– Je pense beaucoup à vous, petite Cornélia.

Je lui ai répondu en baissant les paupières :

– Moi aussi, Guillaume...

D'une main douce mais ferme, comme on disait dans les romans que tante Arma m'interdisait à Clermont-Ferrand, il a relevé mon menton. Plongeant dans mes yeux son regard devenu brûlant, il a murmuré :

– Depuis que je vous ai vue pour la première fois à Oslo, je ne vous ai plus oubliée, Cornélia...

C'est beau d'avoir de la mémoire!

S'il n'y avait pas « Oslo », entre nous tout serait plus facile. C'est le grand Guillaume qui m'aurait fait chavirer ce soir-là, mais j'ai trouvé plus prudent de répondre, comme je l'ai vu faire à une actrice de la Comédie-Française à la télévision :

– Guillaume, est-ce bien raisonnable?

Il a baissé la tête.

– Non, vous avez raison, mais vous êtes terrible, Cornélia...

Je suis terrible!

Le grand Guillaume a effleuré le coin de mes lèvres de sa moustache noire. Sans plus insister – il a beaucoup de classe, Guillaume –, il s'est dirigé vers les ascenseurs.

Au moment où je mettais ma clef dans la porte, j'ai entendu un glissement discret sur la moquette. Je me suis retournée, m'attendant à voir Guillaume revenir à la charge.

C'était le commandant Sardi...

Il est agaçant cet Indien se déplaçant comme un grand guépard, on ne l'entend jamais arriver.

D'où sortait-il?

Pas des ascenseurs, je l'aurais vu. Non, il devait venir du fond du couloir, caché par les plantes vertes...

J'étais certaine qu'il m'avait aperçue avec Guillaume, qu'il m'avait vue l'embrasser. Peut-être nous avait-il entendus parler sans nous comprendre? Je ne sais pas pourquoi, mais cela m'a exaspérée... Il est toujours là quand il ne faut pas, cet espion!

Sans s'arrêter, le commandant Sardi se contenta de me saluer d'une brève inclinaison de tête :

– Bonne nuit...

– Bonsoir...

J'ai cru qu'il allait ajouter quelque chose à notre intéressant dialogue, mais il a continué son chemin et il est entré dans la chambre contiguë à la mienne...

Je suis idiote!

Savoir que le commandant Sardi était de l'autre côté de la cloison m'a énervée.

J'entendais la musique de la radio qu'il avait allumée. J'ai trouvé cela un peu cavalier. A minuit, il n'était pas seul dans l'hôtel! Il aurait pu avoir la politesse de penser que ses voisins avaient, eux, envie de dormir...

Le sans-gêne de cet Indien est incroyable... J'ai réellement beau me forcer, je n'aime pas cet homme... Il me glace et pourtant il pique ma curiosité... Merde, pourquoi penser à ce type?

Tout en me déshabillant, je ne pus m'empêcher de tendre l'oreille pour écouter ce qui se passait de l'autre côté de la cloison. Aucun son, mis à part celui de la mélodie indienne ponctuée de coups de cymbales sourds, ne transperçait jusqu'à mon oreille.

En petite culotte transparente, et mes – finalement –

jolis seins nus, j'appuyai sans façon ma tête contre le mur de séparation. Après tout, que celui qui n'a jamais fait ce geste me jette la première pierre!

Un bruit de cataracte me renseigna aussitôt. Le commandant Sardi prenait prosaïquement une douche! Je pouvais imaginer son grand corps d'homme à la peau un peu brune ruisselant d'eau. Malgré la climatisation, il faisait en effet assez chaud ce soir dans l'hôtel.

Poussée par le démon de la coquetterie, j'entrouvris la porte-fenêtre qui donnait sur une terrasse-jardinet.

Je n'hésitai qu'un quart de seconde... Comme je ne pouvais décemment pas sortir les seins à l'air, et que je ne voulais pas mettre ma chemise rapiécée, le peignoir déchiré par Léopold ayant dû être abandonné à Bombay, j'achevai de me dévêtir et je me drapai pudiquement dans le sari d'or. Je fis gonfler mes cheveux puis j'allai m'asseoir dans un de ces admirables fauteuils au dossier en forme de queue de paon, délicatement ouvragé, qui se trouvait à l'ombre d'un palmier.

La lune était au zénith.

Le patio de l'hôtel baignait dans une flaque argentée. Une brise douce caressait mes épaules dénudées. Je frissonnais. Cette femme fatale, était-ce bien moi?

Le parfum tenace des bougainvillées roses, joint au bruissement de la palmeraie et du ressac marin, me fit me souvenir que je passais la nuit sur un littoral de vacances enchanteresses dont, partant à l'aube, je ne verrais presque rien.

Les petites lumières d'un paquebot remontaient l'estuaire. Une sirène vrombissait doucement. Bruit déchirant et nostalgique trouant la nuit.

Je ne pus m'empêcher de pousser un soupir.

Ce soir, j'avais réellement envie de parler... simplement échanger des idées avec un être humain... Mais, comment était-il possible d'avoir six hommes alentour et de se sentir brusquement si seule...

La cloche d'une église catholique sonnait douze coups au lointain, comme pour me rappeler qu'à Goa, je me trouvais sur le territoire d'une ancienne enclave chrétienne...

C'est complètement idiot, mais ce bruit familier de mes petites chapelles d'Auvergne ajouta à mon désarroi. Je suis trop jeune, trop inexpérimentée, trop neuve, je ne comprends pas tout sur les autres, ni sur moi-même... Je crois que je ressens tout simplement cette nuit le spleen bien connu, paraît-il, des grands voyageurs!

Je ne pus réprimer un tressaillement. Le rond rougeoyant d'une cigarette allumée trouait la nuit. Sans vouloir tourner la tête, je jetai un coup d'œil en coin vers le jardinet mitoyen.

En fait, si je voulais être franche, c'était ce que j'attendais!

A travers le rideau de frangipaniers rouges, je devinai sans peine, dans un peignoir de bain blanc, la haute silhouette de mon voisin, le commandant Sardi.

Il était impossible qu'il ne m'ait pas vue à deux pas de lui sous mon palmier, pourtant ce personnage secret paraissait rêver...

Debout, adossé au mur, il regardait le ciel étoilé. Je pouvais respirer les volutes de sa cigarette orientale, une de ces Char-Minar au parfum lourd un peu oppressant, trop fortes pour mon goût.

Je mordis mes lèvres, profondément, agacée de ce silence lointain. Comment lier conversation sans avoir l'air d'une aguicheuse?

J'ai déjà l'impression qu'il a de moi une opinion quelque peu erronée. Peut-être pense-t-il que je couche avec mes six hommes!

Et quand bien même?

Que peut m'importer l'opinion de cet Indien? Je suis libre, je n'ai pas de comptes à lui rendre, ni d'explications à lui donner.

Je pense trop à cet homme.

Mes Occidentaux sont adorables à côté de ce phallocrate oriental. A éviter à tout prix. Danger!

Je me levai brusquement pour rentrer dans ma chambre. Hélas! je suis plus habituée aux blue-jeans qu'à un drapé de soierie. Je ne sais si le sari se trouva coincé par une rainure du fauteuil ou si j'oubliai d'en retenir les pans, quoi qu'il en soit, voici ce qui m'arriva...

6

OÙ CHOTO MI ET MOMO DA SONT, MALGRÉ LES APPARENCES, LES GRANDS ADMIRATEURS DE CORNÉLIA

Le sari d'or tombé à ses pieds, Cornélia mit une seconde avant de se rendre compte qu'elle était nue au clair de lune.

Elle aurait voulu, par un numéro de strip-tease, attirer l'attention de Sardi qu'elle n'aurait pu faire mieux. Son joli corps à la peau nacrée se découpait dans la pénombre.

Derrière la haie de frangipaniers, la statue de bronze ne devait tout de même pas s'attendre à pareil spectacle, car elle avait tourné la tête.

Dans la vie, il y a toujours plusieurs solutions.

En l'espace d'un éclair, Cornélia, mortifiée de sa maladresse, hésita entre deux attitudes possibles : pousser le cri effarouché d'une jeune fille bien élevée à Clermont-Ferrand pour disparaître en courant dans sa chambre, ou rester très calme, ramasser le sari d'or, le jeter négligemment sur son bras et, comme Vénus sortant de l'onde, lancer au passage d'un ton naturel :

– Belle soirée...

Ce fut cette dernière solution que Cornélia choisit.

Si le commandant Sardi fut surpris de cette exhibition qui pouvait passer pour une invite, il n'en laissa rien paraître.

– Les nuits sont toujours exquises à Goa... Bonsoir, mademoiselle... merci...

Après cette phrase digne de l'office du tourisme, Sardi écrasa sa cigarette. Il salua et rentra dans sa chambre.

« Pourquoi me remercie-t-il? Croit-il que j'ai fait exprès de laisser tomber le sari? »

Réellement vexée, Cornélia allait disparaître à son tour lorsqu'elle jeta un regard machinal sur la façade de l'hôtel.

Six têtes disséminées à des étages différents disparurent précipitamment dans l'ombre.

Les « barracudas » surveillaient leur proie...

Cette découverte amusa Cornélia.

Soudain de fort bonne humeur, elle vaqua dans l'obscurité, à cause des moustiques, à ses préparatifs de nuit. Elle passa dans la salle de bains, lava gaiement ses dents fines de jeune louve, revint dans sa chambre en chantonnant, alluma sa lampe de chevet et... poussa un hurlement strident.

Lové bien au chaud de l'oreiller sur le lit à la blancheur immaculée, un grand serpent dressait sa tête noire et jaune. Cet intrus répondait aux cris de Cornélia par un sifflement menaçant, tout en dardant vers la jeune fille sa langue fourchue. Cornélia, épouvantée, voulut refluer vers le patio. Un autre serpent, du même acabit, glissait sur le sol.

Emportée par une terreur animale, Cornélia bondit sur une commode où elle continua de hurler de plus belle.

Une grande ombre noire bondit dans la pièce.

C'était le commandant Sardi. Le pilote avait dû être surpris par ses cris au moment de se coucher, car il était lui aussi nu comme Adam.

Accroupie contre la muraille, Cornélia lui désignait du doigt le serpent et gémissait en hoquetant vers le deuxième qui venait rejoindre son camarade :

– At... att... ention... l'au... l'autre...

D'un geste apaisant, Sardi fit signe à la jeune fille de se taire.

– Bhom bhom bho la... bhom bhom bho la...

Ce son guttural répété par Sardi paraissait, à défaut de Cornélia, calmer les deux serpents. Avec une placidité olympienne, Sardi s'était emparé du sari abandonné dans un fauteuil. Il le jeta sur le reptile du lit. D'un geste sec, il l'entortilla en boule pour qu'il ne puisse bouger. Cette tâche accomplie, Sardi se rendit dans la salle de bains. Il prit un verre d'eau et... lança le contenu à la tête de celui qui rampait sur le sol. Cette opération eut pour effet de faire disparaître le serpent sous le sommier...

– Là là là... il est caché là... gémit Cornélia.

On tambourinait à la porte. Sardi alla ouvrir. C'étaient les six Occidentaux, qui en pyjama, qui en peignoir ou même en slip de bain hâtivement passé. S'ils furent surpris de trouver Sardi et Cornélia dans cette tenue légère, ils n'en montrèrent rien.

Du reste, ils n'étaient pas les seuls à pénétrer dans la pièce. Les hurlements ayant été entendus dans tout l'hôtel, le directeur, le chef d'étage, la femme de chambre, les valets, accouraient.

Devant cette affluence, Sardi s'entortilla pudiquement les reins d'une large serviette éponge bleue, prise à la hâte sur le lavabo.

Il expliqua sévèrement au personnel hôtelier les raisons de ce tohu-bohu, lorsque le charmeur de serpents arriva à son tour.

Avec force courbettes, l'homme s'excusait, il était désolé de la peur de la belle Sahiba – dame – : « CHOTO MI et MODO DA n'étaient pas méchants... C'étaient des serpents sacrés mâles, tout à fait gentils et aimables qui aimaient la société et particulièrement les jolies femmes... Voilà pourquoi ils avaient quitté leur panier... guidés par la beauté de la Sahiba qui était certainement une Rajkumari – princesse – dans son pays... » Ces paroles étaient très agréables, mais Cornélia se serait bien passée d'être tellement aimée par Choto Mi et Momo Da.

Tout en monologuant, l'homme récupérait ses protégés. Pour remercier Sardi de son intervention, il lui baisa la main. Cornélia, qui récupérait son calme, remarqua que Sardi s'essuyait aussitôt les doigts. Il passa même dans la salle de bains pour les laver.

La jeune fille se demanda si cette purification était à cause des serpents ou de leur dresseur! Peut-être un Harigan, ces ex-Intouchables. Ce geste de la part d'un individu aussi moderne que le commandant Sardi surprit Cornélia. Elle décida d'interroger à l'occasion des Indiens d'Ottar Urissa à son sujet.

Le toit du panier enfin refermé sur les deux fugueurs, Cornélia se détendit un peu. Elle voulut se redresser mais elle se souvint à temps qu'elle était complètement nue.

Sans plus faire attention à sa personne, tout le monde discutait dans sa propre chambre.

– Psst... psst...

Elle réussit à attirer l'attention de Mario :

– Passez-moi quelque chose...

Le jeune Italien chuchota, railleur :

– Pourquoi?... Tou es très belle commé ça...

– Mario, soyez chic... attrapez-moi n'importe quoi... là, le dessus-de-lit... gémit Cornélia.

Mario ne bougea pas d'un pouce.

– Traîtresse. Tou fais du « rentre-dedans » au bel Indien et tou veux que « nous » soyons contents... Si tou avais choisi l'un d'entre nous, c'était normal... mais... tou n'es pas chic avec nous... tou n'es vraiment pas chic...

– Merde... le dessus-de-lit, Mario...

– Tou es à poil... il est à poil... Qu'est-ce qué vous faisiez, hein? tous les deux?

– Du tricot! gronda Cornélia.

Elle cherchait du regard un appui chez ses autres hommes, mais elle dut se rendre à la triste évidence.

Avec un ensemble parfait, ces messieurs faisaient la gueule!

Six soupirants était un chiffre agréable! Six cocus en puissance devenait la galère...

Celui qui avait forcément l'air le plus vexé était le grand Guillaume. Il ne devait pas digérer sa bague, ni le coup de... « Est-ce bien raisonnable? » Encore, il ne savait pas tout!

A cette pensée, Cornélia en avait la chair de poule.

– Pardon...

Sardi écartait Mario pour déployer un peignoir de bain devant Cornélia.

– Merci de m'avoir sauvée, commandant.

Cornélia avait parlé bien haut, afin de montrer à son groupe qu'il n'y avait aucune intimité entre le pilote et elle.

Cette délicate attention ne servit à rien.

Six paires d'yeux assassinaient le bel Indien, tandis qu'il aidait Cornélia à se draper dans le tissu éponge. Elle sentit un court instant les doigts chauds de Sardi sur ses épaules. Cornélia se dégagea rapidement. Les paupières baissées, elle acheva de nouer toute seule la cordelière autour de sa taille.

On se dit quand même poliment, mais fraîchement, bonsoir et chacun rentra chez soi.

Cornélia passa une nuit agitée. Le même cauchemar la réveillait en sursaut. Six cobras, plus grands que des boas, la piquaient et la broyaient tous ensemble en sifflant :

« Ah! tu as voulu venir en Inde... Eh bien, tu n'en repartiras pas vivante... Tu n'en sortiras pas... tu es à nous... à nous... »

Pour leur échapper, elle tombait dans un gouffre sans fin, chutait, allait se retrouver écrasée en mille morceaux par les énormes pattes des éléphants de l'empereur Vijayanagar, quand un animal monstrueux, vrai King Kong aux yeux de braise, l'enlevait vers le Royaume des Singes...

Le matin à l'aube, dans une ambiance glacée, le groupe Madison partait pour l'extrême Sud.

C'est à peine si les six hommes saluèrent Cornélia. Le commandant Sardi était invisible dans son poste de pilotage.

Comme consolation, Cornélia décida de s'exalter : Elle allait enfin voir la BAIE DU BENGALE...

7

NOUVELLES DES VOYAGEURS A LEURS FAMILLES

Lettre de Robin Percy à sa femme Margaret Percy (née Mac Brady), à Wendson.

Mangalore, le 15.

Chère Maggie,

La randonnée dans notre ancienne colonie ne se passe pas trop mal. Mis à part un travail fou, même épuisant.

Suivant les conseils de notre ami le Dr Parker – qui a fait, tu t'en souviens, trente ans d'empire des Indes à la Belle Epoque – je ne bois pas une goutte d'eau. Simplement du whisky, du thé et du soda. J'ai ainsi évité jusqu'à présent tous ennuis intestinaux, car mis à part la beauté indéniable des paysages et des vieux monuments, ce pays est très négligé, avec ses mouches, ses vaches et sa population grouillante.

Sans vouloir passer pour rétrograde, je pense que les Indes au temps de l'Angleterre c'était autre chose! Demande donc au Dr Parker.

Les terres d'Ottar Urissa sont aussi nombreuses que celles de Sa Majesté la Reine. Suivant mon avis,

Madison International va probablement signer l'accord!

Si nous revenons ici, je pourrai t'emmener.

Mes collègues sont assez agréables. Je n'ai pas à m'en plaindre, mis à part le Belge qui est, comme beaucoup de Belges, assez borné dans ses opinions. Je ne lui parle plus!

Nous avons à notre disposition un avion privé et un pilote indien, sur lequel je n'ai à faire aucun commentaire.

L'hôtesse de Symposias est une Française, de caractère finalement assez froid et fuyant, comme le sont souvent les gens du continent. Là non plus, pas de commentaires!

Comment vont les enfants?

Passe à mon club pour dire que tout va bien, mais que je serai heureux de rentrer dans quatre semaines à Londres. Ici il y a trop de soleil. Le bon brouillard me manque. Ton gigot à la menthe aussi. Ton mari affectionné,

Robin.

P.-S. : Economise le fuel.

Lettre de Léopold Freulemans à sa belle-mère Mme Van Bullen-Wallar à Bruxelles.

Mahé, le 15.

Ma chère mère,

Notre périple se déroule assez bien, suivant un plan de travail rigoureux.

Levés tous les jours à 6 heures, nous prenons un avion-taxi qui nous fait survoler l'Inde de part en part. Nous n'avons malheureusement pas le temps de faire du tourisme, ni, vous vous en doutez, de profiter pleinement des beautés de ce pays fabuleux qui me rappelle tant de souvenirs.

On a beaucoup parlé de la saleté légendaire de l'Inde, mais je suis étonné au contraire de la propreté parfaite que j'y rencontre, en tout cas dans les hôtels et les grandes villes très occidentales.

Suivant vos conseils éclairés, ma chère mère – vous qui avez vécu au Congo belge – j'évite de manger de la salade et des fruits, pourtant fort appétissants. Grâce à cela, je me porte fort bien et ne souffre d'aucuns ennuis digestifs ni intestinaux.

Comment vont les enfants?

Dites-leur que je leur rapporte des jouets pittoresques peints de couleurs vives et pour vous, ma chère mère, un beau sari d'argent.

Les terrains que nous analysons sont très nombreux, mais suivant mon avis Madison ne va probablement pas signer un accord.

Mes collègues sont assez agréables, mis à part l'Anglais qui, comme beaucoup d'Anglais, est très borné dans ses opinions.

Impossible de discuter avec lui. Je ne lui parle plus.

Comme je vous le disais, nous avons à notre disposition un avion privé et un pilote indien qui fait correctement son travail.

L'hôtesse de Symposias est une Française, Mlle Dassas, de caractère assez décevant comme le sont souvent les Français... Mais, à part ce travers, je dois avouer qu'elle aussi fait correctement son travail. C'est tout ce qu'on lui demande, n'est-ce pas!

Je serai heureux de rentrer dans quatre semaines à Bruxelles. Vos bonnes frites me manquent. Saluez de ma part votre voisine, l'aimable Mlle Charlebois. Je me réjouis que les enfants l'aiment tant. Quelle bonne idée de l'emmener en vacances avec nous à Knokke-le-Zoote.

Avec la chaleur qu'il fait déjà ici dans le Sud, je

pense avec émotion à notre bonne brise de la mer du Nord.

Embrassez fort les enfants.

Croyez, ma chère mère, à l'assurance de ma vive reconnaissance et respectueuse affection.

Votre gendre,

Léopold.

P.-S. : Je rapporte aussi un petit souvenir pour Mlle Charlebois.

Télégramme de Mathias La Rose à son meilleur copain du Québec, Samson Bonvent, ingénieur chimiste à Montréal.

Cochin, le 16.

VOYAGE INTÉRESSANT – stop – TRAVAIL ÉPUISANT – stop – RENTRE DANS CINQ SEMAINES APRÈS ARRÊT À PARIS – stop – TE RAPPORTE DÉFENSE D'ÉLÉPHANT SCULPTÉE ET SARI ROUGE POUR TA FEMME – stop – AVONS AVION PRIVÉ ET PILOTE INDIEN A NOTRE DISPOSITION – stop – C'EST PRATIQUE – stop – COLLÈGUES SYMPATHIQUES MIS À PART L'ITALIEN, TROP RAVIOLI À MON GOÛT – stop – HÔTESSE FRANÇAISE BEAUCOUP TROP CHICHITEUSE – stop – AH! CES MAUDITS FRANÇAIS! – stop – PAYS SUPERBE ET ENCHANTEUR, MAIS IL FAIT DÉJÀ TRÈS CHAUD ICI – stop – NOTRE BONNE NEIGE ME MANQUE – stop – QUAND IRONS-NOUS CHASSER LE CERF? – stop – BIEN À TOI.

MATHIAS.

P.-S. : TÉLÉPHONE À MON FILS AU TEXAS QUE JE L'EMBRASSE – stop – DIS À SA MÈRE POUR L'AMADOUER QUE JE LUI RAPPORTE AUSSI UN SARI – stop.

Lettre de Guillaume Berri à sa femme Denise Berri, (née Lelong-Lomay) à Marcq-en-Barœul, près de Lille.

Tekkady Periyar, le 16.

Ma chère Didi,

Notre voyage ne se passe pas trop mal, mais nous avons un emploi du temps si chargé qu'il ne laisse place à aucune vie privée.

Croyez bien que je n'aurais pas une minute pour regarder, s'il y en avait, les danseuses exotiques.

Merci de vos toujours bonnes idées : je mets vos pastilles d'hydrochlonazone dans l'eau douteuse, et je m'en porte fort bien. Je prends aussi la vitamine C et les comprimés de chlorure de sodium.

Ne vous inquiétez donc pas à mon sujet, je vais bien, ne souffre d'aucune affection intestinale, mais je dois avouer que votre propreté rigoureuse serait ici à rude épreuve.

Nous réussissons à voir quelques monuments assez beaux, mais très abîmés. Nous passons en fait nos journées sur les terres d'Ottar Urissa. Travail passionnant.

Mes collègues sont courtois. Je n'ai pas à m'en plaindre, mis à part le Suisse pour qui je n'ai, je dois l'avouer, aucune sympathie.

Pour nos déplacements, nous avons un petit jet privé et un pilote indien, assez infatué de sa personne, mais, jusqu'à preuve du contraire, bon pilote.

L'hôtesse de Symposias 2000 est une petite écervelée que j'ai dû remettre en place assez sèchement. Vous connaissez votre mari, ma chère Didi.

J'ai hâte de vous retrouver. Le bon crachin de Lille me manque.

Embrassez les enfants. J'espère que Georges-André

sort toujours avec la petite Bobin-Dufour. Vous voyez ce que je veux dire. Je pense à l'avenir de notre fils.
Votre toujours fidèle et affectionné,

Guillaume.

P.-S. : Après toutes ces heures d'avion, j'ai un peu mal dans le dos. Pouvez-vous profiter de mon absence pour faire rembourrer en « dur » le matelas de notre lit. Tendresses. Je vous rapporte une tenue de danseuse indienne à ne surtout pas montrer à Mme Bobin-Dufour.

Lettre de Daniel Kurzman à son père Samuel Kurzman, horloger à Zurich.

Kovalam, le 17.

Cher papa,

Un travail fou, mais tu sais que j'aime ça.
Ce pays est fascinant de beauté ancestrale. Gandhi disait : « L'Inde vraie, c'est l'Inde des villages. » Je ne sais s'il avait raison. L'Inde pour moi est partout... Je sens pourtant que cette société de sept cents millions d'habitants est fort complexe... La vie moderne des villes m'intéresse. Je perçois une évolution démocratique intense. Le développement de l'industrie et des moyens de communication dans ce pays qui est à lui tout seul un continent, mais je n'ai pas le temps d'approfondir pour découvrir la vraie âme de l'Inde.
Je te rapporte des petits objets de bois sculpté et une serviette de lézard.
Mes collègues sont en général assez agréables, même l'Italien qui n'aime pas les Juifs! Mais, quelle importance?

Tu m'as appris dans ta grande sagesse et générosité que tout le monde est toujours le Juif de quelqu'un!

Nous avons à notre disposition un avion taxi et un pilote indien, beau comme le dieu Rama en personne.

Je pense que tu sais, cher papa, que ton fils n'a pas évolué brusquement vers des goûts efféminés, mais je ne peux m'empêcher de regarder ce commandant Sardi avec un rien de jalousie car j'aurais aimé avoir cette allure et cette prestance de statuc.

La jeune fille qui nous accompagne pour Symposias est déroutante. J'avais un petit faible pour elle. Aujourd'hui je ne sais plus. Peut-être l'amènerai-je à Zurich pour les vacances, qui vivra verra... Cher papa, j'ai hâte de te revoir. J'espère que tu vas bien. Amitiés à l'oncle Saul.
Ton fils,

Daniel.

P.-S. : Tu l'as compris, je suis un peu amoureux. C'est idiot, car elle ne voit que l'archange indien...

Télégramme de Mario Mirreccelino à son meilleur ami Carlo Balatresi, avocat à Milan.

Trivandrum, le 17.

SALUT VIEUX – stop – C'EST COMME CHEZ NOUS ICI – stop – PLEIN DE VIEILLES PIERRES – stop – TRAVAILLONS COMME DES FOUS – stop – TU SERAIS ÉPOUVANTÉ – stop – POUR LA NOURRITURE, LE RIZ C'EST LASSANT – stop – PRIÈRE ENVOYER SPAGHETTI BOLOGNESE – stop – COLLÈGUES CORRECTS MAIS PAS MARRANTS – stop – PETITE HÔTESSE FRANÇAISE FOLLE AMOUREUSE DE TON POTE MARIO – stop – AVISERAI À L'ARRIVÉE – stop – PRÉPARE VACANCES DE PÂQUES EN SARDAIGNE – stop

– INVITE LES DEUX STARLETTES DE CINECCITTA – stop – TE TROMPE PAS – stop – CELLES QUI ÉTAIENT CHEZ LUCCHINO – stop – LA GRANDE BLONDE AUX GROS NICHONS – stop – LA PETITE BRUNE AUX YEUX BLEUS – stop – ON VA RIGOLER SUR TON BATEAU – stop – L'INDE C'EST VRAIMENT BOULOT-DODO – stop – AMÈNERAI PEUT-ÊTRE AUSSI MA CONQUÊTE – stop – POUR LUI FAIRE PLAISIR – stop – S'APPELLE CORNÉLIA – stop – AMITIÉS. CIAO.

MARIO.

P.-S. : N'OUBLIE PAS – stop – LES DEUX FILLES S'APPELLENT DORIA ET CHIARA – stop.

Carte postale de Cornélia Dassas à Mme Joseph, sa concierge, à Paris.

Cape Comorin, le 18.

Chère madame Joseph,

J'espère que Gontran se porte bien et ne vous dérange pas trop par ses chants matinaux. Je fais un voyage merveilleux, mais très fatigant.

Nous découvrons des paysages fabuleux. Je vous rapporte un sari de cotonnade rose.

Nous sommes à l'extrême pointe sud de l'Inde. Demain, nous apercevrons Ceylan.

Merci chère madame Joseph pour votre gentillesse.

Je vais sur un tapis volant.

Votre plus mauvaise locataire avec son amitié reconnaissante,

Cornélia.

P.-S. : Gontran préfère les graines de tournesol.

Télégramme du commandant Sardi à son ami et collègue Ravi Shikra – Siège central Ottar Urissa, New Delhi.

Rameshwaran, le 19.

EXPÉDIER – URGENCE – FILTRE RÉACTEUR – AILE GAUCHE – PONDICHÉRY – SINON AUCUN INCIDENT – R.A.S.

SARVAPALLI SARDISHING.

8

LE BAISER DE LA MORT

La tête tournée vers le hublot, Cornélia essayait d'apercevoir « l'Ile Magique » chantée par les poètes : Ceylan.

La jeune hôtesse de Symposias était du mauvais côté. Sous les ailes brillantes de l'avion bleu, Cornélia n'apercevait que les eaux vertes et moutonnantes du détroit de Palk.

Cornélia se détacha du siège pour franchir la travée. Elle se pencha sur la droite de l'appareil. La vue était encore bouchée par un réacteur. Elle se dirigea vers la queue de la carlingue.

L'intérieur de l'avion bleu était composé de dix confortables fauteuils. Cinq d'un côté, cinq de l'autre, séparés par un petit couloir.

Au fond de la carlingue, se dressait un bar de teck laqué bleu marine avec deux tabourets solidement accrochés à la moquette fleurie. Dans un renfoncement près des toilettes, deux fauteuils club, une banquette et une table basse de laque rouge pouvaient aussi bien servir à se détendre, jouer aux cartes, qu'à compulser des dossiers.

Délaissant cette dernière occupation, Robin et Mathias prenaient pour le moment des sodas au bar. Cornélia pouvait entendre leur conversation :

– J'avoue que je ne comprendrai jamais, vieux,

comment vous, les Canadiens, pouvez vous adonner à ce sport vulgaire qu'est, pour nous Anglais, le base-ball américain?

– Moi, j' t'avouerrrai que vivrais-je mille ans dans le Sussex, je ne pourrrais jâmais entraver rien de rrrien à ton crrricket de malheur... Faut être né English... depuis les Rômains, pourrr ça...

L'ambiance était détendue entre les deux hommes.

Cornélia décida de tenter sa chance.

– Au fond Robin, l'ancien croquet des jeunes filles de bonne famille ne ressemble-t-il pas en petit à votre sport national?

Tout en parlant, Cornélia essayait de se décapsuler un Coca.

Avec une froide politesse, Robin lui ôta la bouteille des mains, puis il la lui rendit ouverte, tout en déclarant calmement :

– Pas du tout, ma chère... Nous pourrions être encore là demain matin pour que je vous explique les règles du cricket... Tu viens, Mathias...

Avec un ensemble parfait, les deux hommes prirent leurs verres et ils retournèrent s'asseoir dans les fauteuils club autour de la table basse.

Cornélia essaya encore une tentative :

– Vous avez vu Ceylan?

– Hon... très beau...

Les deux ingénieurs piquèrent du nez dans leurs dossiers.

Cornélia n'était pas complètement stupide. Cette attitude la peinait. Elle se sentait devenir une « Intouchable ». Elle jeta un regard alentour. Dans la travée de gauche, Guillaume Berri et Léopold Freulemans dormaient, l'un la bouche ouverte, l'autre la main sur les yeux.

Cornélia trouva qu'ils avaient l'air congestionné. Elle leur glissa avec obligeance un coussin sous la nuque. Cette attention ne réveilla pas les dormeurs. Ils tournèrent la tête sur le côté pour continuer leur somme. Cornélia ferma les rideaux, afin que le soleil ne les gêne pas, puis elle s'approcha de Danny et Mario qui étaient assis l'un derrière l'autre dans la travée de droite.

L'Italien restait attaché dans son fauteuil. Le Suisse était à moitié retourné, penché sur son accoudoir.

A première vue, les deux hommes semblaient avoir fait la paix. Ils regardaient le plan déployé du prochain terrain Ottar Urissa.

– Voulez-vous boire quelque chose? proposa Cornélia.

Danny hocha sa tête frisée :

– Pas pour moi, merci, et toi?

– J'irai tout à l'heure, merci! répondit Mario sans relever les yeux.

– De rien!

Cornélia réprima un soupir.

Depuis la « nuit tragique » des serpents, Cornélia et ses hommes s'enfonçaient dans un marécage de froide politesse.

A l'attitude « bloc » des six hommes, Cornélia comprenait qu'elle avait commis une action très grave. On ne riait plus. On s'évitait. On ne parlait que le strict nécessaire. Bref, le mot d'ordre tacite était service-service.

Même Danny fuyait Cornélia.

Elle en souffrait réellement. Toutes ses tentatives de rapprochement tombaient à plat. Cornélia ne savait plus à quel saint se vouer, ni comment rattraper la situation.

Quant au septième samouraï, celui par qui le scandale était arrivé, le commandant Sardi, le regard abrité derrière ses lunettes noires, il était devenu aussi invisible que l'homme du même nom.

Enfermé dans sa cabine, il n'apparaissait qu'une minute aux escales, ne prenait pas ses repas avec le groupe, disparaissait dans la tour de contrôle ou à l'hôtel pour ne réapparaître que le lendemain matin aux commandes de son avion.

Bref, les mâles de Cornélia se vengeaient.

– Vous permettez?

Cornélia se penchait au hublot de Danny pour apercevoir la vue chatoyante sur la côte escarpée. Le jeune Suisse s'écarta légèrement.

Au micro, la voix métallique du commandant Sardi annonçait :

– Dans quatre-vingt-dix minutes environ, nous allons atterrir à Pondichéry. Vous pouvez en ce moment apercevoir, sur la droite de l'appareil, l'île de Ceylan et sa capitale Colombo... Ancienne possession anglaise, Ceylan est un pays indépendant depuis 1948...

– Il n'en rate pas une celui-là, grommela Robin dans le fond de la carlingue.

Cornélia mordit ses lèvres. Elle avait remarqué que Robin, sur certains sujets, se vexait facilement.

– Comme vous le savez, continuait la voix imperturbable de Sardi, le caoutchouc et le thé sont les grandes productions d'exportation de Ceylan. L'île est en voie de surpeuplement, tant en raison de la rapide croissance démographique que de l'exiguïté des surfaces exploitées...

– La seule solution est que tous ces gens-là prennent la pilule, ou alors on les fait stériliser, déclara Mario sans ambages.

Cornélia eut envie de lui arracher une touffe de cheveux roux. Par moments, Mario avait un côté facho qui l'exaspérait.

Tout en regardant les minuscules jonques aux voiles rouges déployées qui se balançaient tel un ballet de joujoux sur le dos d'une gigantesque tortue verte, Cornélia ne pouvait ignorer la respiration de Danny, juste à côté de son cou tendu vers le hublot.

– Voici notre plan de vol... Nous sommes à quinze mille pieds au-dessus de la baie du Bengale... Je vous prie donc de vérifier vos gilets de sauvetage. Nous allons ensuite monter à dix-sept mille pour survoler l'Etat du Tamil Nadu... Capitale Madras, où nous irons demain pour la soirée, nous dormirons, comme vous l'a sans doute annoncé votre hôtesse, à l'hôtel *Carlton* de Pondichéry... Ce sont MM. Amythab et Tarachand Dipankar qui vous recevront pour Ottar Urissa à l'aéroport de...

Une violente secousse interrompit la voix du commandant Sardi. Cornélia partit la tête en avant contre le hublot. Elle se serait fracassé le crâne si Danny ne l'avait violemment retenue au passage.

Avec un bruit infernal, l'avion bleu se cabrait. Comme un cheval fou, il montait, redescendait, piquait dans le vide.

Les passagers, suffoqués, s'agrippaient à leurs sièges. Ceux qui n'étaient pas attachés étaient partis valdinguer dans le fond de la carlingue.

– Pas de panique... Attachez-vous! reprit la voix étrangement calme de Sardi.

Le conseil était bon. Robin et Mathias auraient bien voulu le suivre, mais les malheureux avaient été projetés contre le bar. Ils rampaient, retombaient, glissaient, essayaient de s'agripper et de marcher à quatre pattes pour regagner leurs sièges.

Guillaume et Léopold, réveillés en sursaut, avaient sauté comme des bouchons de champagne au plafond. Retombés heureusement à leur place, ils bouclaient maintenant fébrilement leurs ceintures.

Mario restait écrasé contre son dossier, bouche ouverte, avec une expression de terreur comique.

La force centrifuge avait projeté Danny et Cornélia comme deux boulets de canon entre le siège et un dossier.

Légèrement assommés par le choc, ils restaient enlacés pour le meilleur et pour le pire.

Cornélia soupçonnait Danny de profiter un peu de la situation. Sous prétexte de la protéger, le jeune ingénieur suisse maintenait Cornélia contre la moquette fleurie. Elle sentait ce corps jeune et sain contre le sien. Elle ne pouvait rien ignorer des épaules musclées, de la poitrine chaude et du ventre dur qui l'immobilisaient au sol, pourtant il faut avouer que l'instant critique l'empêchait de savourer pleinement cette agréable promiscuité charnelle.

Un soubresaut plus fort que les autres lança Danny et Cornélia contre une barre de fer du siège avant. La situation devenait dangereuse pour eux.

L'avion tanguait, virait, dégringolait de plus en plus vite avec toujours le même sifflement effroyable.

Il fallait absolument s'attacher.

Profitant d'un court répit, Danny se rejeta sur son siège. Cornélia voulut regagner le sien en titubant :

– Reste! ordonna Danny avec autorité.

Ses bras se refermèrent sur Cornélia. Ils bouclaient la ceinture autour de leurs deux corps, tandis que l'avion piquait de plus en plus vite.

Serrée contre Danny Cornélia ferma les yeux.

Cette fois-ci, elle était sûre que c'était la fin. On allait s'écraser dans la mer.

D'un geste paniqué, elle enlaça le cou du jeune homme. Une bouche chaude prit possession de ses lèvres.

C'était bon la mort.

Une langue exquise caressait son palais, s'y enfonçait. Cornélia s'aperçut qu'elle rendait avec fougue son baiser à Danny.

Elle rouvrit les yeux, étonnée de ne pas être encore dans l'au delà. Elle jeta un regard vers le hublot.

A grande vitesse, l'avion quittait le golfe du Bengale. Il se rapprochait dangereusement d'une falaise ocre escarpée, vraie barrière de roc.

« Voilà, c'est la fin, nous allons nous fracasser. »

Ce devait être l'avis de Danny, car, sans perdre une seconde de vie, ses lèvres « mangeaient » avec autorité l'oreille de Cornélia, tandis que ses mains se faisaient plus entreprenantes et glissaient entre son corsage et sa jupe.

Le moyen d'arrêter un moribond!

– Nous ne pouvons gagner l'aéroport, tenez-vous prêts à l'atterrissage! prévint la voix toujours imperturbable de Sardi.

– Mais cet Indien est complètement fou! lança Robin d'une voix aiguë. Nous allons exploser.

C'était bien l'avis de Cornélia qui écarquilla les yeux. On survolait maintenant la forêt. Elle voyait défiler à vitesse vertigineuse des arbres qui lui semblaient d'une hauteur prodigieuse.

Au soleil couchant, dans un paysage chaotique de feuillages rougis par l'incendie de l'astre, une folie de couleurs, vert bouteille, jaune safran, jonquille ou rose, frappait le cerveau de Cornélia...

Des tornades d'arbres monstrueux aux formes presque vivantes pétrifiaient la jeune fille de stupeur. Elle comprit : c'était la forêt vierge...

« Nous allons donc mourir dans la jungle de Kipling! »

Cornélia referma les yeux et elle tendit ses lèvres à Danny. Etouffée par la profondeur du baiser, Cornélia entendit comme dans un rêve des craquements sinistres. Sous la poigne de Sardi, l'avion bleu tanguait, battait des ailes, profitait d'une trouée dans la végétation luxuriante, posait une roue sur le sol spongieux et irrégulier, rebondissait plusieurs fois et, dans un vacarme infernal de bois cassé, s'arrêtait enfin, le nez dans un buisson d'hibiscus...

Un silence suivit le fracas. Pendant un moment qui lui sembla une éternité, Cornélia n'entendit que son cœur et celui de Danny battre à l'unisson.

Puis, elle essaya de se redresser avec précaution. Tout son corps était douloureux.

Elle tourna la tête, épouvantée. Les autres étaient-ils morts?

9

LE TEMPLE DE LA GRANDE DÉESSE

La jungle stupéfaite se réveillait. Les cris des singes mêlés aux barrissements des éléphants emplirent brusquement la carlingue.

Des gémissements aussi :

– Ouille!

– Aïe...

– Eh ben! tu parles d'un...

– Ça va?

– Y a-t-il des blessés?

Cette question était posée par le commandant Sardi qui sortait du poste de pilotage.

Une estafilade sanguinolente barrait sa joue brune. D'un regard inquiet, il englobait ses passagers.

Les hommes se redressaient avec des plaintes. Bien que détachée, Cornélia était toujours entre les bras de Danny. A la vue de Sardi, elle se leva si brusquement que la tête lui tourna. Elle serait tombée si le pilote ne l'avait retenue d'un bras ferme.

– Mon Dieu, vous êtes blessé, Sardi... balbutia Cornélia.

Toute titubante, elle cherchait, au milieu du fouillis répandu sur le sol, son sac avec la trousse d'urgence. Visiblement agacé, Sardi passa la main sur sa joue.

– Ce n'est rien... Occupez-vous plutôt des autres...

Sèchement, il écarta la jeune fille comme celle-ci

s'approchait avec le remède miracle : l'inévitable tampon de mercurochrome.

Les six hommes se relevaient les uns après les autres. On se tâtait, on se palpait, on se congratulait.

– Eh ben, merde! on l'a échappé belle!

Robin boitait. Une bonne entorse probablement.

Cornélia récupérait son sang-froid.

Elle avait acquis de solides notions de secourisme à Clermont-Ferrand. La glace du frigo était le meilleur des remèdes. Elle mit les cubes dans une serviette, puis elle releva avec autorité le pantalon de Robin. Celui-ci faisait les manières d'une pudibonde jeune fille.

N'écoutant pas les protestations de l'Anglais, Cornélia lui ôta chaussure et chaussette, pour appliquer les glaçons sur la peau.

– Cela évitera l'enflure et la douleur! affirma Cornélia, parfaite en sœur de charité.

– Merci, ma petite Cornélia... gémit l'ingénieur anglais.

Il en faisait un peu trop; il en profita aussi pour palper au passage la croupe de Cornélia. Allons, ses jours n'étaient pas en danger!

Rassurée sur le sort d'Albion, Cornélia se pencha vers le Commonwealth. Mathias se tenait l'épaule avec une grimace. Sœur Cornélia lui fabriqua aussitôt une écharpe pour soutenir son bras blessé. Sous la chemise, elle palpait la peau du Canadien.

– Ouais... t'as la main douce! chuchota Mathias.

Là non plus, cela ne semblait pas trop grave. Cornélia pouvait tâter clavicule et omoplate sans que Mathias hurle de douleur, mieux, il semblait prendre un plaisir évident à l'examen. Le diagnostic de l'infirmière tomba net :

– A mon avis, c'est la contusion!

– J' crois pas... j'ai vraiment mal... ma petite Cornélia, ça fait du bien... continue d'masser... gémit Mathias.

Sans plus écouter les plaintes du Québécois, Cornélia se tourna vers Guillaume et Léopold. Ceux-ci se tenaient la tête. Mis à part Robin et Mathias qui avaient été durement bringuebalés sur le sol de l'avion, c'étaient Guillaume et Léopold les plus atteints. Leurs crânes avaient frappé le plafond de la carlingue. A eux aussi, Cornélia fit des applications de glace.

– Merci, Cornélia, merci, douce Cornélia, merci ma petite chérie, merci... psalmodiaient les blessés comme à la gucrrc dc 14.

Chœur collectif reconnaissant! Cornélia n'était même pas surprise de la façon dont ses hommes se laissaient panser, tels de gros bébés.

Mario n'avait pas besoin de soins. Il était resté attaché à son fauteuil et s'en trouvait quitte pour la peur.

L'ingénieur italien courut s'enfermer dans les toilettes. Au bruit suspect, Cornélia le soupçonna de rendre tripes et boyaux. Pauvre Mario! Il n'avait pas reçu le « baiser de la mort » pour se donner du courage... Il était bien pâle en sortant des lavabos.

Cornélia hésita entre lui administrer un Alka-Seltzer ou un cognac. Elle se décida pour ce dernier. Mario l'avala d'un trait. C'était ce dont l'Italien avait besoin!

– Ma qué tou es la Madone, Cornélia!

Cornélia se désintéressa du Florentin pour Danny. A quatre pattes, celui-ci cherchait ses lunettes. Cornélia se joignit à lui pour retrouver les verres cassés sous le siège.

– Merde, je n'y vois plus rien!

Danny plissait ses yeux verts. Il pinça de deux doigts le nez de Cornélia qui ne put s'empêcher de rougir.

– Vous ne vous êtes pas embêtés tous les deux à l'atterrissage! grommela Mario.

Pendant ce temps, Sardi luttait pour ouvrir la porte de l'avion. Danny et Mario vinrent lui prêter main-forte.

– Mais enfin, que s'est-il passé, commandant? interrogea le grand Guillaume tout en maintenant la compresse de glace sur son front.

– Sûrement des oiseaux migrateurs dans le filtre d'un réacteur. J'avais du reste demandé qu'on m'en envoie des neufs à Pondichéry, celui-ci n'a pas tenu.

Sardi donnait cette explication fort calmement.

– Charmant, grogna Léopold... la vie suspendue à un filtre...

Personne ne sut si le petit Belge voulait faire de l'esprit.

– Mais, où sommes-nous? s'enquit Robin, toujours pratique.

Sardi abandonna la porte pour revenir avec sa carte de vol :

– Ici à l'est de Pondichéry, en plein milieu de la forêt du Tamil Nadu... dans le pays tamoul...

– Il faut prévenir par radio, pour qu'on vienne nous chercher.

C'était Mathias qui donnait ce conseil.

Avec un calme olympien, Sardi rejoignit Danny et Mario qui s'escrimaient toujours. D'un coup d'épaule collectif, les trois firent céder la porte de l'avion bleu. Cette opération accomplie, Sardi se retourna :

– La dernière fois que j'ai eu la tour de contrôle, c'était au-dessus du golfe du Bengale... J'ai annoncé le pépin. Depuis, rien... Impossible d'établir une liaison, mais ne vous angoissez pas, tout ira bien... Ne bougez surtout pas d'ici...

Sur ces mots qui se voulaient rassurants, Sardi sauta sur le sol spongieux et disparut de la vue des Occidentaux.

Les récriminations allèrent bon train.

– Ne bougez pas... Où veut-il qu'on aille! grogna Robin.

– Ne vous angoissez pas... Il en a de bonnes celui-là! ricana Léopold.

– Nous voilà en pleine jungle! fit Guillaume, tragique.

– Sans secours! surenchérit Mathias.

– Il faut dire qu'il nous a flanqués dans un merdier épouvantable, ce Sardi! lança Danny.

– Et ça ne lui fait pas perdre ses grands airs! reprit Mario.

– Il commence à me taper sérieusement sur les nerfs, ce M. Sardi, ajouta Guillaume.

Cette animosité agaça Cornélia. Elle prit la parole avec autorité :

– Ecoutez, ne soyons pas injustes! Le commandant Sardi nous a sauvé la vie en se posant comme un as dans la jungle. Ce qui compte, c'est que nous soyons tous vivants.

Ainsi tancés, les six hommes grommelèrent et piquèrent du nez.

– Hon...

– Faut avouer que... commença Danny.

On ne sut pas ce qu'il voulait reconnaître, le commandant Sardi revenait déjà, accompagné de deux étranges quidams. Presque nus, ne portant qu'un pagne blanc passé entre leurs maigres jambes, une peau parcheminée tirée sur les os, leur énorme chevelure relevée sur le haut de la tête, ayant la particularité de dégager une odeur de bouse de vache, dont ils devaient enduire leur crâne, tels étaient les compagnons de Sardi.

– Venez, dit le pilote... Ces deux Sadhus – saints hommes – gardent tout près d'ici le TEMPLE DE LA GRANDE DÉESSE. Vous pourrez y passer la nuit et jouir d'une hospitalité confortable. Demain tout ira mieux, ajouta Sardi.

Les deux Sadhus montraient leurs chicots noirâtres sur un sourire qui se voulait engageant. Ils hochaient la tête. A chacun de leurs mouvements, l'odeur de pissat et d'excrément parvenait par bouffées aux Occidentaux restés à l'intérieur de l'avion. Il valait mieux sortir et suivre le conseil de Sardi.

Chacun ramassa qui, son attaché-case, qui sa mallette ou son sac de voyage et la bande d'éclopés se mit en marche au milieu de la jungle.

Les deux Sadhus venaient en tête, puis Cornélia et Sardi soutenaient Robin qui avait vraiment du mal à appuyer sa cheville sur le sol, Mario et Danny tiraient Guillaume qui était de plus en plus rouge. Mathias et Léopold s'épaulaient l'un l'autre.

Devant ce cortège, les deux Sadhus chantaient une lugubre mélopée.

On avançait au milieu d'un enchevêtrement de lianes tropicales et de palmiers géants. Des sortes de taupinières parsemaient ce qui pouvait ressembler à un chemin.

Les Sadhus murmurèrent quelques mots à l'oreille de Sardi. Celui-ci traduisit aux Occidentaux :

– Ces saints hommes vous disent de ne pas avoir peur, ces petits monticules sont des abris de najas... mais à cette heure-ci, les najas dorment encore, ils ne se réveillent qu'à la nuit...

A ces mots, le groupe Symposias leva la tête avec un ensemble parfait vers l'astre rougeoyant dans le ciel. Les Occidentaux durent trouver que la nuit était bien proche et les najas aussi car, sans se concerter, même Robin, ils hâtèrent le pas.

Un étrange frisson parcourut Cornélia.

Le petit groupe arrivait devant une succession de cavernes, creusées dans une colline. Sept temples et monastères y étaient excavés.

Sur l'esplanade qui les précédait, comme taillée au centre de la forêt, des parterres, bassins et jeux d'eau se mariaient agréablement.

Pourtant, Cornélia se rendait compte que la jungle était presque terminée. Ce qu'elle avait pris pour une si vaste forêt était en fait le parc des monastères rupestres.

Water-buffalos, vaches, poules, coqs, ânes, chèvres et brebis se promenaient d'un pas majestueux au milieu de statues et de moines, aussi peu vêtus et aux chevelures aussi proliférantes que leurs deux collègues.

A part ce détail odorant, ils étaient charmants,

saluaient les étrangers en joignant des mains aux ongles crasseux et recourbés. Plusieurs d'entre eux balayaient continuellement « pour ne pas risquer de tuer un insecte » expliqua Sardi. Les Occidentaux échangèrent un regard circonspect. « Ils étaient un peu fous, ces Indiens! »

Des piliers que Cornélia évalua d'une hauteur de cinq étages d'immeuble parisien soutenaient l'ouverture centrale de la plus grande grotte, tandis que des assemblages décoratifs compliqués de colonnades et de guirlandes ornaient les fentes latérales.

– Les saints hommes demandent que vous vous déchaussiez... prévint Sardi en donnant l'exemple.

Tout le monde l'imita. Cornélia aida Robin qui faisait la grimace et, les chaussures à la main, on suivit les deux Sadhus à l'intérieur du plus grand temple. Les saints moines ne devaient pas avoir fait vœu de silence, car, pour le moment, ils parlaient au commandant Sardi avec force gestes.

– Je me demande ce que ces Iroquois peuvent bien raconter! grommela Robin.

La douleur le rendait acariâtre.

– Peut-être qu'ils veulent nous faire bouillir dans une marmite aux pieds de Shiva!

C'était Mario qui essayait de plaisanter.

Danny protesta :

– Mais non, avec les Indiens rien à craindre de ce peuple végétarien! Ils ne se souilleraient jamais avec un beefsteak de nos fesses...

– Aaaaah! gémit Guillaume. Un bon beefsteak pommes frites arrosé de beaujolais, c'est ça qui me remettrait d'aplomb...

– Et moi, je rêve de moules parquées avec une bière bien glacée comme à Bruxelles, surenchérit Léopold, larmoyant.

Cornélia regarda alternativement le grand Français et le petit Belge. Ils étaient réellement de plus en plus cramoisis. Inquiète, elle décida de s'ouvrir à Sardi de leur état fiévreux.

Elle fit quelques pas pour rejoindre le bel Indien. On traversait une salle taillée dans un roc ocre veiné de pourpre. Sept dieux géants ayant chacun sept bras trônaient majestueusement. Les étrangers se sentaient bien petits en défilant à la queue leu leu aux pieds de cette civilisation trimillénaire.

Cornélia leva la tête vers Sardi. Un regard froid lui coupa la parole. Sardi désignait une statue dominant les autres :

– Voici la GRANDE DÉESSE LAKSHMI, la propre épouse de Vichnou... Ses noms sont multiples, elle est aussi Kalyani, Rukmini, Sri l'heureuse, Indira la Dame ou LOLA LA VOLAGE...

Cornélia eut l'impression très nette que Sardi avait appuyé sur les derniers mots... A quoi bon parler à ce masque glacé et méprisant. Ce n'était pas un homme mais une statue.

« Qu'il aille donc se faire cuire un œuf avec ses dieux à la noix! » décida Cornélia. Elle ne devait pas être la seule à en avoir assez, car Mathias grognait :

– On se croirait au musée du Louvre!

Comme pour répondre aux récriminations qu'il devait sentir dans l'air, Sardi prévint :

– Vous voici arrivés à votre appartement!

Les étrangers se trouvaient dans une vaste pièce fort propre, sorte de dortoir sans fenêtres, éclairée par des candélabres, avec une dizaine de « lits » qui étaient en fait des nattes surélevées par des piquets de bois.

Sur des tables basses, l'inévitable thé au lait très sucré indien était déjà préparé dans des gobelets d'argile fumants.

Les deux Sadhus s'éclipsèrent en murmurant quelques mots à Sardi. Cornélia remarqua l'extrême déférence que les moines marquaient au pilote. Après avoir baisé le bas de sa veste, ils s'inclinèrent plusieurs fois devant lui, puis ils partirent à reculons.

L'odeur de bouse de vache s'éloignant, on respira un peu.

– On va vous apporter à dîner, prévint Sardi. Bien

sûr, cela ne vaudra pas la *Tour d'Argent...,* ajouta-t-il avec humour, mais pour ce soir, j'ose espérer que cela ira... Ensuite, dormez, je serai là tôt demain matin...

– Quoi, vous partez? s'exclama Cornélia. Vous nous laissez tout seuls ici...

La jeune fille disait tout haut ce que ses hommes pensaient tout bas.

Sardi daigna expliquer avec patience à ses passagers, comme il l'eût fait pour un groupe de débiles :

– Je dois aller chercher des secours... Nous sommes à trois heures de marche du premier téléphone. Il faut qu'Ottar Urissa soit prévenu de l'ennui qui nous arrive.

« Tu parles d'un ennui, se casser la gueule dans la jungle! » songea Cornélia.

Pourtant, les six hommes et la jeune fille regardèrent partir le commandant Sardi comme des orphelins abandonnés à leur triste sort.

Le groupe revendicateur ne resta pas longtemps seul à faire des commentaires aigres-doux. Les moines revenaient avec des plats chargés de victuailles.

Sardi avait été modeste. Il s'agissait d'un vrai festin. Les émotions finalement creusent. Les sept Symposias se jetèrent sur la nourriture servie, bien entendu, sans cuillère ni fourchette.

Ce pique-nique improvisé ramenait la bonne humeur. Cornélia administra de l'aspirine à Guillaume et Léopold. Pendant une demi-heure, assis en tailleur sur des tapis, les étrangers s'évertuèrent à manger du bout des doigts le « poulao », sorte de boulettes de riz bien sûr sans viande, le « dal » (sauce aux lentilles), les « papadum », galettes de cumin, et les « chutneys ». « Cousins lointains de nos piccalilies anglais », déclara Robin, d'un ton légèrement méprisant.

Pour l'assaisonnement délicieux de tomates, concombres et oignons mélangés avec du lait caillé, le manque de cuiller se faisait cruellement sentir. Cornélia et ses hommes en mettaient partout. Ils se léchaient les doigts, s'essuyaient la bouche avec les feuilles de bétel. Finalement, pour les « laddou » et les « djilebi », sucreries au beurre et au sirop, les sept Symposias se laissèrent aller au fou rire.

Les nerfs se relâchaient. Cornélia avait raison, c'était bon d'être vivant.

Danny et Mario serraient la jeune fille de près. Elle était bien avec ses hommes. Cornélia jeta un coup d'œil sur eux. Ils se préparaient maintenant pour la nuit, ôtaient leurs vestes, ouvraient le haut de leurs chemises, desserraient leurs ceintures de pantalons, retiraient leurs chaussettes.

Le cœur un peu battant de passer la nuit avec ses six mâles, Cornélia, gardant bien sûr sa jupe froissée et son chemisier boutonné très haut, s'allongea sur sa couchette entre Mario et Danny.

– Gare à vous, les mecs...

– On a l'œil sur notre petite Cornélia...

– Bas les pattes...

– Si un de ces sagouins veut vous violer, Cornélia, appelez...

Les plaisanteries les plus fines fusaient. C'était le régiment.

Avant de sombrer dans le sommeil, Cornélia aperçut, entre le rideau de ses cils à demi baissés, Guillaume et Léopold sur les couchettes du fond. Ils ronflaient déjà à qui mieux mieux. Robin, assis, massait sa cheville. Mathias s'allongeait avec précaution sur son épaule endolorie. Couché sur le côté, Mario offrait à Cornélia la vue de son dos. Danny regardait la jeune fille. Du bout des lèvres, il lui envoya un baiser. C'était tendre... doux... Danny... De loin, Cornélia répondit à son baiser.

Robin soufflait les chandelles du grand candélabre. Dans la pénombre, Cornélia gardait les yeux ouverts. La présence et l'odeur toute proche de ses hommes la rendaient aussi nerveuse qu'une jeune pouliche. Son esprit vagabondait, excité.

Quelle aventure !

Et si elle restait prisonnière de la jungle avec ses hommes... La vie passerait... Mario la distrairait... Léopold l'instruirait... Robin la séduirait... Guillaume pour elle chasserait... Mathias lui construirait une hutte de rondins... Danny l'aimerait... et cet orgueilleux de Sardi se prosternerait...

Tous ensemble, le soir, autour du feu, on chanterait. Cornélia, idolâtrée de ses hommes, deviendrait la Grande Déesse...

A moitié endormie par ce rêve exquis, Cornélia tourna sur sa couche un peu dure. Une pensée fulgurante la frappa de plein fouet. Et si Sardi ne revenait pas... Si Sardi disparaissait à jamais...

Cornélia ferma complètement les paupières et elle bascula dans le gouffre noir du sommeil.

Un chatouillement dans le cou la fit jaillir de son premier sommeil. Sûre que c'était Mario ou Danny qui venait la réveiller, Cornélia entrouvrit les yeux.

Quatre prunelles brillantes luisaient à quelques centimètres de son nez. Un hurlement strident jaillit de Cornélia. Deux énormes visiteurs se promenaient sur sa poitrine. Les six hommes se redressaient sur leur séant. Robin allumait fébrilement les chandelles.

La pièce était pleine de rats! Des gros, des jaunes, des gris, des blancs, des noirs, des luisants, des dodus, des guillerets, dévorant les restes du repas...

Vision d'enfer pour les Occidentaux!

Il est juste de dire que Cornélia n'était plus la seule à hurler. Ses hommes glapissaient, juraient, tapaient à qui mieux mieux.

– Sales bêtes...! hou... ha!... ho!... ho...! Il est dans ma chemise! Salaud tu vas voir! Merde, il est sur mon pantalon! Ordure! Saloperie!

Affolés par ce vacarme, les rats poussaient des couinements, grimpaient partout, s'accrochaient le long des jambes poilues, s'agrippaient aux poitrines, se laissaient tomber et remontaient à l'assaut.

C'était un beau tapage.

Comme pris de folie, les sept Occidentaux dansaient sur leurs lits une sorte de gigue, tout en cherchant à s'enfuir vers la sortie.

Ce tohu-bohu ne tarda pas à attirer cinq moines au triple galop. Comme par enchantement, à la présence odorante des Sadhus et à la lumière de leurs lanternes, les rats disciplinés s'éclipsèrent dans leurs caches. Il n'en restait qu'un sur le tapis, assommé par la solide poigne de Mathias.

Avec des gémissements de désespoir, les Sadhus se penchèrent sur la sale bête pour lui apporter leurs soins éclairés.

Robin avait la main mordue au sang. Guillaume le mollet, Léopold la joue.

Sans s'occuper de ces détails, le grand Sadhu tança sévèrement les Occidentaux dans un mauvais anglais.

– Il ne fallait pas faire ce gurrh-burrh – tumulte – ... Les nobles étrangers n'aimaient-ils donc pas les amis de l'homme? Il s'agissait de rats sacrés! On ne devait jamais battre un animal, même avec une fleur!

« En Occident, cette maxime était appliquée aux femmes », pensa Cornélia.

– Ces rats étaient très gentils, tout à fait doux... Il fallait dormir calmement avec eux. Ils aimaient beaucoup les Sahib logs et la Sahiba!

Ça, Cornélia connaissait la chanson!

Danny interrompit courageusement le discours du saint homme :

– Je... nous croyons, mes compagnons et moi-même, très vénérable Sadhu... que... que nous préférerions une autre pièce... n'importe quoi, nous ne voulons surtout pas vous déranger... mais, un petit local plus calme sans... sans... rats... Chez nous, en Occident, notre religion nous interdit de dormir avec... heu... cette race d'animaux!

Si c'était une question religieuse! Le Sadhu s'inclina.

Les cinq moines se concertèrent, puis l'un d'eux proposa à Danny :

– Si le Burr Sahib – grand chef – veut dire à ses amis de nous suivre...

Le « Burr Sahib » et ses compagnons ne se le firent pas dire deux fois. Vrai Dunkerque, on rassembla ses affaires à la hâte. Pieds nus, chaussettes et chaussures aux mains, on sortit enfin de cette pièce de cauchemar. On retraversa le temple derrière les Sadhus, puis le chef s'effaça pour laisser passer le groupe Symposias dans une pièce identique à celle qu'ils venaient de quitter, mais de proportions plus modestes.

– Si les nobles Feringhi – étrangers – et la Sahiba veulent bien s'installer... Ici, ce sera plus calme, les scorpions sacrés ne font aucun bruit...

A ce mot, les Occidentaux reculèrent d'un seul pas.

– Les scorpions? bégaya Cornélia.

– Oui, noble Sahiba, nous sommes maintenant dans le temple aux scorpions... Il n'y a aucun danger... Ils sont très gentils et...

Avec un réel chagrin, les moines voyaient les sept Occidentaux remettre précipitamment leurs chaussures et filer le diable aux trousses.

Les Sadhus les rattrapèrent, groupés aux pieds de Vichnou. On leur proposa, sans succès, le temple aux serpents, le temple aux insectes, moustiques, poux, punaises... Le temple pour l'urine de vache purificatrice, bonne à boire le matin à jeun... Les Occidentaux n'en voulaient toujours pas...

Les Sadhus hochaient leurs chignons odorants. Ils se regardaient, sincèrement désolés.

La situation devenait critique. L'un des moines eut soudain une idée de génie :

– Et le temple des poules sacrées?

Ça, les étrangers voulaient bien!

Avec un soulagement non dissimulé, les Sadhus conduisirent le groupe vers un petit temple d'apparence tranquille. Las, les lanternes réveillèrent aussitôt deux à trois cents volatiles : poules, coqs, pigeons, qui se mirent à caqueter avec un ensemble parfait.

Pourtant, les Madison préféraient les roucoulades aux morsures, piqûres et autres menues babioles des salles précédentes.

Visiblement enchantés de la satisfaction de leurs hôtes, les Sadhus se retirèrent, ne laissant au groupe qu'une modeste lampe tempête à trois chandelles pour s'éclairer.

– Fais gaffe, Daniel, il ne manquerait plus que de flanquer le feu et de griller avec tout ce foin....

Suivant le conseil du Canadien, Danny déposa la flamme tremblotante sur un socle en pierre.

L'adversité lie. On tirait des bottes de paille. A la guerre comme à la guerre! On s'installait pour la nuit.

Les six hommes, groupés autour de Cornélia, avaient oublié leurs petits différends et leurs quelques rancunes.

La jeune fille décapsulait le mercurochrome, badigeonnait les morsures.

Soudain, plus personne ne voulait se quitter ou s'éloigner ni des autres ni de la lumière.

La paille piquait, donnait des allergies, faisait éternuer ces citadins habitués à la bonne pollution des gaz d'échappement.

– Tchoum... Rhaaa... Bloody night...

En plus de son entorse, Robin avait le rhume des foins. Exaspéré, il s'entourait la tête d'un foulard. Avec des soupirs de phoque, il chercha un repos bien mérité.

Le hasard avait installé Cornélia entre l'Anglais et le barbu québecois. Mis à part ce dernier, Cornélia était beaucoup plus « fille de la campagne » que ses hommes, elle aimait finalement cette odeur, cette chaleur du foin. Des brindilles lui piquaient la joue, entraient dans sa chevelure, chatouillaient ses oreilles.

Cornélia imita Robin. Elle serra autour de son front une mousseline verte lui cachant les cheveux.

Danny prévint :

– J'éteins la chandelle!

Dans l'obscurité, la basse-cour se calma miraculeusement.

Quelques minutes s'écoulèrent. Cornélia entendait déjà des ronflements sonores. Elle fermait les yeux, prête enfin à s'endormir.

Rêvait-elle?

Un effleurement dans le dos la mit en état d'alerte. Une seconde, elle craignit le retour d'un rongeur, mais elle comprit bien vite son erreur, ou alors les rats indiens avaient maintenant des doigts!

Il n'y avait pas à se tromper, c'était bien une main humaine qui s'avançait... rampait... progressait avec persévérance... Une main silencieuse qui glissait sur sa hanche, l'attirait doucement... remontait, hypocrite, passait des doigts insinuants entre la ceinture de sa jupe et son corsage.

Même dans la nuit, Cornélia savait, par la direction empruntée, que cette attaque en bonne et due forme ne venait pas de l'Angleterre, mais tout droit du Canada, brusquement guéri de l'épaule.

Il faut dire à la louange de Cornélia qu'elle voulut s'écarter à l'ouest. Ce fut pour buter sur le grand corps de Robin. L'Anglais avait peut-être mal à la cheville, mais pas aux poignets. Sa réponse vint aussitôt. Se sentant probablement trop seul sur la botte de paille, il appuya négligemment ses mains sur les seins tout proches de Cornélia. Les joues en feu, elle recula vivement vers l'est.

Mathias prit cette fuite pour une invite. Il accentua son avantage. Avec la douceur d'un serpent québécois, il releva d'une main habile la jupe de Cornélia, tandis que, centimètre par centimètre, il faisait progresser son corps jusqu'à toucher la jolie croupe féminine.

Un gémissement silencieux monta dans la gorge de Cornélia. Etait-elle une renarde en chaleur pour se laisser apprivoiser comme ça?

Un frétillement d'aise montait dans sa nuque. Toute

sa peau aux aguets, elle percevait à travers le tissu de sa jupe le désir de l'homme, allongé derrière elle tandis qu'une brusque chaleur irradiait ses reins.

Mathias avait perçu son trouble. Du ventre, il formait de légères invites appuyées.

Ignorant l'action du Canadien, Robin revenait à la charge, il caressait les genoux de Cornélia, remontait lentement le tissu de sa jupe.

Un tremblement convulsif agita Cornélia. Le plaisir violent qu'elle ressentait entre les deux hommes était trop fort... trop trouble... indigne.

Allait-elle succomber, parfaitement consentante, à ce « viol » collectif?

Comme pour l'aider à sortir de cette situation embrouillée, les mains de l'Angleterre et du Canada allaient se rejoindre au-dessus de l'Atlantique!

Cornélia imagina la tête des deux pionniers, s'apercevant qu'ils n'étaient pas seuls sur la piste de l'or.

C'en était trop!

Avec l'énergie de sainte Geneviève repoussant l'envahisseur, Cornélia se redressa avec tant de vigueur qu'elle déséquilibra ses deux hussards. A l'est comme à l'ouest, une seule voix retentit :

– Merde!

Mathias et Robin étaient tombés sur le sol.

On s'agitait sur les autres bottes de paille.

Danny battait le briquet. Il rallumait les chandelles. Aussitôt un concert de caquetage emplit la salle du temple.

Un peu penauds, Mathias et Robin remontaient sur leur couche improvisée. Aussi hautaine que la reine de Saba, Cornélia en descendit.

Tout en cherchant un « lit » plus solitaire, elle passa devant Mario. L'Italien la saisit par le bras.

– Viens ici, il y a dé la place! proposa-t-il tout haut, offrant sa botte de paille, puis il chuchota tout bas : Dis donc, tou né t'embêtais pas, ma colombe, avec tes deux tourtéreaux...

Cornélia se dégagea d'un coup sec :

– Merde!

C'était une réponse comme une autre, qui avait l'avantage d'être aussi explicite que lapidaire.

– Ah ça! mais tout le monde dit merde ce soir, ne put s'empêcher d'ironiser Danny.

Cornélia hésita à venir s'allonger près du jeune Suisse. Elle savait qu'avec lui, elle ne pourrait résister longtemps à la tentation. Danny la regardait de ses yeux de myope pourtant si perspicaces.

Gênée, elle détourna la tête. Ce fut Guillaume et Léopold qui la sortirent de son embarras. Ils gémissaient l'un à côté de l'autre. Leurs visages étaient enflés et cramoisis.

Cornélia toucha leurs fronts brûlants.

– Mon Dieu! ils ont au moins quarante de fièvre!

– C'est du paludisme...

– Ou la fièvre de Malte...

– Peut-être la malaria...

– Faut leur donner de l'aspirine!

– Faut réveiller les moines!

– Faut de l'eau!

– Justement, c'est l'eau qui a dû les rendre malades!

Chacun s'était relevé et y allait de son conseil :

– N'appelez surtout pas les Sadhus, ils vont vouloir les soigner avec de la pisse de vache! déclara Danny.

– As-tou dé la quinine? interrogea Mario.

Cornélia en avait un tube.

– Mais je n'ai pas le liquide pour les faire avaler, reprit-elle désolée.

– Je vais essayer de trouver un gobelet de thé, fit Danny.

– Jé t'accompagne, décida Mario.

Les deux ingénieurs prirent une des chandelles sur la lampe tempête. Tout en enjambant la basse-cour réveillée, ils s'éloignèrent dans la nuit.

Cornélia avait gardé le foulard noué autour de ses cheveux. Le buste incliné au-dessus de ses malades, elle faisait tout à fait sœur de charité. D'un mouchoir prêté par Robin, elle essuyait leurs visages ruisselants de sueur. Soudain, le grand Guillaume ouvrit les yeux. Le regard exorbité, il détaillait Cornélia, penchée sur lui.

– Tout va bien Guillaume, murmura la jeune fille avec douceur. On est allé vous chercher à boire...

Un grondement sortit de la gorge de Guillaume :

– Vo... leuse... C'est LA VOLEUSE!

Furieux, il cherchait à se relever. Il avait saisi Cornélia par l'épaule et la secouait avec une force que la fièvre décuplait. La jeune fille, épouvantée, voulut reculer, mais Guillaume la tenait bien.

– Voyons, Guillaume, c'est notre petite Cornélia... protesta Mathias.

– Il délire, le pauvre! surenchérit Robin.

Tout en essayant de se dégager, Cornélia cherchait ce qui avait bien pu provoquer chez l'ingénieur français ce brusque retour de mémoire.

Passant la main sur son front, elle ôta vivement le foulard noué qui devait, d'une certaine manière, ressembler au béret gris qu'elle portait le jour fatidique où elle avait eu la malencontreuse idée de « faire le trottoir ».

– Elle m'a pris deux cents francs... C'est elle, la fille du trottoir... C'est bien elle... Ces filles-là, ça mérite une correction... Sale petite garce... J'étais certain de la retrouver... Méfiez-vous... Elle vous fera le coup... C'est une voleuse... une voleuse! tonitruait Guillaume, de plus en plus rouge.

Les coqs sacrés excités par cette voix aiguë avaient engagé une bagarre.

Portant des gobelets avec précaution, Danny et Mario revinrent sur ces entrefaites.

– Il devient complètement fou, expliqua Robin. Il croit que Cornélia l'a volé...

Cornélia surprit le regard incisif de Danny. L'ingénieur suisse devait être un peu médium. Pourquoi

Cornélia se sentait-elle toujours mise à nu devant lui?

Sans écouter les commentaires de ses hommes sur l'état des malades, elle écrasait nerveusement la quinine dans le thé froid. Sans trop de difficulté, elle réussit à faire boire le médicament à Léopold. Pour Guillaume, ce fut une autre affaire. Il ne pouvait supporter sa présence. Dès qu'il la voyait approcher, ses hurlements recommençaient :

– Salope... garce... putain...

C'était affreux.

– Il vaut mieux qu'il ne vous voie plus! conseilla Danny.

Ce fut lui, aidé de Robin, qui réussit à faire boire le grand Guillaume.

Peu à peu, les grondements du malade s'estompèrent, tandis que la bagarre des coqs sacrés se fatiguait.

Il pouvait être 2 heures du matin.

Un semblant de calme revint dans la salle du temple. Cornélia avait à la fois besoin de solitude pour faire le point de la situation et d'une présence amie à qui se confier.

Après s'être assurée que les malades avaient sombré dans le sommeil, elle s'assit sur une botte de paille à côté de Danny :

– Tu permets?

Le tutoiement était venu naturellement.

– Je t'en prie! fit Danny.

Les autres s'étaient rallongés avec des soupirs.

– Danny, je voudrais te dire quelque chose, chuchota Cornélia, si bas que le jeune homme entendait à peine... Tu sais, ce qu'a dit Guillaume, c'est... je... ça s'est passé au...

Elle était au bord des larmes. Danny se redressa sur un coude. Il regarda longuement la jeune fille :

– Tu devrais dormir un peu, Cornélia...

D'une main affectueuse, il lui tapotait sa joue humide, avant d'éteindre les chandelles.

Un moment, Cornélia resta les yeux grands ouverts, puis elle se mit à sangloter en silence.

Elle sentit Danny qui se rapprochait. Il la prenait dans ses bras. Sans faire un geste équivoque, il la berça comme une enfant.

Cornélia ferma les yeux.

La minute suivante, elle dormait sur son lit de paille, chastement emboîtée contre la poitrine rassurante et chaude de Danny Kurzman.

10

LA DISPUTE

Un soleil rose se levait à peine sur la colline de la Grande Déesse quand le teuf-teuf bien reconnaissable d'un moteur résonna dans la vaste cour.

Délaissant leurs deux malades somnolents, les rescapés coururent vers l'esplanade.

Apparemment frais comme un gardon, le commandant Sardi revenait au volant d'un vieux camion tout bringuebalant.

– Bonjour... bien dormi? lança Sardi de fort bonne humeur.

Un silence éloquent lui répondit. Les Occidentaux étaient dévorés de piqûres, de morsures, sales, boitillants, les vêtements imprégnés de fiente de poule et même de bouse de vache. Guillaume et Léopold étaient peut-être mourants...

A part cela, en effet, tout allait bien!

L'Inde avait changé de visage.

Cornélia s'était habituée à la voir du ciel, elle la découvrait maintenant de la terre. Sardi semblait aussi à l'aise dans la conduite du vieux véhicule que dans celle de son jet bleu.

Après avoir pris poliment congé des Sadhus et les

avoir « quand même » remerciés de leur hospitalité, les étrangers montèrent dans le camion.

Cornélia avait refusé le siège à côté du conducteur, offert poliment à la seule femme du groupe, pour le laisser à Robin qui pouvait ainsi allonger sa jambe. Elle avait pris place à l'arrière du camion bâché.

La poussière ocre tourbillonnait et le soleil tapait déjà fort sur la route.

On avait allongé Guillaume et Léopold sur des couvertures. Le grand Guillaume était complètement K.O.

Au grand soulagement de Cornélia, il n'avait pas relancé ses accusations « délirantes » de la nuit. Tous les autres observaient sur la question un mutisme courtois.

Assise entre Danny et Mario, Cornélia soulevait un bout de la toile pour voir défiler le paysage.

La conduite à gauche – comme en Angleterre – l'amusait toujours et l'effrayait à la fois.

Plus on approchait de Pondichéry, plus la circulation devenait dense.

C'était un vrai rodéo que de se frayer un chemin entre les rickshaws, sortes de pousse-pousse motorisés, les charrettes, les cyclistes et... les inévitables vaches.

Mais le commandant Sardi avait raté sa vocation. Il aurait pu être chauffeur de taxi parisien ou new-yorkais à l'heure de pointe.

Cornélia voyait sa nuque bronzée devant elle.

L'homme restait une énigme. Robin l'avait « innocemment » mis au courant des événements de la nuit, même du délire de Guillaume. Sardi, depuis, semblait regarder Cornélia dans le rétroviseur avec un amusement non dissimulé.

La jeune fille savait que ses hommes flairaient entre le grand Guillaume et elle un mystère. Elle sentait parfaitement que, dans son dos, les langues allaient bon train!

Seul Danny ne faisait aucun cancan. Elle lui en était

reconnaissante, mais, brisée de fatigue, voyait ce matin la vie en noir.

Pourtant, avant la ville, un « bird sanctuary », véritable réserve d'oiseaux, offrait une vue admirable sur les étangs plus verts quc des émeraudes : cigognes blanches, grues roses, lourds palmiauds et échassiers de toutes sortes semblaient s'y donner rendez-vous...

Cornélia les regardait avec une tristesse non dissimulée. Elle était une cigogne égarée au milieu de canards noirs...

Sa solitude de femme isolée au milieu d'hommes l'accablait soudain.

« Jamais... non jamais, elle ne s'en sortirait... »

– Tu as l'air bien songeuse! remarqua Danny. Ce sont eux qui t'inquiètent?

Le jeune Suisse désignait Guillaume et Léopold. Cornélia secoua la tête :

– Je crois que le plus dur est passé... Enfin, j'espère qu'on va trouver un bon docteur à l'hôtel.

– Tou rigoles, protesta Mario, on va les laisser à l'hôpital...

A ce mot, le grand Guillaume poussa un gémissement :

– Non...

Cornélia se précipita pour lui soulever la tête.

Le délire reprit aussitôt :

– Voleuse... voleuse...

Fouettée au visage, Cornélia recula précipitamment dans le fond du camion.

– Réellement, il y tient ce pauvre Guillaume... Je me demande pour qui il te prrrend, Cornélia... Tu l'as quand même pas volé, dis? Ce serait pas gentil, hein, d'avoir fait ça?

C'était Mathias, assis sur le banc en face, qui posait cette question d'apparence innocente.

Cornélia ne s'y trompa pas.

Sans réelle méchanceté, le Canadien voulait lui faire un peu payer son refus de la nuit. Une boule chaude montait dans la gorge de Cornélia.

« Que dois-je faire, avait-elle envie de hurler, m'envoyer en l'air avec vous tous... Serez-vous satisfaits? Me laisserez-vous tranquille? On pourrait prendre des tickets... un abonnement? Chacun sa nuit! Faire du baisage collectif! »

Trop jeune, maladroite, Cornélia ne savait comment se défendre. La bonne solution eût été d'ignorer l'attaque ou de rire, malheureusement elle lança, agressive :

– Quand on est con... on est con!

La réplique rebondit comme le pavé dans la mare aux grenouilles.

– C'est trop fort, je ne vais quand même pas me laisser insulter par une petite merrrdeuse qui fait que nous emmerrrder depuis le début! lança Mathias, vindicatif.

Il trouva un allié inattendu en Mario.

– C'est vrai ça, tou nous les casses un peu, ma vieille, avec tes chichis...

Cornélia vit rouge :

– Eh bien, si je vous les casse, tant mieux... Parce que moi aussi, j'en ai ras le bol de vos grands airs... de vos papotages de nanas en chaleur et...

– Merde, mais elle nous traite dé pédés, cetté pétite conne... hurla Mario. Vous entendez ça?

Il prenait les autres à témoin.

Le camion entrait dans la curieuse ville tamoule de Pondichéry.

Danny voulut changer l'atmosphère empoisonnée. Désignant les constructions de style français et les avenues bordées de cocotiers, qui présentaient l'apparence d'une sous-préfecture endormie sous les tropiques, il cria très fort, pour couvrir la bagarre :

– Voyons, et Colbert... la Compagnie des Indes... vous n'avez pas l'air de vous rendre compte que Dupleix est venu ici il y a deux cent cinquante ans...

L'idée n'était pas mauvaise en soi, pourtant elle tomba à plat. Les trois belligérants se moquaient pas mal de Dupleix, quant à la Compagnie des Indes, ils s'en foutaient complètement!

La fatigue de la nuit jointe à la peur éprouvée lors de l'accident avait exacerbé les nerfs et décuplait leurs pensées vindicatives.

– Ce sera elle ou moi! fulminait Mathias.

– Parfaitement, on télégraphie à Madison! surenchérit Mario.

– On est bien d'accord!

– On ne continue plus avec une petite conne prétentieuse!

– Bonne à rien!

Les deux ingénieurs s'excitaient l'un l'autre.

– Allons, calmez-vous... essaya d'intervenir de l'avant Robin, tête retournée vers l'intérieur du camion.

Cornélia, déchaînée, répliqua de plus belle:

– Bonne à rien! Bonne à tout faire, oui... même bonne à sauter à l'occasion... Vous me dégoûtez avec votre hypocrisie de sales mecs. Ce n'est pas la peine de prévenir Madison. C'est moi qui appelle Symposias pour prendre le premier avion. Cela me ferait mal de rester avec des minables pareils...

– Vous entendez ça, elle nous traite de minables, cette pisseuse!

Mathias voulut se lever pour lui flanquer une claque.

– Allons...

Danny le retint à temps.

– Laisse! Faut la mépriser! conseilla Mario.

– Tu as raison, traitons-la par le dédain...

– Demain, on sera bien débarrassés...

– C'est moi qui serai soulagée de ne plus voir vos sales gueules! lança encore Cornélia, décidée à avoir le mot de la fin.

Un silence tragique tomba dans le camion. Chacun des participants savait avoir été trop loin. Les autres observaient le silence consterné de spectateurs impuissants.

Le gravier crissait sous les roues du véhicule. On entrait dans la cour de l'hôpital. Les deux malades furent mis en observation dans le service d'une connaissance de Sardi, le Dr Narvalla.

Cornélia était trop perturbée par l'algarade pour remarquer les signes de respect que le médecin semblait témoigner au pilote indien.

On radiographia la cheville de Robin et l'épaule de Mathias. C'était sans gravité. Le Dr Narvalla leur fit des pansements, puis il déclara :

– Ne vous inquiétez pas pour vos deux autres amis. Nous allons faire toutes les analyses et les mettre sous perfusion...

Ainsi rassuré sur le sort immédiat de Guillaume et Léopold qui étaient installés dans une très jolie chambre, le groupe Madison partit vers l'hôtel.

Sans regarder Sardi ni aucun de ceux qui avaient été « ses » hommes, Cornélia gagna sa chambre derrière le turban d'un groom.

Enfin seule entre les quatre murs de la pièce, sans faire attention au décor raffiné et tarabiscoté qui l'entourait, elle se laissa d'abord aller à la rage.

Le téléphone sonnait.

Cornélia était sûre que Danny venait aux nouvelles. Elle ne voulait pas répondre. Elle ne voulait plus parler à personne.

Cornélia s'enferma dans la salle de bains. Une douche tiède la calma un peu.

Le corps drapé dans une mince serviette éponge vert pâle, elle s'allongea sur son lit.

Peu à peu, elle se rendait compte de la folie qu'elle avait commise.

Se voyait-elle rentrer seule à Paris, comparaître devant M. Gaston?

– Avec moi, tout rate, je suis maudite... maudite... gémit Cornélia.

La sonnerie du téléphone grésillait à nouveau.

Cornélia mit son oreiller sur sa tête pour ne plus entendre ce bruit irritant.

Quand elle l'ôta, la nuit était tombée.

Elle avait dû dormir une bonne partie de l'après-midi. Le patio de l'hôtel était calme, le téléphone muet.

Cornélia se leva. Elle s'habilla calmement. Sa décision était prise...

Un sitar à six cordes égrenait quelques notes douces.

Sans se laisser attendrir par la nostalgie de cette mélodie indienne, Cornélia se glissa hors de l'hôtel et elle disparut, absorbée par la nuit de Pondichéry...

11

AUROVILLE

Pendant les premières décennies du XXe siècle, beaucoup d'Indiens nationalistes trouvèrent un refuge contre les Anglais en territoire français.

L'un d'entre eux, Sri Aurobindo, poète et philosophe bengali, se retira de la vie publique aux environs de Pondichéry. Il fonda un « ashram », centre spirituel de haute valeur, et il se consacra à l'édification d'une synthèse religieuse universellement valable.

Lorsqu'il s'éteignit, en 1950, sa compagne, une femme d'origine française, « la Mère » comme l'appelaient avec dévotion ses disciples, reprit le flambeau. L'ashram prospéra. Des milliers de fidèles venus de tous pays et de tous horizons rejoignirent les premiers pionniers.

Les dons de philanthropes affluèrent. On se mit au travail pour faire jaillir les premières fondations de la ville. Le rêve merveilleux de fraternité universelle de Sri Aurobindo et de « la Mère », décédée en 1973, se concrétisait enfin par la création d'une « Cité de l'Aurore », vraie cité du bonheur, où l'argent, source de tous les maux, serait proscrit, où pourraient venir tous les êtres épris de réconciliation et de fraternité universelle, AUROVILLE.

C'était dans cette direction, nichée sur les hauteurs à

huit kilomètres de Pondichéry, que se dirigeait d'un pas ferme Cornélia.

Décidée à couper tout fil de retour possible avec le passé, elle était partie, sans papiers, sans argent et sans vêtements de rechange.

« Comme tant d'autres " purs ", elle allait offrir sa vie à la communauté... comme " la Mère " dont elle avait lu la vie dans le *Reader's Digest,* elle vieillirait doucement, belle et sage, se livrant à de simples activités artisanales, lui permettant de subsister, telles que tissage et poterie... Peut-être à la fin du parcours, lorsqu'elle serait parcheminée, voûtée par les ans et son labeur journalier, peut-être alors deviendrait-elle à son tour la Très Vénérable Mère d'Auroville... On viendrait de fort loin écouter ses paroles... on accourrait pour la supplier... la toucher... Elle accomplirait des miracles... »

Ce programme grisant lui donnait des ailes. A plusieurs reprises elle avait dû demander son chemin dans les faubourgs circonscrits par un boulevard extérieur. Elle se perdit à l'ouest dans la « Ville Noire » des Tamouls, revint à l'est vers la « Ville Blanche », passa devant le collège français, la bibliothèque publique et le jardin botanique. Plus elle avançait, plus elle se félicitait d'avoir agi comme il convenait.

Les mots de la scène atroce revenaient marteler son esprit. Dire qu'elle avait cru à l'amitié de ces hommes. Cornélia ne put réprimer un frisson sournois.

Elle passait devant les tombes d'un cimetière.

« Je ne vais pas avoir peur des morts! » songea la jeune fille qui commençait à donner quelques signes de fatigue.

Maintenant, elle montait plus lentement au clair de lune la route qui devait offrir sous le soleil une vue splendide sur Pondichéry et le cordon presque rouge du littoral de Coromandel.

Soudain, au bout d'un bosquet de cocotiers, elle ne put retenir un sursaut d'effroi. Deux ombres gigantesques lui barraient le chemin d'Auroville...

Les rescapés du groupe Madison se regardaient sans dissimuler leur consternation.

– Qu'est-ce qu'on fait?

– Faut prévenir la police!

– Attendons le retour de Sardi!

– Justement, le voilà!

En quelques mots, Danny, Robin, Mario et Mathias mirent le pilote au courant de la situation :

Cornélia avait disparu.

Les quatre hommes avaient dormi tard le matin. Tandis que le commandant Sardi s'était occupé fort tôt d'envoyer des équipes récupérer son avion dans la jungle, Danny et Mario avaient pris un taxi pour aller à l'hôpital. Les malades somnolaient.

– Ils vont mieux, avait affirmé le Dr Narvalla. Dans quarante-huit heures, il n'y paraîtra plus...

Rassurés de ce côté, l'ingénieur suisse et l'Italien étaient rentrés à l'hôtel.

Il pouvait être midi.

Robin, la jambe allongée sur un tabouret, et Mathias, l'épaule appuyée sur un coussin, prenaient tranquillement l'apéritif à l'ombre d'un parasol.

Etonné de ne pas voir Cornélia avec eux, Danny réitéra ses appels téléphoniques. Sans réponse de la jeune fille, « boudait-elle toujours? », il prit la décision de faire ouvrir la porte de sa chambre. Toutes ses affaires étaient là.

Jusqu'à 5 heures de l'après-midi, les quatre rescapés voulurent croire que leur « hôtesse » était partie faire du tourisme en ville, puis un valet d'étage indien interrogé affirma l'avoir vue quitter l'hôtel en pleine nuit...

– Alors... on prévient la police? insista Danny, de plus en plus inquiet.

– Ecoutez, nous allons tous nous séparer et sillonner la ville en taxi. Rendez-vous ici dans deux heures, si on ne l'a pas trouvée, on avisera... dit Sardi.

Sur une carte de Pondichéry, le pilote fit cinq cercles. Chacun partit seul avec sa mission.

Tandis que Sardi interrogeait les hôtels, restaurants et la gare, Danny visitait l'ashram, les musées, la bibliothèque, Mario le jardin botanique, le cimetière français. Bien que tirant la patte, Robin « faisait » les échoppes, les tisserands, les pêcheurs, Mathias les maisons de style colonial, les temples, la chapelle des Sœurs de Cluny et les demeures du XVIIIe siècle.

Après avoir parcouru en tous sens la « Ville européenne », longeant l'océan, et la « Ville indienne », bien aérée en dépit de la forte densité de sa population, après avoir interrogé au bas mot deux cents personnes, les cinq hommes se retrouvèrent à la nuit tombée bredouilles devant l'hôtel.

Cornélia semblait s'être évaporée dans Pondichéry.

Cette fois-ci, les craintes non formulées de Danny se transformaient en une sourde panique.

– Mais Bon Dieu, on ne disparaît pas comme ça? grogna Mathias.

– On laisse oune mot pour dire où on va! surenchérit Mario.

Les deux ingénieurs se sentaient responsables de la situation. Ils devinaient confusément que la dispute et leurs menaces avaient terriblement atteint Cornélia. Ils essayaient, aux yeux de leurs compagnons, de se justifier :

– On n'allait pas appeler Madison!

– Moi, j'ai dit ça comme ça...

– Elle m'avait énervé...

– C'est trrrop con!

– Cé matin, on aurait passé l'éponge!

– Mais, elle a peut-être pris l'avion?

– Sans passeport ni bagages? interrogea Danny.

Les cinq hommes étaient assis dans la chambre de Cornélia. Robin, la jambe allongée sur le lit à moitié défait, Mathias dans un fauteuil, Mario à califourchon sur une chaise.

Danny et Sardi marchaient de long en large.

– Bon, alors, qu'est-ce qu'on fait? reprit Danny en arrêtant son va-et-vient.

Soudain, Sardi se tapa sur le front.

– Auroville... on a oublié Auroville...

– Qu'est-ce que c'est que ça? interrogea Mathias.

– Oune cité de dingos! répartit Mario.

– Cela doit être plein de drogués là-dedans! surenchérit Robin, sans cacher son mépris.

– Absolument pas! répliqua Sardi, assez agacé par le ton supérieur des Occidentaux.

Tout en leur faisant signe de le suivre, il les mit au courant en quelques mots :

– La cité d'Auroville est habitée par une communauté d'idéalistes... bien sûr marginaux, venus de tous horizons... Toutes les nationalités vivent en collectivité, mais il n'y a jamais eu, à ma connaissance, de violence...

Dans l'ascenseur, Mathias interrompit Sardi :

– Ouais! J' connais les non-violents, ça doit être des sectes genre Moon... ou machin chose!

Mathias était comique en maugréant. Malgré l'instant dramatique, ses compagnons ne purent s'empêcher de rire.

– C'est cé que jé disais, tous mabouls! reprit Mario.

– Imbibés de L.S.D.! insista Robin.

Danny se taisait.

Sardi leur jeta un regard éloquent en sortant de l'ascenseur.

– Attendez d'aller là-bas pour juger. Mais méfiez-vous... Je connais des matérialistes convaincus qui sont revenus d'Auroville affirmant qu'ils avaient ressenti une caresse divine en trouvant dans la plus belle des musiques la seule Unité Vivante!

Il était impossible aux Occidentaux de savoir si le commandant Sardi se moquait ouvertement ou s'il était convaincu de ses étranges paroles.

D'un geste autoritaire, il hélait le portier. On se sépara à nouveau. Sardi et Danny montèrent dans le premier taxi pour filer droit sur Auroville. Robin, Mathias et Mario s'installèrent dans la seconde voiture.

Ils avaient pour mission de s'arrêter d'abord à quatre kilomètres de Pondichéry au village d'Aryankuppan, dans l'église du XVIIIe siècle où Dupleix et sa femme, la légendaire « princesse Jeanne », venaient souvent...

Cornélia étant française, Sardi pensait, avec juste raison, qu'elle avait pu faire ce pèlerinage... Ensuite, les trois hommes devaient enquêter à la fabrique de papier, à l'usine d'Auro Food, œuvre d'un milliardaire philanthrope recherchant la seule nourriture naturelle, et construite à la lisière de la Cité du Bonheur.

Rendez-vous avait été pris dans une heure au centre d'Auroville, devant l'énorme sphère en construction, appelée le MATRIMANDIR.

Danny ressentit aussitôt un étrange mélange de paix et de malaise en pénétrant dans cette ville nouvelle. L'ingénieur suisse avait dû aller, quelques années auparavant, pour son travail, à Brasilia. Il avait ressenti alors la même impression de tristesse et d'excitation devant les fondations jaillissant du sol, les bâtiments neufs inachevés, et les hommes qui ne semblaient pas encore appartenir à la ville qu'ils construisaient.

Brasilia miniature, Auroville, future cité de cinquante mille personnes, construite sur un plan radioconcentrique, n'abritait pour le moment que cent cinquante à deux cents Aurovilliens, vivant comme avait prévenu Sardi en communauté dans des bâtisses blanches assez modernes qu'ils avaient construites de leurs mains.

Autour de ces bâtiments achevés, de nombreuses constructions abandonnées faute d'argent, et déjà érodées par les pluies de la mousson, donnaient aux visiteurs cette impression lugubre.

– Attendez-nous ici! déclara Sardi au taxi, devant le Matrimandir.

Tout en suivant des yeux le commandant Sardi, Danny leva la tête pour admirer cette superbe boule qui lui faisait irrésistiblement penser, par certains côtés, au Panthéon de Rome.

Pourtant, au centre de la coupole, se découpait une fente béante vers le ciel.

– A quoi ça sert? interrogea Danny.

– Les rayons du soleil au zénith tombent droit dans ce trou...

– Ah! pour faire marcher un four solaire? insista le Suisse, cartésien.

– Non, pour rappeler que les hommes viennent sans exception d'une seule source... et que nous voulons tous, d'une façon ou d'une autre, y retourner... répondit calmement Sardi.

Devant l'air incompréhensif de l'Occidental, Sardi eut, pour la première fois, un geste amical. Il prit le bras de Danny pour l'entraîner vers une grande bâtisse blanche.

– Que cela nous plaise ou pas, le grand mystère de la vie est que nous sommes tous utérins...

A ces mots terriblement agressifs pour un Occidental, Danny ne put s'empêcher de frissonner.

Sardi frappait à une porte noire aux gonds déjà rouillés...

12

LA NUIT DU SCORPION

Le premier moment de frayeur passé devant les ombres noires sur la route, Cornélia avait suivi sans aucune méfiance le couple sympathique, qui se dirigeait comme elle vers Auroville.

Lui, Peter, était hollandais. Elle, Sybîlla, danoise. Ils faisaient, sac au dos, le tour du monde.

Cornélia raconta son histoire un peu édulcorée :

« Elle ne pouvait plus supporter un travail imbécile pour lequel elle avait été engagée... Elle aussi ressentait l'appel de la liberté... »

Peter et Sybîlla s'étaient quelque peu étonnés de la voir sans aucun bagage.

– Tu n'as même pas emporté tes papiers? interrogea Peter.

– Rien... même pas de brosse à dents. Je veux être comme le nouveau-né à la vie! lança Cornélia, sincère.

Peter et Sybîlla surenchérirent d'admiration. « Ça c'était une vraie pure! »

– Veux-tu qu'on « t'adopte » pour t'aider à vivre tes premiers jours de naissance?

La proposition était tellement gentille que Cornélia accepta de grand cœur. Elle passa donc sa première nuit de liberté en dormant à la belle étoile dans un sac de couchage prêté par ses nouveaux amis.

Comme Cornélia était à son tour surprise que Peter

et Sybîlla transportent un troisième duvet dans leur sacs déjà lourds, ils répondirent avec douceur qu'ils aimaient à l'occasion aider les jeunes dans le besoin. Cornélia se félicita d'avoir eu la chance de les rencontrer, et elle sombra dans un merveilleux sommeil sans cauchemars.

Réveillée assez tôt par le chant des oiseaux et les rayons du soleil, Cornélia se rendit compte, à la lumière du jour, que Peter et Sybîlla étaient fort beaux. Ils pouvaient avoir trente ou trente-deux ans, longs, minces, musclés, ils avaient cette blondeur angélique et rassurante des jeunes dieux du Grand Nord.

Peter et Sybîlla étaient végétariens. On prit une sorte de porridge aux graines de sésame, chauffé par Sybîlla sur un petit réchaud à gaz comprimé. Cornélia avala le brouet grumeleux de fort bon appétit. Elle déclara même, sincère, « que c'était le meilleur breakfast de toute sa vie ».

On laissa le campement installé à l'abri d'un bois désert à un kilomètre des premières maisons et les trois nouveaux amis allèrent visiter Auroville.

Peter parlait très bien :

– L'Inde, disait-il, a des secrets que nous autres, Occidentaux, pouvons difficilement pénétrer... Si nous y parvenons, alors nous trouverons notre invincible Sur-moi... Regarde, Cornélia, cet admirable Matrimandir, disait le jeune Hollandais en désignant du doigt la sphère ronde... Quelle recherche fascinante de l'Androgynat... Ici, à Auroville, il n'y a pas de banal, tout est magnifié et sacré...

Tout en monologuant, Peter embrassait sa femme Sybîlla. Cornélia était aussi émerveillée qu'attentive de voir un tel amour.

Les trois amis prirent leur repas de midi, c'est-à-dire une modeste soupe végétarienne, dans une guest-house avec quelques Aurovilliens : un grand Allemand barbu, deux Indiens ascétiques, une Russe, un Américain, deux Cubaines, un Sénégalais et une Suédoise, qui vivaient ici depuis plusieurs années. Ils étaient tous vêtus à l'indienne, de cotonnade blanche chiffonnée, mais fort propre.

La sérénité de ces gens était communicative. Cornélia se sentait réellement en paix avec eux. Ils possédaient tous le même regard calme et brillant d'un feu intérieur.

Peter fit remarquer à Cornélia que ces déracinés formaient des groupes de réflexion assez semblables à ceux des monastères du Moyen Age en France.

Une musique céleste gagnait le cœur de Cornélia. Elle avait complètement oublié ses six imbéciles, quant au septième, elle ne voulait pas y penser.

– Ici, dans cette ville qui n'existe pas encore, continuait de pérorer Peter, tout est possible par la force de l'esprit... Nous allons trouver notre chemin à travers un grand thème de mutation...

Cornélia ne comprenait pas tout ce que voulait dire Peter, mais elle admirait déjà beaucoup son élévation intellectuelle.

A la fin de la journée, Peter, Sybîlla et Cornélia regagnèrent leur campement dissimulé par d'épais fourrés.

Ils étaient un peu las et s'allongèrent sur les sacs de couchage. Cornélia s'aperçut qu'elle ne s'était même pas lavée... Qu'importe, désormais, dans sa nouvelle existence, les contingences matérielles n'auraient que peu d'importance.

La nuit tombait.

Peter alluma un feu de bois sec. Sybîlla faisait chauffer du thé. Elle en offrit gentiment le premier gobelet à Cornélia, puis elle se servit ainsi que Peter.

Cornélia but avec plaisir le breuvage sucré. Peter vint s'asseoir sur le sac de couchage qu'occupait Cornélia. Sybîlla se rapprocha aussi.

Tout en dessinant du bout d'un bâton, sur la terre noire, des animaux aux formes préhistoriques, Peter monologuait comme d'habitude.

Etait-ce la fatigue jointe à l'excitation intellectuelle de la journée? Cornélia ne suivait plus du tout ce que racontait Peter. Il était question de recherche de l'absolu dans la maternité retrouvée.

Des taches de couleurs vives passaient devant les yeux de Cornélia. Comme anesthésiée, elle ne pouvait ou ne voulait bouger.

Lorsque Sybîlla se pencha sur la jeune fille pour caresser avec douceur ses cheveux brillants à la flamme du feu, Cornélia sourit, heureuse de cette amitié.

Pourtant, Sybîlla murmurait elle aussi des mots étranges qui parvenaient à Cornélia comme à travers du coton.

– N'aie pas peur, chérie, n'aie pas peur mon trésor...

« Peur? » Cornélia voulut répondre, balbutier péniblement. Elle n'avait pas peur de Sybîlla ni de Peter, pourquoi aurait-elle craint quelque chose?

– Nous t'aimons, surenchérissait Peter. Tu vas naître à nouveau. Quelle chance tu as!...

Le jeune Hollandais avait rejoint sa femme. Leurs deux têtes blondes se rejoignaient au-dessus de Cornélia. Ils avaient l'air d'anges du paradis.

– Vous êtes... si... beaux... réussit à murmurer Cornélia, la bouche pâteuse.

Avec un sourire figé, elle voulut se redresser pour embrasser Peter et Sybîlla. Son corps pesait une tonne. Pourquoi ses membres étaient-ils si lourds?

– Elle est à point, chuchotait Peter.

– Je commence, mon chéri, murmurait Sybîlla.

– Vas-y, mon amour...

– Je ne veux pas qu'elle ait mal...

– Jamais... elle ne sentira rien... Ensuite, nous la transporterons dans le trou de Matrimandir...

– Quelle chance, quelle merveille, chéri, elle est si belle...

– La Mère sera satisfaite...

Les yeux de Peter et Sybîlla brillaient dans la nuit d'un tel éclat qu'une sourde inquiétude atteignit Cornélia.

« Que voulaient-ils dire avec cette histoire de trou? »

Un gémissement sortit de ses lèvres. Elle aurait voulu parler, interroger ses amis. Aucun son ne pouvait sortir de sa gorge.

Comme pour rassurer la jeune fille, Sybîlla l'embrassait sur le front, la tempe, la joue. C'était doux, bon, cette chaude amitié.

Au contact de cette bouche, Cornélia se détendait.

A côté de sa femme, Peter continuait de sourire comme un archange.

Cornélia, rassurée, se laissa aller sur le duvet, pourtant elle trouvait que Sybîlla poussait l'amitié un peu loin.

Les lèvres agiles de la jeune femme caressaient maintenant l'oreille de Cornélia, revenaient vers son cou, mordillaient la peau douce, descendaient vers la poitrine, dégageaient les jeunes seins, en suçaient les pointes...

Cornélia poussa un gémissement de stupeur. Elle ne voulait pas de ça!

Maintenant, Sybîlla effleurait ses lèvres.

Les mains de Cornélia se crispèrent sur le sac de couchage. La jeune fille chercha à tourner la tête, se dégager du plaisir trouble qui l'avait envahie, mais la bouche lancinante de Sybîlla s'enfonçait profondément dans la sienne en un baiser qui ne laissait aucun doute sur les intentions de la jeune Danoise.

Au prix d'un effort incommensurable, Cornélia chercha à rouler sur le côté. C'était sans compter avec Peter. Celui-ci appuya deux mains fermes sur les épaules de Cornélia.

– N... non..., gémit la jeune fille qui avait enfin compris.

Elle avait entendu parler de choses comme ça. Ses amis étaient deux partouzeurs. « Très peu pour elle! » Cornélia allait leur expliquer gentiment qu'elle n'était pas une adepte de ces jeux à trois.

– Laisse-toi faire, chuchotait Peter. Ferme les yeux... tu ne verras rien...

– Ecoute ton plaisir... Détends-toi... Nous allons t'apprendre l'amour avant ta naissance! murmurait Sybîlla.

Cornélia poussa un petit cri. Avec une lenteur insupportable, Sybîlla ouvrait son jean, sa main descendait dans la chaleur des cuisses. Un doigt exquis passait sous la culotte pour effleurer le tendre triangle avec la douceur d'une plume...

Malgré elle, Cornélia se cambrait. Peter ôtait sa propre chemise. Il nouait un foulard autour de son front. Sans cesser de regarder le couple enlacé que formaient sa femme et Cornélia, il dessinait d'étranges traits noirs sur son visage.

– Déshabille-la complètement, Sybîlla, toi aussi... ordonnait le jeune dieu nordique.

Avec une douceur quasi maternelle, Sybîlla ôtait la chemise de Cornélia, elle faisait glisser son pantalon le long de ses cuisses.

– Elle a des formes parfaites... admirait Sybîlla en caressant négligemment le ventre de Cornélia.

– Elle aime ça... fit la voix sourde de Peter.

« Ils m'ont droguée! comprit brusquement Cornélia. Je suis à leur merci... je ne peux rien faire... »

A sa grande honte, sous les mains expertes de Sybîlla, elle ne pouvait s'empêcher de frissonner. Les pointes mauves de ses seins étaient durcies par un désir sournois.

– A l'heure du scorpion, tu vas connaître enfin les deux grandes jouissances... de la vie et la mort... reprit Peter.

Il faut avouer que Cornélia était presque vaincue par les phantasmes sexuels de ce couple bizarre, lorsqu'elle vit briller à la lumière des flammes un long poignard entre les mains de Peter.

Le plaisir malsain qu'elle ressentait sous les lèvres de Sybîlla se refroidit comme par enchantement.

Une peur animale, ayant remplacé le plaisir, montait dans ses reins.

Sybîlla redoublait d'attentions et de raffinements sur le corps maintenant glacé de Cornélia. Soudain, la tête de Sybîlla s'incrusta comme un insecte carnivore buvant à la source.

Le poignard au bout des doigts, Peter s'approchait. Ses yeux luisaient. Sur son beau visage était dessiné un scorpion noir. Comme en transes, le jeune homme psalmodiait des mots où il était question du grand sacrifice d'Abraham à la déesse Materna!

La peur fait faire des miracles. Malgré le somnifère que ces deux sadiques lui avaient fait absorber, l'esprit de Cornélia redevenait lucide. Elle se souvenait parfaitement qu'à Bombay, l'ingénieur Ravi Shikra avait parlé d'un couple de monstres qui auraient assassiné, au Pakistan et dans le nord de l'Inde, une trentaine de jeunes gens isolés. On retrouvait leurs corps horriblement mutilés avec le signe du scorpion et toujours offerts à des déesses-mères.

Cornélia, cette nuit, ne devinait que trop l'objet de l'offrande et quel corps pantelant serait laissé dans le trou du Matrimandir!

Lorsqu'on la découvrirait, elle serait égorgée depuis longtemps et le couple maudit serait déjà loin.

Avec l'énergie du désespoir, Cornélia renversa la tête en arrière, comme si elle s'abandonnait complètement entre les mains de ses bourreaux.

A travers ses cils à demi baissés, elle distinguait Peter qui levait le poignard sur sa gorge. Il attendait la jouissance suprême pour égorger la brebis.

Cornélia rassembla toutes ses forces. Au moment où les monstres ne s'y attendaient pas, elle lança violemment son genou dans le visage de Sybîlla. Surprise par l'attaque, la jeune femme alla rouler près du feu. Brûlée au coude, elle poussa un cri de douleur. Peter bondit auprès de sa compagne pour la secourir.

C'était pour Cornélia un mince instant de répit.

Pendant que les monstres ne la regardaient pas, elle réussit à se dresser sur ses jambes vacillantes. En petite culotte et seins nus, elle disparut dans les fourrés.

– Attention... elle s'échappe! hurla Peter.

Le cœur cognant dans sa poitrine, les genoux tremblants, des flammèches devant les yeux, la bouche amère et la respiration courte, Cornélia, au prix d'un effort surhumain, rampait sous les fourrés pour échapper à ses assassins.

– Elle est là... s'exclamait Sybîlla.

– Où ça? grondait la voix de Peter.

– Ici... ici...

Dans la nuit, la Danoise désignait le bosquet où Cornélia essayait de s'aplatir.

Avec un ricanement, les deux sadiques s'approchaient de la cachette.

Cornélia eut un hoquet de désespoir. Elle allait retomber aux mains de ces fous. Un cri dérisoire pour ce lieu désert sortit de sa gorge :

– Au secours! Au secours!

Etait-ce la mort toute proche?

Des voix, des appels retentissaient dans les bois :

– Cornélia! Cornélia! Par là, j'ai entendu! C'est elle!...

Des lumières apparaissaient au détour des arbres. Comme par enchantement, les fous monstrueux, surpris par cette agitation, s'évanouirent dans la nuit.

Croyant encore à un stratagème, Cornélia, recroquevillée, n'osait bouger.

Les cris se rapprochaient :

– Il y a du feu!

– Bon Dieu, où est-elle?

– Par là... Je suis là! gémit Cornélia d'une voix mourante.

Un craquement résonna dans le fourré.

Une lampe électrique éblouissait Cornélia. Machinalement, elle mit une main devant son visage.

Deux bras fermes la saisirent pour l'enlever dans les airs.

C'était le miracle!

13

LA DÉCOUVERTE DE CORNÉLIA

– Sardi... oh! Sardi... hoquetait Cornélia.

Submergée de la double joie d'être sauvée et de se trouver entre les bras du beau pilote, Cornélia laissa aller sa tête sur son épaule.

Les yeux noirs de Sardi brillaient sous la voûte étoilée d'Auroville.

– Décidément, murmura le jeune homme, chaque fois que je vous retrouve, vous êtes assez dévêtue, ma chère!...

Il voulait plaisanter, mais, pour la première fois, Cornélia perçut le trouble que ressentait la « statue romaine » de la tenir contre lui à demi nue.

Sardi était donc un homme comme les autres! Cette constatation remplit Cornélia d'aise.

De ses bras toujours tremblants, elle entoura le cou musclé du pilote indien :

– Oh! Sardi... C'est vous qui m'avez sauvée! répétait Cornélia en extase.

Rêvait-elle?

Les lèvres masculines se posèrent brusquement sur les siennes, puis Sardi se redressa.

– Pas tout seul, reprit-il, la voix un peu assourdie.

D'un mouvement du menton, il désignait Danny, Mathias, Robin et Mario, qui accouraient à la rescousse.

Jamais Cornélia n'avait été aussi heureuse de les voir arriver.

Ses quatre hommes n'étaient pas seuls. De nombreux Aurovilliens les accompagnaient. La forêt grouillait maintenant de lampes électriques et d'appels sonores.

– Que s'est-il donc bâssé, bademoiselle? interrogeait le grand Allemand du déjeuner.

– Par là... ils se sont... enfuis par là... réussit à articuler Cornélia d'une voix incertaine.

– Tiens, rhabille-toi!

Sans un mot de plus, Danny lui tendait sa chemise et son blue-jean, ramassés sur le sac de couchage abandonné.

Malgré son cerveau encore embrumé par la drogue, Cornélia comprit le reproche muet du jeune Suisse. Sardi la déposait sur le sol.

Tout en chancelant pour passer ses vêtements, elle détourna la tête, gênée par le regard terriblement transperçant de Danny. Heureusement, les trois autres entouraient Cornélia en poussant des cris de joie.

– Ben, ma vieille, on peut dire que tou nous as foutu ouné belle trouille! déclara Mario sans ambages.

– My God, je n'ai jamais autant couru après une fille de ma vie, surtout avec ma patte! surenchérit Robin.

– Si après ça tu penses pas que finalement on t'aime, ben c'est que tu es un peu conne!

C'était Mathias qui ponctuait ses paroles d'une bonne tape sur le dos de Cornélia.

Tout en comprenant parfaitement l'affection bourrue qu'exprimaient ses hommes, Cornélia chancela sous le choc. Elle serait tombée dans le feu mourant sans la poigne de Danny.

– Vous ne voyez donc pas qu'elle n'est pas dans son état normal... protesta l'ingénieur suisse.

Cornélia s'accrocha à lui :

– Danny... Oh! Danny... vous savez... ils ont voulu me... tuer... avec un long couteau...

Elle bégayait avec une diction pour le moins pâteuse.

Sardi reniflait le pot de thé.

– C'est plein d'opium là-dedans! constata-t-il.

Le groupe d'Aurovilliens revenait vers le campement.

– Ils ont filé dans une voiture qu'ils avaient dû camoufler sur la route de Madras... On va appeler la police pour essayer de les coincer... Cela fait deux ans que ces monstres égorgent des innocents... On l'a échappé belle, quand je pense qu'ils auraient fait retomber ça sur nous à Auroville!

Un concert d'approbations ponctua les paroles d'un Ecossais squelettique.

Dans son brouillard, Cornélia pensa, un peu vexée, que c'était surtout elle qui l'avait échappé belle, mais elle ne put donner son opinion.

On refluait vers la cité.

– Tu peux marcher? s'enquit Danny.

– Aaaa... moitié! admit Cornélia, les pieds vissés dans le sol.

– Pssst...

Danny appelait Mario. Les deux hommes prirent Cornélia chacun par un bras. La tête dodelinante et les genoux mous, tantôt tirée, tantôt portée, elle gagna dans cet équipage la guest-house du déjeuner.

On lui fit avaler un café à réveiller un mort.

Tandis que le gros Allemand alertait la police par téléphone, Cornélia récupérait ses esprits et racontait son aventure.

Elle omit toutefois de relater le passage sexuel qui précédait la cérémonie d'égorgement.

Avec une discrétion compréhensible, elle se contenta de dire qu'elle allait se glisser dans le sac de couchage lorsque les deux monstres lui étaient tombés dessus.

Redevenu un masque impassible, Sardi écoutait la

jeune fille sans qu'aucune expression n'anime son beau visage mat. Il n'en était pas de même pour Danny.

Le jeune Occidental avait du mal à ne pas montrer les sentiments d'horreur qui l'envahissaient au récit. Il en était ainsi pour Robin, Mathias et Mario. Quant aux sympathiques Aurovilliens, dont le groupe mixte et ascétique réveillé en pleine nuit grossissait à vue d'œil, ils se laissaient aller à une colère bien loin des doux enseignements de Sri Aurobindo, qui atteignit le paroxysme de la rage lorsque Cornélia leur révéla ce que les deux déments voulaient faire de son corps.

– Sacrilège... DANS LE MATRIMANDIR!

Cornélia avait la brusque impression que ce n'était pas tant son « assassinat » qui horrifiait le plus les Aurovilliens, mais bien le fait que les monstres aient décidé de déposer sa dépouille dans le trou sacré!

Quoi qu'il en soit, les deux chaleureuses Cubaines étreignaient Cornélia tout en appelant sur ses meurtriers les foudres du Vaudou... La longue Suédoise voulait déterrer la hache des Vikings, et le sympathique Sénégalais les gris-gris des guerriers africains!

Ce n'étaient que cris et hurlements.

Lorsque la police arriva enfin au foyer de la communauté pacifiste, cent cinquante Aurovilliens excités voulaient se lancer à la chasse aux déments.

Le chef de la police, un gros joufflu au sourire doré, qui semblait lui aussi connaître Sardi, eut quelque mal à calmer l'agressivité sanguinaire des doux Aurovilliens.

On prit par écrit la déposition de Cornélia, le signalement exact du couple maudit. Les Aurovilliens offrirent à tous une soupe de légumes. Les grandes émotions creusent l'appétit. Assise sur un banc, entre Danny et Sardi, Cornélia avalait le contenu de son bol avec une faim sauvage.

Son cœur chantait.

« Elle était donc vivante entre les deux hommes qu'elle aimait! »

Cette fabuleuse découverte la frappa de plein fouet. Avait-elle bien formulé sa pensée?

« Les deux hommes qu'elle aimait! »

Cornélia, troublée, sentait le bras de Sardi qui effleurait son flanc, le coude de Danny qui caressait son poignet. Elle n'osait bouger. Une électricité statique passait entre les deux hommes.

Ceux-ci ne disaient mot.

Assis en face d'eux, Robin, Mathias et Mario faisaient du bruit pour six.

– Tu quittes plus tes parrains, hein! Maintenant, petit bout de chou? interrogeait Mathias.

Cornélia hocha la tête.

– Non... jamais... jamais...

Elle était sincère.

Il pouvait être 5 heures du matin lorsque le groupe Madison regagna les taxis.

Un soleil rose se levait sur Auroville. Les habitants de la Cité du Bonheur accompagnaient en masse les visiteurs vers leurs véhicules.

– Revenez... revenez nous voir... criaient-ils en agitant leurs mains.

Comme malgré elle, Cornélia leva les yeux vers la sphère dorée qui brillait déjà sous les rayons naissants.

Dans quelques heures, le soleil brûlant tomberait droit dans le trou du Matrimandir... Un long frisson parcourut Cornélia.

D'un bras protecteur, Danny entoura les épaules de la jeune fille :

– Viens, Cornélia.

C'était à la fois chaud, bon, un peu autoritaire.

Elle se laissa entraîner par le jeune Suisse vers la première voiture. Pourtant, au moment de monter avec Danny et Mathias, Cornélia ne put s'empêcher de tourner la tête.

Sardi prenait place avec les deux autres dans le second taxi.

Nuit étrange!

Cornélia savait en quittant Auroville qu'elle ne serait plus jamais tout à fait la même.

En quelques heures, elle avait l'impression d'avoir mûri de vingt ans. Pourtant, comme après une bonne virée en ville, le groupe, fier de ramener la brebis égarée, rentrait à l'hôtel.

Dire que Cornélia était brisée par les événements de la nuit n'était pas le mot exact. Après toutes ces émotions, l'opium et le café noir ingurgités, elle était plutôt dans l'état d'agitation survoltée d'un coureur cycliste prêt à attaquer le Tourmalet.

Elle grinçait des dents, ricanait, parlait précipitamment en faisant de grands gestes.

Ses hommes prirent la situation en main. On appela le docteur de l'hôtel. Mis au courant du choc terrible qu'avait subi la jeune fille, le toubib indien, sans lui demander son avis, lui administra une piqûre de cheval.

Quelques instants plus tard, Cornélia bâillait sous le regard bienveillant de ses nounous.

Allongée sur son lit, elle voulut encore dire un mot :

– Mer... ci...

Le dernier visage que Cornélia emporta fut celui de Sardi. Il était accoudé à l'écart des autres, près de la porte.

De son regard lointain, le bel Indien détaillait Cornélia.

Elle sourit.

« Sardi... Danny... »

Cornélia ferma les yeux. Elle bascula aussitôt dans le sommeil lourd et anesthésié du puissant somnifère que le docteur lui avait administré.

Après avoir dormi vingt-trois heures, Cornélia se

réveilla en pleine forme. La vitalité de sa jeunesse lui faisait presque oublier les moments terribles qu'elle venait de vivre.

Son estomac criait famine. Elle commanda par téléphone un solide petit déjeuner. Seulement après s'être bien reconstituée, elle s'enquit de ses hommes.

Ils étaient tous partis à l'hôpital chercher Guillaume et Léopold, guéris.

Il fallait se préparer au choc.

Cornélia prit une douche. Elle s'habilla et se coiffa avec soin.

Quand ses six mousquetaires revinrent à l'hôtel, Cornélia, apparemment très à l'aise, sirotait un Coca-Cola sur la terrasse. Elle avait eu tort de craindre les retrouvailles avec le grand Guillaume. Il semblait être le premier à vouloir oublier ses accusations. Tout se passa au milieu des embrassades, des cris de joie et des explications.

Chacun voulait y aller de sa petite histoire, raconter ce qui lui était arrivé à l'hôpital, ou ce qu'il avait vu à Auroville.

Il ne manquait que le septième samouraï.

Cornélia mordait ses lèvres d'énervement, cherchant le bon moment pour demander aux autres ce que Sardi était devenu.

Comme pour lui apporter une réponse, l'ingénieur Ravi Shikra arriva sur ces entrefaites.

Chargé de la mission de réconforter les Occidentaux, il venait de New Delhi avec des filtres pour les réacteurs et de bonnes nouvelles.

Le commandant Sardi était sur le terrain d'aviation. L'avion bleu serait fini de réparer demain matin.

Le voyage Ottar Urissa continuait...

14

LA NUIT DE CALCUTTA

Il serait faux de dire que les « courageux » Occidentaux montèrent dans l'avion bleu sans aucune appréhension. Pourtant, la première peur passée, chacun se félicita d'avoir eu le cran de dominer son angoisse.

Cornélia attendait avec impatience le moment de revoir Sardi.

Elle fut déçue.

Après avoir globalement salué les passagers sur le terrain, Sardi s'était enfermé dans sa cabine.

Il n'en ressortit pas, comme il le faisait parfois avant l'accident, en mettant le pilotage automatique.

L'ingénieur Ravi Shikra, qui accompagnait maintenant le groupe (peut-être les dirigeants d'Ottar Urissa pensaient-ils que sa présence empêcherait désormais l'avion de capoter dans la jungle!) venait souvent pendant les vols parler avec Cornélia.

Elle aimait deviser avec ce garçon ouvert et sympathique, pourtant elle était assez fine pour percevoir chez l'ingénieur indien une sorte de curiosité non formulée, mais latente à son égard.

– J'espère que le commandant Sardi n'a pas eu d'ennuis avec la direction d'Ottar Urissa? fit Cornélia comme l'avion amorçait sa descente sur Calcutta.

« Ai-je dit une incongruité? » pensa-t-elle devant le regard de Ravi Shikra.

– Je ne veux pas être indiscrète... mais j'aimerais simplement savoir si le commandant Sardi ne risque pas d'être mal noté, reprit la jeune fille... pour l'accident, parce que vous savez, ce n'est vraiment pas de sa faute... Sans son sang-froid, nous serions tous morts...

Elle était sûre que, sous son teint cuivré, Ravi Shikra avait rougi.

– Non, mademoiselle Cornélia... Ne vous inquiétez pas... Ah! voici Dum-Dum...

Visiblement satisfait de changer de sujet, l'ingénieur indien désignait les lumières de l'aéroport de Calcutta.

Deux longues limousines noires attendaient le groupe des Occidentaux pour les conduire au *Ritz Hotel.*

Cornélia prit place dans la première voiture avec Danny, Ravi Shikra, Robin et Léopold, tandis que Mathias, Mario, Guillaume et Sardi montaient dans la seconde.

Assise entre Danny et Ravi Shikra, Cornélia pénétrait avec curiosité dans cette métropolis dont l'activité fébrile et le grouillement pléthorique lui donnaient la sensation d'entrer dans une fourmilière.

– Calcutta n'a rien de comparable avec tout ce que vous aurez pu voir en Inde, mademoiselle Cornélia! prévint l'ingénieur indien. Ville industrielle et l'un des plus grands ports de l'Orient, centre mondial de l'industrie du jute, Calcutta est un monstre fascinant, peuplé de sept millions d'âmes...

– J'ai entendu dire que les Bengalis sont les intellectuels de l'Inde, fit Cornélia, tandis que la limousine roulait sur une autoroute spacieuse appelée V.I.P. Road.

L'ingénieur inclina la tête :

– Vous me flattez, mademoiselle... Je suis bengali...

– Ah! Et le commandant Sardi aussi? ne put s'empêcher d'interroger Cornélia en jetant un rapide regard vers la deuxième voiture.

– Presque... Sarvapalli Sardishing est du Sikkim, ce tout petit Etat à l'extrême nord du Bengale, aux confins du Népal et de l'Himalaya. Je crois du reste qu'il a l'intention de vous montrer sa région sous peu, ajouta prudemment l'ingénieur indien.

Cornélia avait envie de poser d'autres questions, mais le cicérone avait changé de sujet.

– Plus que partout ailleurs en Inde, on rencontre ici peintres, poètes, acteurs et musiciens... C'est l'aspect extrêmement positif de Calcutta... Autrement, il ne faut pas oublier que c'est malheureusement de là que partent les mouvements extrémistes. Parfois même le banditisme... Nous restons peu de temps, mais je serai honoré, comme Bengali et représentant d'Ottar Urissa, mademoiselle, vous aussi messieurs, de vous faire découvrir Calcutta...

Comme la berline traversait l'immense carcasse métallique du pont suspendu d'Howrah, puissant assemblage de poutres d'acier enjambant la fameuse Hooghly River, Danny prit la main de Cornélia.

– Tu as compris, petit trésor... Il ne faut pas te perdre au Bengale. On ne la lâche plus notre Cornélia!

Assis sur de confortables strapontins, Robin et Léopold hochèrent du chef avec un ensemble parfait.

Cornélia ne s'y trompa pas. Les rapports avaient changé. Depuis la nuit d'Auroville, ses hommes avaient tacitement admis que c'était Danny le préféré.

Les cinq autres Madison attendaient donc avec un sourire complice que Danny récolte enfin, au nom de la communauté, le fruit de leur longue patience.

Agissant comme le « promis », Danny était toujours présent. Il prenait le bras de Cornélia, l'entourait, l'envahissait, l'encerclait, la charmait.

Elle ne pouvait résister à son intelligence, son humour et sa tendresse.

Tout aurait été pour le mieux s'il n'y avait eu Sardi. Sardi... mais pourquoi n'arrivait-elle pas à s'arracher du crâne cet Indien hautain, cette statue glacée qui avait semblé un court instant s'animer pour redevenir plus froid, lointain et inabordable...

Cornélia se demandait même si elle n'avait pas été le jouet de l'opium, si le rapide baiser que Sardi lui avait donné avait existé autrement que dans son imagination.

– Tu te fais belle, ce soir, chuchota Danny, comme la limousine s'arrêtait devant le *Ritz Hotel.*

Cornélia sentait que Danny lui avait galamment laissé deux jours de répit pour se remettre de ses émotions.

La grande offensive était pour cette nuit.

La nuit de Calcutta...

« Inch'Allah! » pensa Cornélia en se préparant avec soin pour la soirée.

Le matin, pendant que les autres attendaient les voitures et regardaient un défilé de chars à Puri, elle s'était acheté une robe de cotonnade indienne dont le mariage de couleurs, violine, rose, vert, rehaussait son teint abricot, ses cheveux dorés et ses yeux bleu marine.

Cornélia se regarda avec complaisance dans le miroir. Oui, ce soir, elle était belle, mieux... dangereuse!

Un concert de louanges flatteuses accueillit du reste sa sortie de l'ascenseur.

– Sarvapalli Sardishing s'excuse de ne pouvoir se joindre à nous, des occupations imprévisibles... prévint Ravi Shikra d'un air désolé.

« Qu'il aille donc se faire photographier ailleurs ce Sardi avec son imprévisible! » pensa Cornélia.

Elle décida de l'oublier, prit le bras de Danny. Le cœur léger, elle suivit son groupe masculin vers les voitures.

– Au début du siècle, on commença de construire le Mémorial Victoria, expliquait Ravi Shikra dans la limousine qui les emmenait vers la pointe sud du Maidan, sorte de bois de Boulogne entrecoupé de rideaux d'arbres et de pelouses de sport. L'impératrice Victoria, qui ne vint du reste jamais en Inde, est une des rares à avoir conservé sa statue. C'est là que nous allons prendre l'apéritif...

Les abords de cette grosse pièce montée de marbre blanc, style Renaissance, qu'est le Mémorial Victoria se transforment le soir en une vaste buvette.

Après avoir pris un verre, en plein air, Cornélia et ses hommes se mêlèrent avec amusement à la foule qui envahissait ce Hyde Park tropical.

Bien serrée par le bras protecteur de Danny, Cornélia écoutait sans les comprendre les prophètes éloquents qui évangélisaient une foule de curieux... Des charlatans proposaient à la jeune fille des onguents magiques, des poudres aussi mystérieuses que miraculeuses...

– Pour vingt roupies, prends ce sachet talisman... Tu auras toujours l'amour... l'amour sur toi, promit un marchand ambulant enturbanné de blanc.

– C'est bien la seule chose dont tu n'as pas besoin, protesta Danny, comme Cornélia déposait les pièces dans la main brune de l'homme.

Le sourire d'un sphinx passa sur les lèvres de Cornélia. Elle mit le sachet rouge dans son sac et reprit le bras de Danny.

Leurs compagnons refluaient vers les voitures pour aller dîner. Danny retint Cornélia :

– Ce soir... oublions-les!

Cornélia hésitait à obtempérer. N'était-elle pas l'hôtesse Symposias?

Mario avait vu le manège. Il se pencha pour dire quelques mots à l'oreille de Robin. Peut-être pas mécontent de rabattre le caquet du macho italien, l'Anglais se retourna :

– Bye bye, les amoureux... A demain...

Cornélia ne douta plus qu'il y eût accord tacite de ses autres mâles. Ils levèrent le bras, puis ils s'engouffèrent dans les voitures.

Cornélia et Danny étaient seuls au milieu de la foule colorée.

– Bon débarras! souffla Danny.

Ses yeux verts pétillants d'intelligence brillaient derrière les lunettes qu'il avait pu faire réparer à Pondichéry.

Cornélia ne put s'empêcher de rire :

– Tu n'es pas gentil pour eux!

Danny lui donna un baiser sur la tempe.

– Et toi beaucoup trop gentille...

Sans s'attarder sur la signification de sa phrase, Danny, répugnant à prendre un rickshaw tiré à bras d'homme, entraîna Cornélia vers un taxi maraudeur.

– Où peut-on aller dîner?

– A Park Street, Sir! répondit le chauffeur dans un anglais fort correct.

Dans le véhicule qui se frayait un chemin à travers les chars à bœufs, les calèches traînées par des chevaux d'une maigreur famélique, les vaches sacrées, les chiens errants et les piétons qui affichaient à l'égard de l'automobiliste une indifférence dangereuse, Danny et Cornélia se taisaient.

Le jeune Suisse serrait la main de sa compagne.

Calcutta était dur pour leur regard d'Occidentaux. Toutes sortes de sentiments, allant de la répulsion à la fascination, passaient en eux, tandis que les klaxons des voitures répondaient aux croassements des corbeaux.

L'odeur du crottin était agressive.

Cornélia s'éventait nerveusement. Sous des tentes sommaires faites de morceaux de bâche tendus sur deux bambous, les sans-abri couchaient à même le trottoir.

– A la mousson, toutes les rues inondées..., un pied... deux pieds d'eau partout... Eux fuir... fuir... faisait le chauffeur de taxi.

Pourtant, dans cette ville de contrastes violents, fort bien éclairée, Cornélia et Danny admiraient au passage les larges avenues bordées de maisons spacieuses, les monuments somptueux, les musées, les palais de marbre dans le goût rococo, la mosquée rose et blanche pour l'importante communauté musulmane et l'admirable minaret Shaheed dominant de son dôme turc les rues d'une hauteur de cinquante mètres.

– Là... Temple de Kali, reprit l'homme en désignant plus loin un bâtiment moderne élevé à la gloire de la patronne de Calcutta... Le matin, vous venir voir sacrifice chevreaux noirs...

Cette idée que les fidèles pouvaient encore égorger des animaux à la déesse Kali fit pâlir Cornélia. Danny lui passa un bras autour de l'épaule pour l'attirer contre sa poitrine.

Sa bouche caressait la joue veloutée de Cornélia, mordillait son oreille.

– Danny... soupira Cornélia.

Elle leva la tête vers le jeune homme. Une bouche chaude écrasa ses lèves et Calcutta tourbillonna.

Rivés l'un à l'autre, ils ne s'étaient même pas aperçus que le chauffeur avait arrêté son véhicule au début de Park Street.

Danny se dégagea avec un soupir, il paya le taxi et les jeunes gens entrèrent dans un de ces luxueux-restaurants-cabarets-pour-touristes qui existent dans toutes les grandes villes du monde.

L'instant où un couple d'amoureux se retrouve face à face, commandant pour la première fois un repas en commun, est toujours un moment délicieusement troublant.

Pour la première fois, on partage... pour la première

fois, on apprend les goûts de l'autre... Pour la première fois, on est seul à deux autour d'une table...

Il faut faire un choix... on se regarde.. Chacun sait tacitement ce qui va arriver après...

Cornélia et Danny n'échappaient pas à la règle. Le cœur de Cornélia battait une chamade exquise, tandis que Danny, tout en semblant s'absorber dans la lecture de la carte, emprisonnait l'une de ses chevilles entre ses jambes.

– As-tu choisi ce que tu veux? interrogea-t-il.

Cornélia n'hésita plus.

– Oui, je crois que j'aimerais un Mulligatawny et un Biriani...

– Ce que j'aime chez toi, c'est que tu te décides rapidement.

Tout en disant cette phrase à double sens, ses yeux verts brillaient derrière les lunettes argentées.

Pour atténuer peut-être la moquerie, il saisit la main de Cornélia, déposa un baiser sur ses doigts et commenta :

– Donc toi... tu commences avec le bouillon de lentilles qui vous arrache le palais et tu continues avec le riz à la viande épicée... Bigre, tu as le sens du danger... Bon, je prends comme toi... Pas de thé, hein, pour ce soir...

Danny leva la tête vers le maître d'hôtel.

– Vous nous donnerez du vin de Golconde et en attendant, pour patienter... deux Nira avec un peu de gin... O.K., ça te va?

Cornélia approuva ce dernier choix de noix de coco vertes. Après avoir regardé le « liquor permit » des étrangers, d'un pas aussi raide qu'un major britannique, le maître d'hôtel s'éloignait avec la commande vers les cuisines.

Danny sortit un paquet de cigarettes de sa poche. Il en offrit une à Cornélia.

– Non, merci, je ne fume pas...

– Au fond, je ne sais rien de toi, constata Danny. Raconte...

Cornélia secoua la tête.

– Ce n'est guère intéressant...

– Moi, cela m'intéresse, fit Danny avec autorité.

Il lui caressa la joue. Un garçon enturbanné apportait les apéritifs.

Tout en aspirant, à l'aide d'une paille, le lait alcoolisé de noix de coco, Cornélia commença de raconter sa jeunesse à Clermont-Ferrand.

Avec la pudeur des êtres qui ont été très malheureux, Cornélia essayait de minimiser les douleurs qui avaient parsemé sa vie, ne voulant pas que celle-ci ressemble aux malheurs des *Deux Orphelines*.

Danny écoutait gravement. Il souriait tendrement, participait, devinait entre les silences. Peu à peu, lui-même se mit à parler. Se laissant aller aux confidences, il racontait : la mort de sa mère à Auschwitz, déportée deux mois après sa naissance. Son père qu'il adorait. L'odyssée de celui-ci traversant les Alpes dans la neige pour fuir avec le nouveau-né en Suisse.

Pourtant, le récit de Danny n'était pas triste. Il savait entrecouper son histoire, qui aurait dû être tragique, d'humour, de rire et de tendresse.

A plusieurs reprises, il se pencha au-dessus de la table pour essayer d'embrasser Cornélia au hasard sur le nez, le front, les lèvres... La distance était trop grande.

Au grand dam du maître d'hôtel, Danny entreprit de changer son assiette de place afin de s'asseoir sur la banquette à côté de Cornélia.

– On nous regarde, chuchota la jeune fille, tandis que Danny, sans se gêner, l'embrassait dans le cou.

Il se mit à rire. Sans trop savoir pourquoi, Cornélia l'imita. Quand Danny riait, tout bougeait autour de lui. Elle ne pouvait résister à son charme, sa vitalité, sa rapidité.

Elle avait envie d'enfoncer ses doigts dans la toison frisée et drue de sa tête.

– Excuse-me... voici les Coolfi...

Le maître d'hôtel, hautain, apportait les desserts mogholes.

Tout en dégustant les vermicelles arrosés de sirop, Cornélia se décida brusquement :

– Tu sais, j'aime mieux que tu saches... Ce qu'a dit Guillaume, dans son délire, c'est vrai, il me connaît... Du reste, toi tu t'en es toujours douté...

Pêle-mêle, elle raconta les circonstances spéciales dans lesquelles elle avait fait la connaissance de Guillaume sur le trottoir de la rue Royale, la façon dont elle l'avait suivi et comment elle s'était enfuie avec les deux cents francs.

Les paupières baissées, mais le cœur soulagé d'avoir enfin parlé, Cornélia attendait le verdict de Danny. Il s'était légèrement éloigné. Cornélia le regarda avec un pincement d'inquiétude. La méprisait-il tant que ça maintenant?

Sans un mot, Danny prenait la note.

Bien que le pourboire fût virtuellement interdit dans les restaurants, il ajouta quelques roupies dans la soucoupe, puis il murmura :

– On y va?

Cornélia avait craint, en rentrant à l'hôtel, de se heurter au groupe Madison revenant de goguette. Il n'en fut rien.

Le hall était presque désert. Cornélia prit sa clef des mains d'un superbe portier au turban grenat. Danny l'imita.

Dans l'ascenseur, Cornélia sentit sa gorge se serrer. Danny se taisait.

Le liftier interrogea :

– Quel étage, Sir?

Danny regarda sa clef :

– Onzième... et toi...

– Quatorzième, murmura Cornélia.

– Continuez, je raccompagne Madame...

Sous le regard indifférent du liftier, ils sortirent de l'ascenseur en silence.

– Voilà... c'est là...

Cornélia désignait la chambre.
– Bon, eh bien...
Elle n'arrivait pas à décider de la conduite à tenir. Danny prit son menton pour la forcer à lever la tête. Il effleura le coin de ses lèvres d'un baiser.
– Tu ne m'offres pas d'entrer? murmura-t-il d'un ton tendre.
Cornélia s'appuya le dos à la cloison.
– Pourquoi ne m'as-tu rien dit?
– Rien dit?
– Oui...
– Je n'ai pas arrêté de parler toute la soirée! protesta Danny.
D'un ton presque agressif, Cornélia répondit :
– Tu sais très bien ce que je veux dire... Je t'ai fait une confidence... que je jugeais importante et... tu n'as rien répondu...
– Mais, que voulais-tu que je réponde? s'étonna Danny.
Cornélia baissa la tête. C'était idiot. Des larmes d'énervement picotaient ses yeux. Elle n'allait quand même pas se mettre à chialer au milieu du couloir.
La lumière clignotante de l'ascenseur s'arrêtait de nouveau à l'étage. Danny ôta posément la clef des doigts de Cornélia. Il l'introduisit dans la serrure. Cornélia voulut résister. Danny la prit fermement par le bras.
– Nous n'allons pas faire conférence ici...
Danny referma la porte sur Cornélia et lui. Il alluma la lumière, força la jeune fille à s'asseoir sur le lit. Restant debout devant elle, il articula nettement :
– Je voudrais que tu comprennes quelque chose, Cornélia. Le grand Guillaume, je m'en contrefous... Que tu lui aies piqué deux cents balles pour ne pas coucher avec lui... m'amuserait plutôt. En tout cas, je ne vois pas la raison d'en faire un drame... Ce qui compte pour moi, c'est que je pense à toi depuis le début du voyage... Je te vois agir... Je t'observe... Tu me plais... Je ne sais pourquoi, mais c'est ainsi. Je

crois même que je t'aime un peu trop... Toi, je ne sais pas quels sont tes sentiments à mon égard. Cela m'énerve un peu, beaucoup... Maintenant, je ne suis pas un obsédé... je comprends que tu aies envie d'être seule et de dormir... A demain, mon petit poussin bleu... Fais de beaux rêves!

Danny tournait les talons.

– Danny... Danny... ne pars pas comme ça, cria Cornélia.

Il dut faire un vol plané, car Cornélia se retrouvait allongée sous Danny.

La fougue du jeune homme, sa gaieté et sa passion de vivre étaient communicatives. Il embrassait Cornélia en la plaquant sur l'oreiller. Ses lèvres étaient partout à la fois, sur les joues, les yeux, les oreilles, mangeant la bouche de Cornélia, s'y enfonçant profondément, mordillant son cou, buvant sa salive.

Affamée d'amour depuis trop longtemps, Cornélia lui rendait ses baisers avec une soif et un plaisir dont elle ne se serait pas crue capable.

Une merveilleuse chaleur montait dans ses reins. De ses doigts habiles, Danny caressait ses seins sous le soutien-gorge, relevait déjà la robe, tirait sur son jupon, s'insinuait dans la chaleur des cuisses entrouvertes, arrachait de Cornélia des plaintes sourdes.

A travers le tissu du pantalon, Cornélia sentait le désir impérieux du garçon. Les paupières fermées, elle renversa la tête en arrière, offrant son corps aux caresses de Danny.

Avec un plaisir évident, elle enfonçait ses doigts dans les cheveux drus et frisés.

Des lames de fond partaient de tout son ventre.

Danny se redressa une seconde pour se débarrasser de sa chemise, ouvrir son pantalon.

A demi nue, Cornélia le regardait faire.

Il avait un torse musclé, large, bronzé... une bonne odeur d'homme jeune et sain se dégageait de lui.

Il ôta ses lunettes, puis revint rapidement vers Cornélia. Les yeux verts de Danny brillaient.

– Viens... murmura Cornélia.

Une seconde, il la domina. Elle écartait ses cuisses imprégnées de désir. Elle s'ouvrait à lui. Danny allait la prendre...

Juste à cet instant, le téléphone grésilla.

Ils voulurent ignorer la sonnerie exaspérante, puis, roulant sur le côté, Danny fit signe à Cornélia de répondre.

Un sein hors de sa robe, les cuisses nues, découvrant sa charmante féminité, Cornélia décrocha, tandis que Danny caressait son flanc.

– Allô!... fit-elle d'une voix peu assurée.

– Cornélia?

C'était Léopold.

Le premier mouvement de Cornélia fut la colère sourde.

– Ecoutez, je dors, Léopold... alors, tchao à demain...

Le petit Belge la coupa hâtivement :

– Danny Kurzman est-il avec vous?

– Mais, cela ne vous regarde pas! lança la jeune fille outrée.

– Je vous en prie, ne raccrochez pas, nous le cherchons partout... On lui a laissé un message dans sa chambre, mais il n'est pas rentré. Avec Guillaume et Robin, nous l'attendons... Mario a cru vous voir, enfin... Bref, si Danny est avec vous, je vous en prie, passez-le-moi, c'est très grave...

Tandis que le petit Belge parlait, Cornélia l'écoutait, les lèvres soudain glacées.

Avec un pauvre sourire, elle tendit le téléphone vers Danny...

15

AUX CONFINS DE L'HIMALAYA

Dès 6 heures du matin, Danny quittait l'hôtel pour prendre le premier avion vers l'Occident. L'annonce de la mort de son père l'avait frappé de stupeur.

Maladroitement, comme on fait en pareil cas, Cornélia et ses compagnons avaient essayé de lui donner quelque encouragement.

Les yeux rougis, le jeune homme en partant embrassa gentiment Cornélia sur la joue.

– A bientôt, murmura-t-il, laconique.

Quand il fut loin, Cornélia s'aperçut qu'elle n'avait même pas son adresse en Suisse.

« Avec moi, tout rate », gémit Cornélia, sanglotante.

Elle se recoucha une petite heure.

Il fallait se préparer. Le programme Ottar Urissa, implacable, continuait, comme l'ingénieur Ravi Shikra l'avait annoncé, vers l'extrême nord du West-Bengalc...

– Je viens seulement d'apprendre la nouvelle pour votre ami. Je suis réellement désolé... lança Sardi sur le terrain de l'aéroport.

La statue glacée avait l'air sincère.

Les cinq Occidentaux acceptèrent ces condoléances

avec l'expression désolée que peuvent avoir des cousins lointains en semblables circonstances.

« Et où étiez-vous cette nuit? » avait envie de demander Cornélia, hargneuse.

Reprenant rapidement son air altier, le commandant Sardi, avant de pénétrer dans sa cabine, se contenta d'annoncer :

– Nous allons voler de Calcutta à Bagdogra. Des voitures ensuite nous conduiront vers Darjeeling... et, si nous avons le temps, Gangtok plus au nord...

Finalement, tout le monde avait le cafard du brusque départ de Danny.

La nuit ayant été de plus fort courte, chacun somnolait dans son fauteuil.

– Ma qué, chérie, ça n'a pas l'air de t'exciter beaucoup l'idée dé voir l'Himalaya... lança Mario avec ironie.

L'Italien avait parlé un peu fort pour couvrir le bruit des réacteurs. Sans répondre, Cornélia se retourna sur son siège.

– Oh! l'Himalaya... l'Himalaya... grognait le grand Guillaume, assis juste derrière la jeune fille. Moi, je vais tous les ans dans les Alpes pour skier à La Clusaz. Eh bien, ça doit être la même chose, un peu plus haut quoi!

– Dame, en tous les cas, Cornélia, faut pas tomber c'te coup sur l'abominable homme des neiges... se moqua Mathias.

L'attaque du Canadien n'étant pas méchante, Cornélia choisit d'en rire.

– C'est peut-être vous, Mathias, qui allez vous faire enlever par la femme du Yéti...

Un éclat de rire collectif lui répondit. L'atmosphère se détendait.

On atterrit à Bagdogra, dans le Nord-Bengale presque de bonne humeur.

Ottar Urissa avait fait les choses encore mieux que d'habitude : quatre longues limousines avec chauffeurs attendaient les voyageurs.

– La route tourne beaucoup, il vaut mieux monter deux par deux, prévint Ravi Shikra, en regardant Cornélia.

Ces précautions oratoires agacèrent la jeune fille. Brusquement, tout avait l'air machiné. Elle sentait dans le regard de l'Indien quelque chose de sournois, en tout cas de trop « oriental » à son goût. De fait, quand elle voulut grimper dans la première voiture, Ravi Shikra la retint par le bras :

– Prenez le dernier véhicule, mademoiselle Cornélia, les amortisseurs sont bien meilleurs...

Organisant le départ avec zèle, Ravi Shikra poussa littéralement Robin et Mario dans une voiture, Guillaume et Léopold dans l'autre, lui-même monta hâtivement avec Mathias dans la troisième.

Cornélia se retrouva seule en face de Sardi. Un joyeux éclat de rire résonna dans l'air pur du matin.

– Ne faites pas cette tête... Vous devriez au contraire me féliciter...

– Vous féliciter? répéta Cornélia, n'osant comprendre.

Du geste qui lui était machinal, Sardi passa ses longs doigts fins dans ses mèches aile-de-corbeau, tout en répondant :

– Bien sûr, j'ai l'impression d'avoir remporté de haute lutte une des épreuves d'Hercule. Pensez donc, réussir à être seul avec vous, quel exploit!

– Parce que vous avouez tranquillement avoir tout machiné... lança Cornélia, suffoquée.

– J'avoue tout... Mais reconnaissez qu'il m'a fallu une certaine dose de patience et d'organisation...

Les yeux noirs de Sardi pétillaient de malice. Soudain, le beau pilote n'avait plus rien du masque romain, ni de la statue hautaine que Cornélia connaissait. C'était un homme très jeune, amusé du bon tour qu'il venait de jouer.

Cornélia ne put réprimer un sourire.

Le chauffeur, un solide gaillard au faciès proche de celui des Tibétains, tenait la portière arrière grande ouverte. Sardi jeta quelques mots brefs. L'homme s'inclina respectueusement. Cornélia, au fond assez flattée, ne résista plus.

Sardi la fit asseoir à côté du conducteur et lui-même prit le volant.

– Pays à trois étages de vallées, de plateaux et de sommets, le Sikkim est entré dans l'Histoire au début du XVIIe siècle, quand la famille Namgyol y établit une monarchie...

Cornélia écoutait Sardi lui parler de ce royaume montagneux, loin de la civilisation des villes. Le jeune homme avait mis le chauffage, car un froid sec avait remplacé la douceur de la vallée.

Emerveillée du paysage, Cornélia ne pouvait détacher son regard de la ligne des crêtes qui, vers le nord, traçait une courbe de pics altiers aux neiges éternelles.

Sardi désigna l'extrémité occidentale :

– Le Kanchenjunga...

Avec un respect non simulé, il montrait le seigneur glacé, brillant avec éclat au soleil de sa hauteur prodigieuse de huit mille cinq cents mètres.

Etourdie par le paysage presque inhumain, Cornélia préférait tourner les yeux vers les vallées qu'ils traversaient à déjà trois mille mètres.

Les rhododendrons géants aux couleurs féeriques, les innombrables variétés chatoyantes d'orchidées et les champs de magnolias formaient un tapis presque jusqu'aux roues de la voiture.

– Je n'ai jamais rien vu d'aussi beau... murmura Cornélia, éblouie.

– Le Bengale et le Sikkim sont à vos pieds, madame... Ramassez-les...

En prononçant ces mots galants, Sardi prit la main de Cornélia. Tandis que les lèvres chaudes déposaient un léger baiser sur ses doigts, Cornélia pensa à Danny.

Une vague de remords l'envahit. Etait-elle donc réellement un monstre?

Danny l'avait quittée voici quelques heures et elle se laissait déjà conter fleurette par le bel Indien.

Avec une certaine brusquerie, Cornélia ôta sa main.

Sans paraître se formaliser, Sardi arrêta la voiture sur une aire de stationnement formant « point de vue ».

« S'il veut me violer dans les rhododendrons, que dois-je faire? » pensa Cornélia, le cœur battant.

Les intentions de Sardi semblaient beaucoup plus touristiques. Il descendit de voiture et fit signe à Cornélia de l'imiter.

Désignant au loin Darjeeling, « la Cité de la Foudre », Sardi, charmant cicérone, racontait comment autrefois la colonie anglaise quittant la chaleur de Calcutta montait au Nord-Bengale, par un petit « tortillard », dans la célèbre station climatique.

Un rajah ombrageux avait pris en otage le surintendant-docteur Campbell, et un savant, Sir Hooker.

Une expédition militaire anglaise avait dû être envoyée contre le rajah.

– Qui a gagné? interrogea Cornélia.

– Les Anglais, bien sûr...

– Pourquoi bien sûr?

– Parce que, finalement, nous autres Indiens sommes des faibles face à vous les Occidentaux...

– Hum... fit la jeune fille peu convaincue, tout en détaillant ce superbe athlète qui se disait faible. Vous me semblez plutôt fort comme...

– Un Turc! coupa Sardi.

– Même deux... pouffa Cornélia.

La glace était rompue.

Tournant le dos à la chaîne de géants encapuchonnés de neige, les jeunes gens rirent de bon cœur.

Sardi, prenant avec autorité le bras de Cornélia, la força à se retourner pour lui désigner nommément les pics.

– Voici le Kabru... le Janu... Là, le Sinolchiu...

– Et l'Everest? interrogea Cornélia, la tête levée vers Sardi.

– Je peux le voir dans vos yeux bleus à cent quatre-vingt-douze kilomètres d'ici à vol d'oiseau... murmura Sardi.

Beaucoup plus troublée qu'elle ne voulait le laisser paraître par le regard noir, impérieux et brûlant qui plongeait dans le sien, Cornélia se dégagea avec une apparente désinvolture.

– J'aurais adoré vivre ici à la grande époque victorienne, en crinoline... soupira-t-elle avec un rien de coquetterie.

– Effectivement, admit Sardi, vous auriez affolé tout le Bengale, fait mutiner la garnison et rendu fou le colonel anglais.

– Non! décida Cornélia. Pour le rendre doux comme un agneau, j'aurais aimé le méchant rajah!

Sur ces mots définitifs, elle remonta en voiture.

Sardi la suivit, un sourire amusé sur les lèvres.

Après trois heures d'une route escarpée, Cornélia et Sardi entraient dans la ville de Gangtok.

Le son des cloches, des gongs et des cymbales les accueillit.

Des danseurs, filles et garçons, avançaient en sautant sur une mélodie aussi barbare qu'étrange.

Bannières, statues de bronze, images fantastiques étaient portées par des hommes coiffés d'un bonnet rouge.

Des prêtres lamas, vêtus de longues robes jaunes, faisaient tournoyer les moulins à prières.

– Deux grandes fêtes se déroulent ici chaque année, dit Sardi. Celle-ci a été bien sûr commandée beaucoup en votre honneur, Cornélia, et un peu en celui de l'esprit du Kanchenjunga...

– En France, on dirait que vous êtes surtout marseillais! lança Cornélia.

– J'étais turc... me voici méditerranéen... Vous me

gâtez. On ne peut plus avancer, constata Sardi, en arrêtant la voiture. Continuons à pied...

Cornélia voulut prendre son sac de voyage, Sardi l'en empêcha.

– Il n'y a pas de voleurs au Sikkim. J'enverrai quelqu'un.

Le bel Indien saisit Cornélia fermement par le bras et il l'entraîna dans la foule en liesse.

« C'est presque le Tibet! » s'exaltait Cornélia, ne sachant trop si c'était l'altitude, la curieuse atmosphère mi-religieuse, mi-païenne de la fête, ou la présence toute proche de Sardi qui la mettait dans cet état-là. Le battement des tambours joint à l'éclat sonore des longues trompes achevait de lui mettre les nerfs à vif.

En avançant avec Sardi, au milieu de la population, Cornélia se rendit compte que la petite ville de Gangtok, comme posée au centre d'un cirque magnifique entouré de montagnes, était, pour la plupart des maisons, construite en bois.

Un char représentant une divinité terrifiante avançait tiré par douze femmes vêtues de longues robes orange.

– Ce sont les Chomo... Des nonnes, si vous préférez...

Tout en donnant ces explications, Sardi attira Cornélia dans l'anfractuosité d'une vieille demeure pour laisser passer le gros du cortège.

– Où devons-nous retrouver les autres?

Cornélia devait élever la voix pour couvrir le bruit assourdissant des cymbales.

– Cela m'étonnerait qu'ils arrivent à passer! répondit tranquillement Sardi.

La musique devenait tellement présente que Cornélia pensa avoir mal compris.

– Quoi?

– Je dis, hurla Sardi, que nos amis de Madison auront du mal à passer...

– Où devons-nous les retrouver? répéta Cornélia.

– Nulle part...

– Quoi?

Devant l'expression ahurie de Cornélia, un rire silencieux secoua Sardi, puis il se calma brusquement.

– Regardez...

Sept danseurs entouraient une jeune fille.

Balançant le bas du corps sans jamais la toucher, ils avançaient par bonds successifs, lui barraient le chemin, tendaient leurs mains, sorte de ronde ou d'incantation, ils passaient derrière elle pour revenir en lui offrant leurs poitrines et leurs ventres.

Cornélia mordit sa lèvre supérieure. Elle ne voyait que trop ce que Sardi voulait lui faire comprendre. Cette danse était à la fois chaste et extraordinairement osée.

Le cortège s'éloignait.

Un semblant de calme revint dans la ruelle.

Cornélia se dégagea avec humeur du bras masculin.

– Pouvez-vous vous expliquer un peu mieux? lança-t-elle froidement.

Sardi ne se fit pas prier pour répondre :

– Certainement. A l'heure qu'il est, je pense que nos compagnons, dont les chauffeurs ont malencontreusement pris une autre route que nous, doivent... se trouver en panne sur le pont suspendu de Manjitar...

– Le pont suspendu! s'exclama Cornélia.

– Rassurez-vous, il est solide...

– J'ose l'espérer.

D'un pas rageur, Cornélia marchait vers la place de la ville.

La nature humaine est ainsi faite. Cornélia, qui avait rêvé du beau Sardi, n'admettait pas maintenant de se trouver au centre d'une conspiration qui devait la laisser seule au Nord-Bengale, quasiment dans l'Himalaya, avec lui.

Elle s'arrêta soudain sous une voûte sculptée.

– Puis-je savoir où nos amis vont passer la nuit?

Sardi consulta sa montre :

– Comme je suis un peu devin, je crois pouvoir vous dire que, dans exactement un quart d'heure, des Sherpas népalais vont leur porter secours et les entraîner aux environs de Darjeeling pour dormir dans un excellent gîte d'étape...

– Je veux leur téléphoner! décida Cornélia.

Sardi hocha ses cheveux noirs :

– Nous ne sommes pas à Saint-Tropez, ces bungalows ont un confort rudimentaire et...

De plus en plus mécontente, Cornélia l'interrompit :

– Vous en prenez un peu à votre aise...

Avec une expression faussement contrite, Sardi baissa la tête.

– Je l'avoue... Vous voyez ce qu'une femme occidentale peut faire à un pauvre Oriental...

Cornélia ne se laissa pas attendrir.

– Vous savez, quand la direction d'Ottar Urissa apprendra toutes vos petites manigances, je ne donne pas cher de votre situation.

– Hélas... fit Sardi.

– J'ai déjà essayé d'intercéder pour vous...

– Je sais... murmura Sardi, accablé.

– Parce que ce Ravi vous répète tout en plus. Eh bien, puisque vous êtes au courant, je n'ai plus à prendre de gants... Le groupe Madison voulait se plaindre et changer de pilote... Si vous croyez qu'ils ont apprécié de se casser la figure dans la jungle, vous vous trompez... Si maintenant, de surcroît, ils devinent la panne organisée, parce qu'ils ne sont pas complètement idiots, figurez-vous... vous ne ferez pas long feu chez Ottar Urissa... Trois voitures s'arrêtant en même temps, c'est un peu beaucoup, vous ne trouvez pas?

– L'Himalaya est dangereux pour les moteurs! essaya de plaisanter Sardi.

– Il est surtout dangereux pour votre avenir... Vous

allez vous faire balancer pour vous retrouver au chômage... C'est malin...

Dûment sermonné, Sardi baissa à nouveau la tête.

– Vous avez raison, dit-il avec un gros soupir.

– Le mieux que vous ayez à faire est de me ramener... Nous allons rejoindre notre groupe en prétextant n'importe quoi...

– Impossible, coupa Sardi, j'ignore totalement dans quel gîte d'étape les Sherpas vont les conduire.

– Vous mentez!

A ce mot lancé sèchement par Cornélia, Sardi pâlit sous son teint brun. Il saisit la jeune fille par le poignet.

– Je vous interdis...

Cornélia se dégagea avec brusquerie.

– Vous n'avez rien à m'interdire... Disons que je ne vous crois pas, un point c'est tout!

Sardi regardait Cornélia avec étonnement.

– Je pensais que vous seriez amusée de la situation...

– Nous y revoilà... Je n'ai que des ennuis dans ce voyage. Figurez-vous que moi je tiens à mon travail et que je n'ai aucune envie que l'un des Madison aille se plaindre à mon employeur au retour... Je sais ce que c'est que le chômage et je ne veux pas pointer à l'Agence pour l'emploi...

Cornélia s'arrêta brusquement.

« Etait-elle folle de parler en plein Himalaya de ces questions à un étranger! »

– Et vous êtes bien payée pour faire ce boulot? interrogea Sardi.

– Encore assez, admit Cornélia. J'ai mille deux cent cinquante francs par semaine, plus bien sûr le voyage et les défraiements.

Un groupe de lamas portant des bannières avec des inscriptions refluait vers la place.

Sardi pencha sa haute taille sur Cornélia.

Depuis un instant, il la regardait avec une expression différente. Peut-être le fait qu'elle lui ait résisté ou la façon dont elle parlait de son travail...

– Si nous faisions la paix... proposa-t-il.

– Hon...

La réponse de Cornélia n'était guère encourageante.

– Je vous jure de tout arranger demain, insista Sardi.

– Je me demande bien comment...

– Faites-moi confiance...

Un irrésistible sourire éclairait le beau visage de Sardi. Ses yeux noirs caressants plongeaient dans le regard de Cornélia. Elle hésitait à répondre.

« De toute façon, pensa-t-elle, je ne peux pas partir dans l'Himalaya à pied! »

Sardi caressa le bout de son nez. Comme s'il eût deviné ses pensées, il murmura :

– De toute façon, vous ne pouvez pas partir à pied...

Une population curieuse entourait maintenant les jeunes gens.

Des femmes soulevaient leurs enfants pour qu'ils puissent contempler le couple que formaient cette étrangère et cet élégant Indien des villes.

Des mots que Cornélia ne comprenait pas revenaient dans leur dialecte.

– Rajkumar... Huzoor... Gadi... Istri... dhan... Rajkumari...

– Que disent-ils? interrogea Cornélia.

– Que vous êtes belle comme une princesse...

Sardi prit la main de Cornélia.

– Allons, dites que vous ne m'en voulez plus.

– Je vous en veux, mais...

– Ce soir, ils vont faire la battue au TIGRE DES NEIGES... Si l'un de ces animaux si rares entre dans la ville par hasard, ce sont de grandes réjouissances, je veux que vous voyiez cela, Cornélia.

Tout en parlant, Sardi déposa un baiser sur le poignet de la jeune fille.

Cette fois-ci, elle ne retira pas ses doigts.

La foule devenait trop compacte.

– Venez, dit Sardi avec autorité.

Il entraîna Cornélia vers une haute porte noire de bois clouté.

– Mais, où allons-nous? interrogea Cornélia, comme le jeune homme tapait trois coups sur un gong de cuivre.

– Chez l'ogre! répondit Sardi.

16

LE LIVRE DU GOUROU

Il est des instants rares dans la vie où les aiguilles de l'horloge semblent s'arrêter.

Dès que Cornélia eut franchi la lourde porte ouverte par un serviteur apparemment muet sous sa toque violine, elle oublia comme par enchantement le temps, le lieu et l'espace.

Sardi s'était effacé pour la laisser passer à l'intérieur. Jamais Cornélia n'aurait cru qu'une cour-jardin aux si vastes proportions pouvait se trouver derrière ces murs de bois noir.

Entouré d'arcades sculptées, un bassin probablement chauffé déversait par un jet central une eau irisée, sur des parterres de lauriers-roses, de fougères arborescentes et de magnolias blancs.

Des bambous, des cages remplies d'oiseaux les plus variés, un chêne, des noisetiers, des gentianes et des érables donnaient à ce patio-atrium un côté jardin-de-curé-de-luxe qui ravit Cornélia.

Elle leva la tête vers Sardi pour interroger :

– Nous sommes à une altitude élevée, comment toute cette végétation?...

– Gangtok est au centre d'un microclimat subtropical, expliqua le jeune homme. Même en hiver, il fait doux comparativement aux villages qui se trouvent cinq cents mètres plus bas.

Malgré ces paroles optimistes, Cornélia ne put réprimer un frisson. Elle était partie légèrement vêtue de son blue-jean, d'un blouson de toile et du pull-over fané.

– Venez, dit Sardi avec autorité.

A la suite du gardien, il l'entraîna vers une galerie montant dans la partie habitation de cette étrange demeure.

– Mais où sommes-nous? répéta Cornélia.

– Chez l'un de mes amis, qui m'a prêté sa maison. En fait, c'est comme un chalet de montagne... fit négligemment Sardi.

Cornélia dut se contenter de cette explication.

Le valet silencieux ouvrait une porte basse incrustée de mosaïques colorées. Sardi lui lança quelques mots brefs. L'homme inclina sa tête de Sherpa.

Il répondit dans une langue gutturale. « Tiens, le muet parle! » pensa Cornélia tandis qu'il se retirait d'un pas feutré.

Un feu de bois brillait dans une haute cheminée.

Cornélia fit quelques pas vers le centre de la pièce. Sardi n'avait pas menti. Elle se trouvait dans un vaste living-room. Des fauteuils confortables donnaient un côté occidental à la décoration tarabiscotée des plafonds rouges et verts.

Bien que n'ayant pas vu beaucoup d'intérieurs style *Maisons et jardins,* Cornélia se rendait compte qu'elle se trouvait dans un superbe mélange d'art tibétain et de Knoll de grand luxe.

Des objets d'art, d'or et d'argent, un Bouddha d'ivoire, parsemaient des tables basses en cuir repoussé, tandis que de larges coussins colorés, des paniers de bambou, remplis de périodiques et de journaux aussi insolites dans ce lieu que *Newsweek,* se mariaient sur des tapis moelleux tissés à la main.

Cornélia s'approcha machinalement du feu pour tendre ses doigts à la chaleur.

Sardi la rejoignit devant les flammes.

– Comme il est bientôt 5 heures, j'ai commandé un

petit en-cas, mi-thé, mi-déjeuner, cela vous va? interrogea-t-il.

Son épaule touchait presque Cornélia. Elle ne put s'empêcher de sursauter. Sardi éclata de rire :

– Moi qui croyais que vous étiez une dangereuse femme fatale... Quelle déception!... J'ai l'impression de me transformer aujourd'hui en mangeur de petites filles...

Il plongeait son regard noir terriblement impérieux, où brillait une lueur amusée qu'il ne cherchait même pas à dissimuler, sur Cornélia.

« Il avait bien dit quelle déception? »

Maîtrisant le léger tremblement qui agitait le coin de sa lèvre supérieure, Cornélia eut un coup d'œil irrité pour le bel Indien. Il se fichait d'elle... et ouvertement en plus!

Comme elle regrettait de s'être laissé troubler par lui! Elle l'avait bien jugé dès le départ...

Un orgueilleux qui ne doutait pas une seconde qu'elle allait lui tomber dans les bras. Eh bien, il allait voir de quel bois elle se chauffait, ce M. Sardi.

– Quel est le programme, mon cher? interrogea Cornélia en s'asseyant, jambes hautement croisées, dans un canapé club.

Légèrement désarçonné par le ton super snob, Sardi tourna le dos aux flammes pour proposer :

– Après ce repas, j'avais envie de vous montrer quelques monastères des sectes rouges tibétaines, nous pourrons ensuite, si cela vous amuse, aller consulter un de ces gourous qui prédisent l'avenir...

– Genre Madame Soleil, quoi!

Sans relever l'ironie du propos, Sardi continua, imperturbable :

– Et pour finir cette belle journée, comme chante votre Charles Trenet, nous dînerons ici... De la terrasse qui surplombe le toit, nous pourrons regarder la fête...

– Ah oui! le coup du tigre qui entre dans la ville... Ce doit être amusant...

Le ton de Cornélia, lui, était exaspérant.

Sardi allait répliquer lorsque le serviteur silencieux revint poussant une table roulante, aussi surchargée que celle du *Ritz,* place Vendôme.

Cornélia aurait voulu refuser toute nourriture pour prendre l'air évanescent d'une créature raffinée. Mais elle n'avait rien avalé depuis le matin et une faim sauvage la tenaillait.

Hôte parfait pour son invitée, Sardi beurrait des toasts à l'anglaise, offrait de la marmelade d'oranges, du cake, des œufs brouillés, une cuisse de poulet froid et du halwa, un étonnant dessert de carottes sucrées au beurre et noix hachées.

Tout en dévorant à pleines dents, Cornélia écoutait Sardi lui parler d'un air négligent de la fête du soir.

– Vous avez tort de vous moquer, Cornélia. La nuit du Tigre des Neiges est ici, à l'extrême pointe du Nord-Bengale, dans notre Sikkim, un mélange païen et religieux assez étonnant... Il y a de cela quelques années, un gourou de la région m'a même prédit que ma vie changerait par une nuit de février, grâce à une femme venue d'Occident, si le Tigre Royal entrait dans la ville... Nous sommes en février et la femme occidentale est ici...

Il était impossible de savoir quelle était la part de vérité dans le récit de Sardi, fait d'un ton léger, presque narquois.

– En fait, il ne manque que le fauve! acheva Cornélia avec désinvolture.

Sardi daigna sourire.

Le serviteur revint sur ces entrefaites. Il murmura quelques mots. Sardi traduisit aussitôt :

– Gulam me prévient que nos bagages sont arrivés... Voulez-vous voir votre chambre?

Cornélia suivit Sardi, qui semblait parfaitement connaître la demeure, dans un dédale de petits couloirs et d'escaliers à quatre marches montant, redescendant, après un plat de quelques mètres.

– Ce sont quatre vieilles maisons qui ont été reliées entre elles, expliqua Sardi.

Il ouvrit une porte.

Cornélia ne put retenir un soupir admiratif. Dans une immense chambre bleu et or, sur des tapis de haute laine, se dressait un vaste lit à colonnes. Sur la soie brodée du couvre-pied, un drôle de petit chien tibétain jappait joyeusement. La queue frétillante, il sauta vers Sardi.

– Bonjour, Tamerlan.

– Il a l'air de bien vous connaître! remarqua Cornélia, tandis que Sardi caressait le poil blond de l'animal.

– Je viens de temps en temps ici, admit Sardi.

– Votre ami est pilote comme vous? interrogea Cornélia.

– Non, il est dans les affaires...

Ayant probablement envie de changer de sujet, Sardi, tel un majordome de grand hôtel, ouvrait les doubles rideaux pour dégager une baie vitrée offrant une vue imprenable sur la chaîne de l'Himalaya.

– Hou... fit simplement Cornélia, suffoquée de la beauté du site.

– Je suis heureux que cela vous plaise... Je vous laisse maintenant. Mettez quand même ce duvet et ces bottes, prévint Sardi.

Il désignait une parka rouge sur un fauteuil.

Cornélia acquiesça en hochant ses boucles embroussaillées par le voyage.

La sonnerie d'un téléphone résonnait au loin. Elle fut étonnée de ce bruit moderne dans cette habitation du Toit du Monde.

– A tout de suite!

Entraînant Tamerlan avec lui, Sardi, soudain pressé, refermait la porte. Cornélia resta un instant à regarder les pics neigeux, puis elle ouvrit sac et valise. Elle passa dans une luxueuse salle de bains pour brosser ses cheveux dorés. Elle ôta ses chaussures... N'y tenant plus de curiosité, elle alla, sur la pointe des pieds, entrouvrir la porte de sa chambre.

Comme elle n'entendait rien, elle fit quelques pas dans le couloir sombre. Ses orteils butèrent sur une marche. Elle monta avec précaution un petit escalier, le redescendit, et elle entendit enfin le son amorti de la voix de Sardi. Il parlait en anglais. De prime abord, Cornélia pensa qu'il s'adressait à Ravi Shikra.

– Tu as donc réussi? Bravo, formidable... Oui, je voulais savoir, j'ai essayé de t'appeler de Calcutta... Cela me remplit de fierté pour toi... Grand-père ne le sait pas encore?... Oui, annonce-lui ce soir, après le bureau... Je rentre à Delhi sous peu... Je ne sais pas... Quelques jours... Plein de choses à te raconter... Non, la maison va bien... Tamerlan aussi...

« Il parle avec le propriétaire », pensa Cornélia, un peu honteuse de son espionnage.

Elle allait se retirer quand une phrase de Sardi la cloua sur place.

– Moi aussi, j'ai hâte de te retrouver, chérie... A bientôt...

« Le salaud! »

Cornélia claqua la porte de sa chambre.

« Il a une femme à New Delhi et me fait du rentre dedans ici... Dire que j'ai failli marcher et me laisser attendrir avec son coup du tigre... »

La nuit tombait sur Gangtok. Après avoir visité au pas de course l'ancien palais de bois des rois de Sikkim, un monastère de bonzes népalais, un autre de lamas tibétains, et s'être attardés à l'inévitable bazar aux souvenirs, où Cornélia avait acheté des objets en papier mâché, Sardi proposa d'un ton négligent :

– Si vous le voulez, nous avons encore le temps de passer voir le gourou?

– Avec plaisir, peut-être me prédira-t-il un chimpanzé fortuné! railla Cornélia.

Depuis qu'ils étaient partis faire ce tour, Cornélia

multipliait les sarcasmes. Sardi la regardait avec un étonnement non dissimulé.

« Je me moque pas mal qu'il me prenne pour une chipie... Moi, je le prends pour ce qu'il est, un fieffé menteur doublé d'un crétin qui va me faire avoir des histoires avec mon groupe... »

Cornélia était dans cet état d'esprit lorsque Sardi arrêta la voiture devant une petite maison accrochée à flanc de montagne, aux abords de la ville.

Des lauriers-roses dissimulaient la porte incrustée d'argent.

– Je ne m'imaginais pas la demeure d'un gourou comme ça! admit Cornélia.

– Vous pensiez pénétrer dans la grotte d'un dragon? se moqua gentiment Sardi.

Un très vieil homme à cheveux blancs, vêtu d'une longue robe rouge, ouvrit lui-même aux visiteurs.

Sardi parlementa un moment. Le gourou secouait la tête. Enfin, il accepta de laisser entrer les jeunes gens dans une pièce éclairée par la flamme tremblotante d'une veilleuse.

Les yeux de Cornélia s'habituaient à la pénombre. Elle remarquait, sur les cloisons tapissées de tissus baroques, des ardoises peintes représentant des divinités et des signes qui pouvaient être astrologiques.

Le vieil homme avait quitté la pièce.

Plus impressionnée qu'elle ne voulait le laisser paraître, elle chuchota :

– Pourquoi ne voulait-il pas nous recevoir?

– Il disait qu'étant étrangère, vous n'étiez peut-être pas inscrite sur son grand Livre de la Vie et de la Mort... Mais je lui ai promis un petit don pour le monastère voisin et il a accepté...

– LE LIVRE DE LA VIE ET DE LA MORT... Qu'est-ce que c'est que... bredouilla Cornélia.

Elle s'interrompit. Le vieux gourou revenait, chargé d'un énorme manuscrit gondolé par les ans, relié d'or et de cuir, qu'il posa avec difficulté sur un pupitre.

D'un geste autoritaire, il fit signe à la jeune fille de venir s'asseoir sur une banquette à ses côtés.

Les paupières à demi fermées, en mauvais anglais, le vieux gourou commença de s'exprimer :

– Sarvapalli Sardishing semblait tenir à ce que je te fasse connaître ton Karma, femme... mais tu viens de bien loin... Je ne sais si tu es notée dans mon livre sacré de la Vie et de la Mort... Ton nom est... Non, ne me dis rien... protesta le gourou, comme Cornélia ouvrait la bouche. Je vois la lettre C... C... reprit le vieil homme en état de transes... Cor... né... lia...

Il épelait avec difficulté.

La jeune fille respira, égayée du bon numéro. Elle jeta un bref regard vers Sardi, persuadée que, comme au music-hall, c'était lui le compère.

Pourtant le bel Indien offrait à la vue de Cornélia son large dos. Jouant la discrétion, il s'était éloigné vers le fond de la pièce pour s'absorber dans la contemplation des gravures.

« Il avait dû parler avant leur arrivée à son gourou ! »

La jeune fille se tourna à nouveau vers le vieil homme pour écouter la suite avec un amusement non dissimulé.

– Tu as un autre nom, femme, qui commence par D... D... Da... ssoy... continuait avec difficulté le gourou.

– Non... Dassas...

Cornélia avait du mal à ne pas éclater de rire.

Le vieux gourou ouvrit le livre. D'un doigt maigre déformé par les ans, il tournait les pages du parchemin. Son ongle crochu courait le long de colonnes, de noms, comme il aurait pu le faire dans un gros dictionnaire.

Un cri de stupéfaction mourut dans sa gorge. Elle voyait... VOYAIT... son propre nom comme éclairé par une lanterne magique au milieu de la longue liste d'inconnus.

« CORNÉLIA... DASSAS... Femme née le 22 avril 1957

à Clermont-Ferrand, France... mourra le 15 janvier 2053 à... »

Les yeux brouillés, Cornélia ne vit pas la suite.

Le gourou avait posé sa main déformée sur la page du grand Livre de la Vie et de la Mort.

Maintenant, il parlait d'une voix chevrotante :

– Comme tu as pu le voir de tes yeux, femme, ton nom est inscrit là... Tu vivras donc longtemps, très longtemps... Le bonheur et la réussite sont sur toi... Ce que vous autres appelez l'argent brille autour de ton aura... Tu devrais savoir t'en servir... Mais attention, tu vas avoir rapidement deux routes devant toi... Le destin bienveillant te laisse donc deux choix... Il te faudra décider laquelle tu vas emprunter... L'une est plus brillante, mais plus escarpée que l'autre... Il te faudra monter plus haut parmi les difficultés de l'exil. Pourtant, dans les deux chemins, tu auras l'amour terrestre... Mais prends bien garde, femme, si tu n'empruntes pas l'une de ces routes, alors tu connaîtras pour très longtemps un sentier rempli de ronces...

Sur ces mots, le gourou referma le livre.

Ecrasée de stupeur, Cornélia aurait voulu encore poser des questions. Elle ne pouvait parler. Comme dans un rêve, elle vit Sardi revenir vers le vieil homme. Il lui disait quelques mots à l'oreille, puis il s'inclina avec respect et il fit signe à sa compagne qu'il était temps de quitter le gourou.

Cornélia ne trouva à dire que :

– Au revoir, monsieur... merci... merci beaucoup...

Dans la voiture, elle retrouva un peu ses esprits.

– Mais enfin, c'est du... c'est de la... magie... Vous... vous ne croyez pas réellement à cela, vous Sardi ?

Tout en conduisant, le jeune homme sourit :

– Pourquoi n'y croirais-je pas ? Vous-même, vous avez bien vu, Cornélia ?

– Oui... non... Enfin, j'ai lu des choses comme ça dans des récits de voyages... Des fakirs lancent une corde en l'air qui reste toute droite... et... et un enfant monte dans le ciel... Les gens prennent des photos... Quand on développe, il n'y a rien sur la pellicule... Cela n'existe pas... c'est... c'est de l'hallucination collective!

Sardi appuya sa main sur le genou de Cornélia.

– Pourquoi voulez-vous être si logique, cartésienne... Si vous avez VU, c'est que quelque part cela existe, même si cela n'existe pas réellement.

Tout en parlant, le jeune pilote avait arrêté la voiture devant le portail clouté de la demeure. Entre deux doigts, il prit le menton de Cornélia. Trop troublée par ce qu'elle venait de vivre, elle ne chercha pas à se dégager.

– Soyez un peu superstitieuse, Cornélia, car moi je le suis... continua Sardi à mi-voix... Je ne devais pas prendre la ligne d'Air India à l'escale de Francfort le jour où je vous ai vue pour la première fois dans l'avion virevoltant et piapiatant avec vos six hommes comme une petite poulette au milieu de ses coqs... Dieu que vous m'avez fait rire...

– Mais je... essaya de protester Cornélia.

D'un geste à la fois très doux et ferme, Sardi enferma son menton dans la paume de sa main pour l'empêcher de parler.

– Vous ne m'avez pas fait que rire, Cornélia, vous m'avez, je ne sais pourquoi, attendri... Vous avez aussi éveillé ma curiosité... C'est pourtant difficile... car je ne suis pas d'un naturel indiscret. « Qui est donc cette créature remuante? » pensai-je lorsque vous vous êtes effondrée à mes pieds... J'ai tout de suite eu envie de vous embrasser, vous étiez si drôle avec votre air supérieur... Pourtant, j'allais vous oublier... Lorsque je vous ai rencontrée à nouveau, vraiment par hasard, au Marché aux Voleurs... je ne devais pas y aller... Si ma sœur ne m'y avait traîné pour acheter je ne sais quel objet d'art dont elle fait collection... je ne vous aurais donc pas revue... et vous voudriez que je ne sois pas un peu superstitieux...

– C'était votre sœur? interrogea Cornélia.

Elle se souvenait parfaitement de la belle jeune femme qui attendait au loin que Sardi ait fini de lui parler devant le charmeur de serpents.

– Oui, ma sœur jumelle... que j'aime tendrement... Nous sommes très liés, c'est elle qui me téléphonait tout à l'heure de Delhi pour me dire qu'elle avait réussi son doctorat de sanskrit...

– Votre sœur jumelle!

Cornélia s'efforçait de prendre un air dégagé.

Dans la pénombre, elle essayait de lire sur le visage de Sardi une trace de mensonge, mais le jeune homme paraissait dire la vérité.

« Ainsi, il n'avait pas de femme, mais une sœur très chérie! »

Une joie ineffable avait envahi Cornélia. Sardi jouait avec une de ses boucles dont il entourait l'un de ses doigts.

– Ce n'est pourtant que dans la boîte de nuit, où j'avais emmené des amis occidentaux, lorsque nos routes se sont croisées pour la troisième fois, que j'ai réellement décidé de devenir... le septième homme de votre vie!

Tout en disant ces mots, Sardi attira la tête de Cornélia sur son épaule. Elle essaya de résister :

– Comment ça... vous... avez décidé?

– Je suis pilote indépendant... Après m'être mieux renseigné sur votre groupe, j'ai demandé à Ottar Urissa de m'engager pour le job...

Quelque chose sonnait faux dans l'histoire. Cornélia n'y fit pas attention. Tout ce qu'elle retenait, c'est que Sardi l'avait remarquée... que Sardi était libre... que Sardi la tenait contre lui...

– Alors, maintenant, Cornélia... insista le jeune homme, devenez-vous un peu superstitieuse et croyez-vous que le Tigre Royal va entrer dans la ville cette nuit?

Les derniers mots avaient été presque chuchotés. C'est à peine si Cornélia les perçut, d'autant plus que la fête se préparait sur la place.

Les cris des archers et des danseurs masqués se mêlaient aux sons des instruments que les musiciens accordaient.

Cornélia leva la tête.

– Oh! Sardi... murmura-t-elle.

Deux prunelles lumineuses lui enfoncèrent leurs rayons noirs dans le cœur. Une bouche jeune et ferme écrasa ses lèvres. Cornélia gémit de plaisir sous la chaleur du baiser.

– Je suis peut-être stupide... murmura Sardi, s'arrachant le premier à leur étreinte, mais je crois que le Tigre Blanc viendra cette nuit...

Cornélia s'aperçut que, pour la première fois, Sardi avait parlé en français.

Il klaxonnait avec autorité.

Le lourd portail s'ouvrit.

17

LE TIGRE DES NEIGES

La porte du salon s'ouvrit sur Cornélia.

– Tu es belle! constata Sardi.

– Tu n'es pas mal non plus! répondit Cornélia en souriant.

Plus émus qu'ils ne voulaient le laisser paraître, les jeunes gens se dévisagèrent un instant.

« C'est la fête ce soir, nous allons nous habiller comme il convient, veux-tu? » avait proposé Sardi en rentrant dans la demeure.

Avec l'amusement d'une collégienne se déguisant pour un bal costumé, Cornélia avait passé un antique sari bleu et or qui avait la particularité d'arrêter son voile arachnéen au-dessus d'un pantalon bouffant que n'aurait pas renié Saint-Laurent.

Elle avait habilement tressé ses longs cheveux pour les retenir sous une sorte de coiffe couronne incrustée de pierreries.

« Fausses, rassure-toi! » avait prévenu Sardi.

Lui-même avait revêtu un costume qui, bien que fané par les années passées sous les combles, conservait, avec sa tunique de satin fuschia boutonnée très haut, sur des pantalons étroits du bas, grande allure.

Pour la première fois, Cornélia voyait Sardi avec un turban rose vif qui lui donnait l'air d'un prince des Mille et une Nuits.

– La famille de mon ami a gardé toutes ces vieilleries de l'époque révolue des maharadjahs... expliqua-t-il, comme Cornélia s'étonnait de trouver tant de merveilles dans ces malles d'osier.

– Tu es digne d'être la fiancée du méchant rajah! ajouta Sardi en souriant.

Il tendit les mains vers Cornélia, pour la faire asseoir à la table préparée devant le feu.

Une mélodie du grand musicien indien Chitti Babu résonnait sur la chaîne Hi-Fi. Modernisme anachronique perdu dans ces montagnes himalayennes.

– Qui es-tu... D'où viens-tu... Que fais-tu?... Je veux tout savoir de toi, Cornélia... Quelle est ta vie en France? interrogeait Sardi en servant la jeune fille.

Tout en lui était exquis, raffiné. Entre deux plats, il n'avait qu'à se pencher sur le guéridon étroit pour poser ses lèvres sur celles de Cornélia.

« Etais-je bien hier soir à Calcutta avec Danny? » ne put s'empêcher de penser la jeune fille.

Le rapport évident de la situation la troublait terriblement. Deux routes avait dit le gourou... Comment ce fakir avait-il pu deviner?... Etait-ce de la transmission de pensée? Etait-ce réellement inscrit dans le grand Livre de la Vie et de la Mort? ou dans l'esprit même de Cornélia?

Pourtant, elle se laissait aller au charme de la soirée.

Tamerlan était venu s'installer sur ses genoux. Cornélia caressait sa tête. Le son des chendas, ces gros tambours cylindriques, retentissait à l'extérieur.

Sardi repoussa sa chaise.

– C'est l'heure!

Il offrit une pelisse à Cornélia, lui-même passa sur son costume un anorak. Prenant le bras de la jeune fille, il l'entraîna dans le dédale sombre des couloirs.

Avant de franchir une petite porte en haut d'un escalier en colimaçon, Sardi attira presque violemment Cornélia contre lui :

– Je te jure que si nous ne voyons pas le Tigre Blanc, je ne te toucherai pas, Cornélia.

Il avait parlé d'une voix rauque, presque trop grave, qui trahissait son émoi.

Un vent frais balayait la terrasse. Les pics féeriques brillaient au clair de lune. Une tempête de gongs montait de la place. Les cris des rabatteurs et les lumières de centaines de petites lampes se déplaçaient dans la montagne. Toute la ville était dehors, chantant, marchant, psalmodiant.

Des musiciens soufflaient dans des trompettes à pavillon double, d'autres tapaient sur de gros coquillages. Les jeunes filles secouaient à leurs chevilles des anneaux de grelots.

Les nerfs à vif, Cornélia pensait : « Ils sont complètement fous, jamais... un tigre n'entrera avec tout ce vacarme ! »

Sardi avait passé son bras autour de ses épaules.

– Le Tigre des Neiges n'est pas venu depuis sept ans... chuchota le jeune homme en déposant un baiser sur la tempe de Cornélia.

– Cela ne m'étonne pas, chez nous une battue se fait en silence et...

La clameur de quinze mille poitrines jaillit vers la voûte du ciel étoilé.

Sardi, transfiguré, hurla :

– Le voilà...

– Moi, je... je ne vois rien, protesta Cornélia en plissant les yeux.

Les lumières bougeaient à grande vitesse dans la montagne. La marée humaine s'ouvrait sur la place.

Soudain, Cornélia entendit son propre hurlement se mêler au tonnerre humain.

– Oui... je le vois... le voilà... le voilà...

Jaillissant de la nuit vers les lumières de la ville, le Tigre apparaissait. Il traversait, blanc, félin, royal, par bonds puissants le couloir que lui avait réservé le peuple en délire.

Cornélia tourna la tête.

Le Tigre des Neiges sauta dans un cercle de feu préparé à son intention et il disparut à nouveau, peut-être pour sept ans, vers la montagne.

– C'est incroyable... je l'ai vraiment vu... répéta Cornélia.

Elle ne put en dire plus. Deux bras puissants l'avaient saisie comme une proie.

– Cette nuit est à nous! gronda la voix de Sardi.

Le ciel étoilé bascula.

Cornélia renversa la tête sur l'épaule de Sardi et, sous les baisers fous, s'abandonna...

Un soleil brillant réveilla Cornélia. Poussant un petit gémissement, elle se décida à ouvrir d'abord un œil, puis l'autre.

Elle était seule.

Une seconde, elle se demanda si elle n'avait pas rêvé le Tigre des Neiges et tout ce qui avait suivi.

Le lit dévasté attestait pourtant de la nuit qu'elle avait vécue entre les bras de Sardi.

Elle s'étira comme une jeune biche, puis elle s'assit dans les oreillers avec un roucoulement de gorge satisfait. L'Amour... Elle avait fait l'amour d'une façon tellement parfaite avec Sardi que cela tenait du prodige.

Jamais Cornélia n'avait connu semblables sensations auprès de Renaud. Pourtant, Dieu sait si elle l'avait aimé! Mais elle se rendait compte que la tendresse amoureuse qu'elle avait ressentie pour le seul garçon de sa vie ne ressemblait en rien à l'espèce de fureur passionnée qu'elle avait connue toute la nuit avec Sardi.

Les cils à demi baissés sur ses joues meurtries par les baisers et les tendres morsures de son amant, elle revoyait maintenant tout ce qui avait suivi le passage réel ou faux du Tigre des Neiges.

Comme s'il était devenu lui-même un grand fauve

amoureux, Sardi, sous la voûte nocturne, encerclait la taille de Cornélia, caressait ses seins, la plaquait contre lui, l'étouffait, l'enlevait du sol, la dévorait.

Le moyen de résister à pareille passion?

Cornélia n'y avait même pas songé. La peau avivée par l'ambiance délirante qui montait de la place, ses cinq sens exacerbés, elle répondait au contraire aux baisers de Sardi avec une fougue qui l'étonnait elle-même.

Sans la laisser respirer, à pas impérieux, Sardi l'entraînait vers la porte de la terrasse. Ses lèvres rivées à la bouche de Cornélia, comme un objet très précieux il la porta à grandes enjambées jusqu'à sa chambre.

– Sardi...

Les lèvres soudain pâlies, Cornélia voyait s'étaler au milieu de la pièce la blancheur du lit à colonnes.

– Cette nuit, tu es ma princesse, ma reine, et je t'aime...

Complètement vaincue par ces mots possessifs, Cornélia ferma les paupières. Palpitante, elle se renversa, aussi neuve que si elle se fût donnée pour la première fois à un homme.

Maîtrisant sa fougue, sûr maintenant de sa victoire, Sardi ôtait un à un les voiles de Cornélia.

– Comme tu es belle, murmurait-il en couvrant son corps de caresses.

Nue sous le regard ardent du jeune homme, Cornélia frissonnait de plaisir. Elle voulut éteindre la lampe de chevet. Sardi l'en empêcha :

– Laisse-moi te regarder... J'aime tes seins... tes cuisses minces et l'odeur de ta peau ambrée...

Lui-même avait ôté rapidement ses vêtements de maharadjah. Pour l'avoir vu à Goa, Cornélia connaissait son corps de jeune dieu musclé. Elle tremblait de plaisir sous les baisers de plus en plus ardents.

Sa peau à vif, elle se tordait de passion contre la large poitrine et le ventre de Sardi. Cornélia ne s'en rendait pas compte, mais elle avait manqué de vrai amour depuis trop longtemps. Sa chasteté forcée n'était pas normale pour une fille de son âge.

Elle buvait la vie suspendue aux lèvres de Sardi, se cabrait, s'offrait, gémissait sous la bouche sinueuse qui lui arrachait des cris passionnés.

La foule, au-dehors, continuait de scander des exclamations qui décuplaient l'excitation des jeunes gens.

Sous le jeune mâle déchaîné, Cornélia écartait les jambes... Des ondes brûlantes partaient de ses reins pour enfler dans tout son corps.

Ses bras attiraient Sardi. Avec une science profonde des choses de l'amour, il faisait durer le plaisir incommensurable de l'attente, éloignait Cornélia, buvait à la source de ce corps féminin qu'il avait tant désiré pour revenir plus vite dévorer les pointes durcies de cette tendre poitrine.

Suspendue à cette bouche sauvage et douce, Cornélia soupirait lascivement, voulait rendre le plaisir qu'elle ressentait, se pâmait, s'ouvrait à Sardi, gonflée, chaude, humide de désir.

Ses mains palpitaient, ses hanches, appel ancestral de la femme pour l'homme, l'attiraient. Il venait, allait la prendre comme un barbare, puis reculait, lui arrachant des plaintes exquises.

– Viens... gémit Cornélia, menée au faîte du plaisir.

Ne pouvant plus se maîtriser, Sardi s'abattit sur sa tendre proie avec le grondement possessif du Tigre des Neiges...

A plusieurs reprises au cours de la nuit, Sardi reprit Cornélia avec la même passion... Ils se rafraîchissaient l'un l'autre de leurs lèvres, se redressaient, se caressaient... Sardi s'enfonçait en Cornélia, se retirait pour revenir aussitôt. Elle s'arc-boutait, offerte à son désir, il la martelait de son amour, elle suffoquait. Il attendait dans le nid d'amour... elle le brûlait presque... il la martelait... se crispait... partait... Elle le provoquait... le caressait de sa longue chevelure... il y enfonçait ses doigts... puis, la tenant sous lui comme une cavale, la chevauchait, la violait... l'empalait... Elle criait... mordait... soupirait... se tordait... le repoussait pour l'attirer plus vite et plus fort... le sang battait à leurs tempes... ils s'endormirent enfin à l'aube, épuisés et heureux, dans les bras l'un de l'autre...

– Bonjour! lança aimablement Cornélia en pénétrant dans la cuisine du Sherpa.

Sa toque violine toujours vissée sur le front, Gulam vaquait au milieu de casseroles en terre cuite.

– Thé? répondit ce serviteur peu loquace.

– Avec plaisir... Quelle heure est-il donc?

Tout en posant cette question, Cornélia, ayant du mal à ne pas bâiller, s'assit devant une longue table de bois noir.

– Neuf...

– Neuf heures, déjà... aaah... et... heu... vous avez vu M. Sardi ce matin? interrogea la jeune fille comme le Sherpa déposait un bol fumant de thé au lait sucré à sa place.

L'homme fit un geste :

– Parti...

– Comment ça, parti?

Cornélia pensait avoir mal compris le langage guttural du gardien.

– Sarvapalli Sardishing parti... lui donner mot...

Le Sherpa tendait une enveloppe.

Cornélia dut se maîtriser pour ne pas l'arracher des mains du Népalais. Celui-ci restait planté devant elle. Avec un regard agacé, Cornélia se leva pour passer dans le salon-living-room où elle avait dîné avec Sardi.

Soudain, elle avait très froid. Elle ferma mieux autour de son buste les pans du peignoir éponge rouge qu'elle avait trouvé dans la salle de bains. S'asseyant sur un pouf coloré, elle ouvrit fébrilement le mot :

Mon Amour,

Des affaires urgentes me rappellent. Je vais travailler à notre bonheur.

Les autres seront là pour 10 heures. Tout est arrangé. Ils sont prévenus que tu as passé la nuit ici SEULE. *A très, très bientôt. Je t'aime... Aie confiance en moi.*

Mon amour... Je t'aime. SARDI.

Mis à part ces quatre mots rassurants, Cornélia ne pouvait se défaire d'un sentiment de malaise.

« Que voulait dire ce brusque départ... Pourquoi n'avait-il pas attendu son réveil pour lui en expliquer les raisons? »

Je t'aime... Il avait écrit « Je t'aime »... Cornélia aussi aimait Sardi, avec une force, une passion... Elle mordait ses lèvres, déçue de ne pas le retrouver, chaud et amoureux, ce matin... Que signifiaient ces mots « Je vais travailler à notre bonheur... des affaires urgentes... »? Quelles étaient donc ces affaires qui brusquement ne pouvaient attendre une minute de plus? « Aie confiance »... avait-il écrit aussi. Oui, elle devait lui faire confiance... ne pas se laisser aller à la suspicion. Après les preuves d'amour qu'il lui avait données cette nuit, ce serait faire injure que de douter.

Cornélia se leva pour repasser dans la cuisine, y finir son thé. Le Sherpa préparait du riz au gingembre.

– Merci, tout va bien... M. Sardi me prévient que nos amis vont me rejoindre... Vous êtes au courant? interrogea gracieusement Cornélia.

– Hon!

Un hochement de tête du Népalais fit penser à la jeune fille qu'il savait effectivement que le groupe Madison allait débarquer.

– Quelle jolie maison! Vous y travaillez depuis

longtemps? reprit Cornélia en buvant le breuvage chaud.

– Hon!

– Comment s'appelle le propriétaire? Oui, l'ami de M. Sardi? insista-t-elle.

Après avoir jeté un regard peu amène vers la jeune indiscrète, le Népalais prit un panier et il sortit dans le jardin.

Cornélia haussa les épaules.

« Quel sale caractère avaient ces gens de l'Himalaya! »

Elle sortit de la cuisine pour regagner sa chambre. Un jappement derrière une porte lui apprit que Tamerlan devait être coincé dans une pièce.

Cornélia ouvrit le battant. Le gentil chien se précipita pour lui faire des amabilités. La jeune fille allait refermer la porte, quand elle vit sur le lit non défait le blouson abandonné de Sardi.

La tentation fut la plus forte.

Reconnaissant le parfum des cigarettes orientales que fumait le pilote, elle entra dans la chambre.

Comme les autres pièces de la maison, celle-ci avait de vastes proportions. Des tapisseries chatoyantes et des armes anciennes telles que arcs, piques et bannières, décoraient les cloisons.

Dans un placard à demi ouvert pendaient des vêtements de sport et des costumes de ville.

Quelques chemises étaient sorties d'un tiroir, attestant que Sardi avait dû se changer rapidement le matin.

Il devait même être très intime avec son ami, si Cornélia jugeait des vêtements qu'il avait pris sans se gêner et du désordre laissé dans la pièce! – A moins que...

Cornélia chassa cette idée saugrenue. Pourquoi aurait-il inventé cette histoire, alors qu'elle ne lui demandait rien?

Un téléphone était posé sur une peau d'ours descente de lit. Dans un cadre d'argent au-dessus d'une table incrustée d'ivoire, une photo attira l'attention de Cornélia.

Sardi et la jeune femme du Marché aux Voleurs, qui offrait une ressemblance indéniable avec son frère, entouraient un homme distingué, à cheveux blancs, assis dans un fauteuil en osier ouvragé.

Cornélia entendit une porte claquer en bas.

C'était le Sherpa ombrageux qui revenait.

Craignant d'être surprise en flagrant délit d'indiscrétion, Cornélia courut avec Tamerlan sur ses talons vers sa chambre.

Elle se prépara à la hâte. Bien lui en prit!

A 10 heures tapantes, le groupe Symposias, chaudement vêtu de parkas et chaussé de bottes, débarquait des voitures « réparées ».

Si Cornélia avait appréhendé la mauvaise humeur de ses hommes pour les pannes en série, sans compter l'affreuse nuit qu'ils avaient dû passer, elle fut aussitôt rassurée.

Enchantés de leur soirée, les cinq Madison tapaient sur le dos de Cornélia comme pour un copain de régiment que l'on retrouve après une longue séparation.

Mario s'apitoyait :

– Alors, ma pauvre Cornélia, tou as passé ouné triste nuit ici, touté seule?!

– Il est fou, ce Sardi... Ce n'est pâs moi qui t'aurais abandonnée, surenchérit Mathias, tandis que Léopold regrettait :

– Quel dommage que vous n'ayez pas été avec nous!

– On a passé une soirée formidable, affirma Robin.

– Et inattendue...

C'était le grand Guillaume qui ajoutait ce détail, tandis que Ravi Shikra prenait un air innocent pour expliquer :

– Oui, nous avons eu beaucoup de chance dans notre malheur, mademoiselle Cornélia...

L'hypocrite souriait avec discrétion, tandis que les cinq hommes, pressés de raconter leur aventure, parlaient tous en même temps.

– Figure-toi, Cornélia, que nous sommes tombés en panne sur le pont suspendu de Manjitar...

– Pas possible! s'étonna la jeune fille, qui en faisait un peu trop.

Elle eut un regard acéré vers l'ingénieur indien. Rougissant sous son hâle, celui-ci se détourna pour admirer la vue des montagnes.

– La carburation est mauvaise pour les moteurs à cette altitude, affirmait Léopold, sans remarquer le trouble de leur cicérone.

– Moi, je désespérais de la situation, admit le grand Guillaume.

– Quand des Sherpas, révénant dé cé qu'ils appellent trekking, enfin course quoi, lança Mario...

– Nous ont emmenés dans un Dak Bungalow... continuait Mathias.

– Finalement, c'est comme nos chalets de montagne à La Clusaz, reprit le grand Guillaume.

– On s'inquiétait pour toi, Cornélia.

– On pensait que tu serais affolée dé né pas nous voir...

– C'est là que le Sherpa-chef est parti téléphoner dans la neige pour te faire prévenir...

– Tu as bien eu le message?

– Ils n'ont peur de rien, ces gens-là...

– Bah... huit kilomètres pour eux, c'est comme pour nous deux cents mètres.

– Et en revenant, il a ramené ces pauvres danseuses frigorifiées qui n'avaient pu atteindre Darjeeling...

– DES DANSEUSES!

Cornélia croyait rêver.

– Des femmes exquises!

– Venant du Bhutan! surenchérissaient les hommes.

– Un groupe folklorique de classe!

– Elles allaient au *Grand Hôtel du Mont Everest!*

– Donner une soirée pour les touristes de Darjeeling...

– Fais pas cette tête, Cornélia...

– Vous la rendez jalouse!

– On t'aime toujours...

– Né rigolez pas, vous autres... Elle n'a pas dû se marrer toute seule la pauvre... Hein, ma qué bébé!

Devant l'insistance de Mario, Cornélia dut avouer en évitant de regarder Ravi Shikra :

– Non, non, je ne me suis pas marrée...

Le concert reprit de plus belle :

– Quel dommage... quel dommage! Comme tu te serais amusée avec nous, Cornélia...

Les cinq charmants idiots ne semblaient pas avoir l'ombre d'un soupçon. Cornélia n'avait pas à craindre le regard perspicace de Danny. Ils avaient tous gobé, avec une facilité remarquable, l'histoire de Ravi Shikra comme quoi Sardi avait été rappelé d'urgence dès hier soir par la direction d'Ottar Urissa.

Cornélia comprenait mieux l'attitude du jeune homme ce matin. Elle avait même envie de rire, flattée pour l'organisation qu'il avait su déployer avec Ravi.

C'est le cœur confiant qu'elle monta, elle aussi chaudement vêtue de la parka rouge, dans l'une des voitures avec Ravi, Mario et Mathias.

Le concert de louanges, fous rires et sous-entendus de militaires en goguette continua toute la journée.

Il ressortait des discours de ces messieurs qu'après un fort bon dîner solidement arrosé de vins capiteux, les cinq danseuses du Bhutan les avaient initiés au mystère du Kathak et du Manipouri, danses sacrées par excellence, dont elles leur avaient fait, avec une patience inépuisable, découvrir les secrets millénaires...

Cornélia ne chercha pas à savoir si la suite avait été à la hauteur du début.

La mine réjouie des cinq hommes lui donna simplement à penser que les danseuses « sacrées » n'avaient pas été trop farouches.

Après avoir expertisé pendant deux jours des champs de fougères sous la neige, Cornélia, sans nouvelles de Sardi, rongeait son frein.

Elle dormit sans histoires sous les mêmes toits des simples hôtels du Sikkim et du Nord-Bengale que ses hommes miraculeusement calmés.

Elle essaya toutes les ruses pour faire parler Ravi Shikra.

« Où était Sardi? Que faisait-il? Quand le retrouverait-on? » Mais ce « butor » d'Indien était aussi muet sur le sujet Sardi que le maudit Sherpa Gulam.

Enfin, le troisième jour à midi, le groupe Symposias redescendit dans la vallée presque chaude en comparaison de l'altitude.

L'avion bleu attendait sur l'aéroport de Bagdogra.

La silhouette d'un pilote se découpait sous l'aile brillante du Lear-Jet. Le cœur de Cornélia battait violemment dans sa poitrine à la pensée de retrouver enfin Sardi.

Comme la limousine s'approchait à vive allure, Cornélia poussa un soupir déçu.

Le beau Sardi avait été remplacé par un gros costaud au teint sombre qui sourit à son groupe de passagers.

– Je suis le commandant Bhulia et j'ai l'agréable mission de vous emmener à Delhi...

18

SARVAPALLI SARDISHING

– Quand on pense que c'est à soixante-dix kilomètres d'ici, à Mecrut exactement, qu'éclata la révolte des Cipayes... commença Léopold.

Personne ne daigna lui répondre. On connaissait son histoire par cœur.

Cornélia n'eut même pas la charité de faire mine d'écouter à nouveau le récit du petit Belge. Elle avait tellement hâte de gagner l'hôtel *Ranjit* sur Connaught Place que ses dents grinçaient d'énervement.

– Tou as l'air bien pressée d'arriver! constata Mario dans la voiture qui les emmenait de l'aéroport de Palam vers le centre de New Delhi.

– Oui, j'aimerais me changer!

La réponse apparemment calme de Cornélia parut satisfaire l'ingénieur italien, pourtant elle était bien en dessous de la vérité.

Cornélia avait espéré que Sardi les aurait attendus à la descente de l'avion.

Las... à la place du beau pilote, c'était une délégation officielle de quatre barbons d'Ottar Urissa qui accueillit le groupe Madison.

Il fallut supporter dans le salon de l'aéroport le discours du directeur général qui, « au nom du bien-aimé président-directeur général, l'honorable Dr Satyajit Mahal-Sarryta, souhaitait la bienvenue dans la capitale aux honorables étrangers de Madison, avec qui une coopération fructueuse allait pour les années à venir... »

A force de les crisper, Cornélia en avait mal aux orteils. Elle prit distraitement le bouquet de fleurs qu'une hôtesse en sari jaune lui offrait.

Le directeur général annonça pour le soir une grande réception en l'honneur des représentants de Madison, au siège d'Ottar Urissa.

Enfin, les voitures s'ébranlèrent.

C'est à peine si Cornélia daignait jeter un regard vers les larges avenues butant sur d'innombrables gloriettes que les autos devaient contourner, les massifs fleuris ou les élégantes demeures modernes conciliant pourtant le fonctionnel aux délires ornementaux dont les Indiens semblaient friands.

Les voitures d'Ottar Urissa glissaient sur l'asphalte.

« Ici, remarquait tout de même Cornélia, peu de piétons et pas de vaches errantes. »

– Quand je pense que c'est au centre de New Delhi que Gandhi fut assassiné! soupira Léopold, bien décidé à trouver un sujet montrant ses connaissances.

Tandis que Mario et Robin ne pouvaient s'empêcher d'échanger par-dessus le petit Belge un coup d'œil ironique, Cornélia, bien que ses préoccupations fussent loin de la mort du saint Mahatma, l'écouta charitablement parler du drame.

– Savez-vous, Cornélia, que Gandhi était l'hôte de la grande famille Birla, ayant toujours soutenu son action de champion de la non-violence contre les Anglais? A l'heure de la prière dans le jardin ouvert à tous, un homme se précipita sur le Mahatma... Devant la foule paralysée, il tira trois coups de feu. L'un d'eux atteignit Gandhi en plein cœur... Le lendemain, devant une population estimée à plus d'un million de personnes, devant les plus hauts dignitaires indiens, on coucha le corps de Gandhi sur un bûcher de bois de santal pour l'incinérer...

Cornélia frissonna :

– Brrr... Je ne peux vraiment pas me faire à cette idée de brûler les corps...

– Vous avouerai-je que moi je ne peux me faire à rien dans ce pays? surenchérit Robin.

– Chacun ses habitudes, mais il faut reconnaître que ces Orientaux ne sont vraiment pas commé nous! déclara Mario.

– Chut! fit Cornélia, gênée pour le chauffeur.

Sur ces entrefaites, on arrivait devant l'hôtel *Ranjit.*

– Rendez-vous en bas dans une heure, prévint Ravi Shikra.

Il allait s'éloigner. Se ravisant, il s'approcha de Cornélia pour murmurer :

– Faites-vous encore plus belle que d'habitude, mademoiselle Cornélia, afin de représenter Paris...

Sur ces mots, l'ingénieur d'Ottar Urissa regagna les voitures, laissant la jeune fille devant l'ascenseur.

Certaine qu'il s'agissait d'un message « à l'orientale » de Sardi, Cornélia se prépara le cœur battant.

Elle allait bien sûr le retrouver à la soirée Ottar Urissa.

Après les politesses d'usage, ils pourraient même s'échapper tous les deux pour aller se promener en amoureux, puis ils se glisseraient, brûlants de désir, dans la chambre de Cornélia. A cette pensée, sa peau se hérissait d'impatience.

Avec les roupies qu'il lui restait, elle courut vers une des boutiques de l'hôtel s'acheter une jupe longue bariolée venant de Jaipur. Elle mit son chemisier blanc, heureusement pas chiffonné, de longues boucles d'oreilles à petites breloques d'or, présent de Danny, lors d'un bref arrêt-bazar à Cape Comorin.

Avec l'égoïsme des gens heureux, elle chassa à la fois ses remords et le jeune Suisse de ses pensées.

Ses mains étaient trop nues, elle passa la bague de

Guillaume, se coiffa avec soin, colora ses joues hâlées par le soleil de l'Inde et ses lèvres d'un rouge brillant.

Prête pour éblouir à la fois Sardi et les invités de la réception, Cornélia sortit de l'ascenseur à l'heure dite.

Ses cinq hommes étaient aussi ponctuels et rutilants qu'elle.

Ravi Shikra manœuvra pour s'asseoir à ses côtés dans la voiture.

– Sept cités historiques composent Delhi l'Ancienne, expliquait l'ingénieur indien. La famille de notre président d'Ottar Urissa compte beaucoup de Kshatriyas, ou, si vous préférez, castes de princes. Elle joua du reste un rôle important au cours des siècles... Le président Satyajit Mahal-Sarryta est un homme tout à fait remarquable et cultivé, un brahmane... Avant le dîner, nous allons juste voir la porte de Lahore, le fort Rouge, quelques monuments turco-afghans et des édifices moghols...

Cornélia écoutait poliment l'ingénieur. Depuis qu'elle ne doutait plus de retrouver Sardi, elle était plus calme et prête à regarder tous les vestiges que les Indiens voulaient leur montrer...

– Quel souvenir emporterez-vous de l'Inde, mademoiselle Cornélia? interrogea Ravi Shikra.

La jeune fille répondit, sincère :

– Fabuleux... inouï... merveilleux...

– Vous m'en voyez heureux, malgré la tristesse que nous ressentons tous à vous voir repartir sous peu...

L'idée du départ si proche frappa Cornélia d'une flèche. Elle avait, durant le voyage, perdu toute notion du temps.

Devait-elle réellement reprendre l'avion d'Air India pour Paris après-demain avec ses hommes? Elle en doutait presque.

– Nous voici arrivés!

Ravi Shikra désignait un superbe édifice, véritable

tour orgueilleuse de vitres et de marbre, qui n'aurait pas déparé à la pointe de Manhattan.

Un drapeau aux couleurs bleues d'Ottar Urissa flottait au-dessus du fronton principal.

– Le président Mahal-Sarryta est très satisfait de vous recevoir tous, vous en particulier mademoiselle Cornélia... On lui a beaucoup parlé de vous... Le président sera certainement entouré de sa famille... une des plus connues de l'Inde...

Cornélia commençait à connaître Ravi. Cela faisait trois fois qu'il revenait sur la question. Tout en descendant de voiture, la jeune fille eut le brusque pressentiment que l'ingénieur indien cherchait à la prévenir de quelque chose, peut-être lui annoncer un danger.

Elle n'eut pas le temps d'approfondir ses pensées. On les poussa vers un ascenseur.

Dans la cabine qui montait à la vitesse d'un étage par seconde, Cornélia eut tout de même le temps de remarquer qu'aucun de ses hommes ne lui pinçait les fesses.

Pour des raisons plus professionnelles que Cornélia, ils devaient être, eux aussi, énervés de la réception.

Ils redressaient machinalement leurs nœuds de cravate, se regardaient dans la glace, lissaient un cheveu qui pourtant ne dépassait pas. Visiblement, ces messieurs voulaient faire bonne impression.

Les portes coulissantes s'ouvrirent sans bruit.

Au milieu de ses ingénieurs, Cornélia pénétra dans une vaste salle dont les baies vitrées dominaient New Delhi.

Une cinquantaine d'invités baissèrent machinalement le ton à l'entrée des étrangers.

Un homme aux cheveux blancs se détacha aussitôt d'un groupe pour accueillir les Occidentaux.

– Notre président... dit respectueusement Ravi Shikra.

Cornélia mordit sa lèvre supérieure.

Elle reconnaissait l'Indien distingué de la photo

qu'elle avait vue dans la chambre de Sardi à Gangtok.

– M. Guillaume Berri, Madison France, M. Robin Percy, Angleterre, M. Mathias La Rose, Canada... présentait Ravi Shikra.

A tous, le président Mahal-Sarryta serrait la main en un solide shake-hand assez rare chez les Indiens, mais prouvant à quel point il tenait à honorer les Occidentaux.

Pendant ces politesses, Cornélia essayait de lorgner avec un apparent détachement vers l'assistance. Son cœur s'arrêta de battre. Il était bien là... toujours beau... altier... ses cheveux aile-de-corbeau légèrement ondulés dominant les autres têtes... Il devisait au milieu d'un groupe de quatre personnes... De loin, Sardi leva imperceptiblement son verre en direction de Cornélia... Ses yeux noirs brillaient... Il se débarrassa de sa boisson sur le plateau d'un serviteur. D'un pas nonchalant, il s'approcha, juste au moment où Ravi Shikra présentait la jeune fille :

– Mlle Cornélia Dassas, qui a su se rendre si charmante et indispensable pendant le voyage, monsieur le Président...

– En effet, mademoiselle, fit avec une grande urbanité le président, mon petit-fils Sarvapalli m'a beaucoup parlé de vous... J'ose espérer que ces messieurs et vous-même ne lui tenez pas rigueur de vous avoir maladroitement précipités dans la jungle...

Si Cornélia n'avait pas été elle-même tellement pétrifiée, elle aurait sûrement éclaté de rire devant les cinq Madison restant bouche ouverte.

A deux pas de son grand-père, Sardi souriait modestement. Ce fut Mario qui, le premier, reprit ses esprits :

– Ma qué non... ç'avait été oune grand plaisir... oune expérience unique... Tout le groupe aimait tellement Sardi... l'appréciait, lé vénérait comme un as de l'aviation... un frère de sang qui les avait sauvés d'oune mort certaine... Ils sé féraient tous tuer pour Sardi...

L'Italien allait un peu loin.
Robin mit fin à ses transports par un flegmatique :
– Dear old chap... vous nous avez bien eus...
Tous les Madison serrèrent la main de Sardi. Celui-ci tint aussitôt à se justifier :
– Ne croyez surtout pas que je voulais vous surveiller en ne vous disant pas qui j'étais, mais... (il eut un rapide regard pour Cornélia) je tenais simplement à être traité comme un simple pilote d'Ottar Urissa...
Les Occidentaux eurent l'air de se contenter de cette explication qui n'en était pas une.
Le président entraînait les cinq ingénieurs vers ses plus proches collaborateurs.
Dans le brouhaha qui suivit, cette vache de Mario réussit à souffler au passage :
– Traîtresse, moi jé sais bien pourquoi il nous a chaperonnés, le riche héritier...
En d'autres circonstances, Cornélia aurait répondu vertement, elle se contenta de lui lancer un regard assassin.
Cette pique lancée, Mario s'éloigna.
Cornélia resta seule en face de Sardi.
Il est toujours délicieusement troublant de se retrouver devant l'homme que l'on aime, le lendemain d'une nuit particulièrement réussie. Les jeunes gens, pâlis, se regardent, s'apprécient, se remercient mutuellement du plaisir qu'ils se sont donné... Ils se découvrent au réveil avec une sorte d'éblouissement, échangent les confidences du petit déjeuner... apprennent à mieux se connaître... n'ont pas le temps de se poser les questions rituelles :
« Que pense-t-il réellement de moi? Lui ai-je vraiment plu? M'a-t-elle trouvé à la hauteur de la situation? »
Mais rencontrer au milieu d'une réception mondaine son amant d'un soir, sans l'avoir revu, sans lui avoir même parlé, sans connaître ses véritables pensées, ni ses intentions... Apprendre de plus qu'il a joué tout au long du voyage un rôle qui n'était pas le sien,

telle était la situation à laquelle Cornélia devait faire face.

Ainsi Sardi était une sorte de prince dans son pays, chevalier de l'industrie, héritier d'un empire colossal.

Loin de se réjouir, Cornélia se sentait rejetée.

Elle n'était qu'une pauvre fille sans le sou, brusquement à mille lieues de ce fils à papa de luxe, qui avait dû bien s'amuser en lui jouant cette comédie d'un goût douteux.

« S'il croit que je vais m'évanouir en poussant des oh! et des ah! d'admiration, il se trompe bien! » pensa Cornélia vindicative.

Un petit rire désinvolte sortit de ses lèvres roses :

– Je ne sais vraiment pas pourquoi ils font des têtes pareilles. Moi, j'ai toujours su qui vous étiez, surtout avec le rajah et le coup du tigre... Très drôle votre magie indienne, il faut vraiment des moyens pour manigancer ce genre de petite fête!

Loin de se laisser désarçonner par le ton agressif, Sardi se pencha vers la jeune fille. Ses beaux yeux noirs sondèrent son regard bleu, comme s'ils avaient voulu en percer les véritables pensées, puis il murmura, en français :

– Tu es très jolie en colère...

– Mais, je...

– Si, tu es furieuse contre moi, j'aurais voulu t'expliquer, mais...

Sardi jeta un coup d'œil vers l'assistance. On commençait à trouver que leur discussion devant les ascenseurs durait un peu trop longtemps.

– Tu es libre après le dîner? Donne-moi le numéro de ta chambre...

« Juste ce que Cornélia avait espéré... »

A sa grande rage d'être aussi lâche devant son dieu indien, Cornélia s'entendit répondre :

– 708...

– On parlera tout à l'heure... chuchota Sardi, puis à voix haute, il lança, reprenant avec désinvolture la langue anglaise : Voulez-vous boire un verre, Cornélia? Venez que je vous présente à ma sœur Indira...

Comme dédoublée, Cornélia se laissa entraîner au milieu d'un groupe.

La belle jeune fille du Marché aux Voleurs accueillit aimablement Cornélia.

A l'inverse des hommes d'Ottar Urissa, qui étaient tous comme Sardi et son grand-père sobrement habillés de costumes sombres occidentaux, Indira était, ainsi que toutes les dames indiennes de la réception, vêtue d'un merveilleux sari coloré.

Elle semblait adorer son frère. Cornélia percevait entre eux une grande complicité.

« Lui a-t-il parlé de moi? » pensa la jeune fille devant la gentillesse que lui témoignait Indira.

Dans cette ambiance, Cornélia se détendait. Verre à la main, on devisait agréablement. Entourée d'ingénieurs d'Ottar Urissa, de leurs épouses et d'Occidentaux vivant à Delhi, Cornélia répondait à leurs questions, sur ses impressions du voyage... la vie à Paris... son métier fabuleux qui devait lui faire voir beaucoup de pays...

Ses cinq hommes étaient, eux aussi, disséminés dans la réception. Ils semblaient de fort bonne humeur.

Après être resté un moment à côté de Cornélia, Sardi avait dû aller s'occuper de ses invités. Elle le voyait, de loin, qui lui adressait de temps à autre de rapides coups d'œil, semblant dire : « Je suis là, je ne t'oublie pas... patience. »

Le cœur de Cornélia battait à tout rompre.

« Sardi! Elle allait le retrouver tout à l'heure, son fauve amoureux... Dans ses bras, elle lui pardonnerait bien facilement sa supercherie... En était-ce même une? »

Cornélia était prête maintenant à toutes les indulgences. Mieux, l'ivresse d'avoir séduit un homme aussi important que Sarvapalli Sardishing, petit-fils de l'empire d'Ottar Urissa, lui montait à la tête.

Le souper était servi dans une vaste salle à manger à l'étage en dessous.

– Je ne peux pas me mettre à côté de toi, chuchota Sardi en descendant l'escalier. Je dois être entre la « consulesse » de Suède et celle du Canada...

– Tu en as de la chance!

Cornélia répondait sur le même ton. Elle regardait les deux dames corpulentes qui allaient être les voisines de Sardi.

Les jeunes gens échangèrent le sourire complice des amoureux, puis ils se trouvèrent rapidement séparés par les majordomes qui indiquaient les places aux tables de douze invités.

Cornélia se retrouva entre le chargé d'affaires français et un directeur commercial d'Ottar Urissa.

Ravi Shikra était assis de l'autre côté du cercle entre la femme d'un diplomate anglais et celle d'un représentant de la société à Bombay.

Tandis que les serviteurs en costume national apportaient les plats dans une vaisselle d'or et d'argent, la conversation continuait à la table de Cornélia, sur le même ton léger mondain et finalement peu fatigant.

– Tiens, je ne vois pas la belle Miss Pamela Rovaya, dit soudain la dame anglaise.

– Qui est Miss Pamela? interrogea Cornélia.

Ravi Shikra voulut répondre. La dame anglaise le prit de vitesse :

– La fiancée de Sarvapalli Sardishing. Vous ne saviez pas? Le mariage doit avoir lieu dans trois semaines. Quel dommage que vous ne soyez plus parmi nous, ce sera une fête royale au nord du West-Bengale, dans le Sikkim exactement, dont la famille paternelle de Sardi est apparentée aux anciens rajahs... expliquait la dame, prolixe.

Cornélia ne sut jamais comment elle ne s'était pas mise à hurler, déchirer la nappe de dentelle, jeter la vaisselle d'or au plafond, avant d'aller arracher les yeux de Sardi.

Cet hypocrite de Ravi Shikra paraissait au supplice. Cornélia, haineuse, décida de passer sa vengeance sur l'ingénieur félon, ignoble complice pourvoyeur en filles de son patron.

– Je serai en effet loin à cette date... peut-être à Buenos Aires ou à New York avec l'homme de ma vie, lança Cornélia avec défi. Mais croyez bien que je prierai pour que le Tigre Blanc... vous savez, cette charmante coutume de l'Himalaya, apparaisse pour le jeune couple le soir de ses noces.

Un sourire sanguinaire sur les lèvres, Cornélia fusilla Ravi Shikra du regard. Elle fit mine de picorer dans son assiette ces mets indiens qui lui donnaient brusquement des haut-le-cœur.

La salle bourdonnait autour d'elle.

« Vivait-elle un cauchemar dont elle était la victime aussi stupide que ridicule? »

« Qu'avait-elle donc cru en tombant dans les bras du beau Sardi? Je t'aime... que pouvaient bien signifier ces mots pour cet enfant gâté qui devait collectionner les femmes comme les blousons et les rejeter de la même manière? »

Cornélia plaignait cette pauvre Pamela Rovaya... Elle se préparait des jours heureux avec un oiseau pareil!

– Pamela est de mère anglaise, expliquait fièrement la dame britannique. Son père a l'une des plus importantes fortunes de Calcutta...

« Voilà pourquoi M. Sardi avait disparu ce soir-là, pour aller faire le joli cœur auprès de sa belle et riche fiancée... »

CALCUTTA... DANNY...

Derrière les bouquets de fleurs, Cornélia entendait le rire de Sardi. Les plats se succédaient. Incapable de rien avaler de plus, Cornélia répondait machinalement au chargé d'affaires français et au directeur commercial d'Ottar Urissa.

Enfin, cet insupportable dîner prit fin. Elle aperçut Ravi Shikra qui allait discrètement parler à Sardi.

« Le valet rendait des comptes! »

Bien décidée à ne pas se laisser coincer seule, Cornélia s'accrocha à Mathias et Léopold.

– Mais oui, la révolte des Cipayes... expliquait ce dernier à une jeune Suédoise nouvellement arrivée à Delhi.

Cornélia, stoïque, resta pour « écouter » l'histoire du petit Belge.

Sardi manœuvrait pour la rejoindre. Elle se faufila vers Guillaume, puis Robin et Mario.

Ses hommes avaient rendez-vous dès 8 heures le lendemain matin avec le président Mahal-Sarryta, assisté de son petit-fils, pour une conférence de travail.

Après avoir beaucoup remercié leurs hôtes de cette merveilleuse réception, les cinq Madison prirent congé.

Comme Catherine de Russie encadrée des frères Orlov, Cornélia restait au milieu de sa garde.

– Vous êtes délicieuse... A très bientôt, j'espère, mademoiselle... dit le grand-père de Sardi avec ce charme ineffable que possèdent certains Indiens.

– Bonsoir, Cornélia...

Sardi serrait ses doigts, tout en cherchant son regard.

– Bonsoir Sardi, répondit froidement Cornélia.

Sans relever les paupières, elle se dégagea rapidement pour coller à Mathias et Robin qui entraient dans l'ascenseur.

– Comment qu' tu feras bout d' chou pour vivre au retour sans tes parrains? se moqua le Canadien, dans la limousine qui les ramenait à l'hôtel.

Cornélia tira sur sa barbe brune.

– Je ne sais pas...

Elle détourna la tête pour camoufler ses yeux remplis de larmes.

19

ADIEU À L'INDE

– Ma qué... enfin tou té décides... s'exclama Mario en ouvrant sa porte.

Cornélia restait les bras ballants dans le couloir. Le jeune Italien l'attrapa vivement par un poignet :

– Mais entre, entre donc cara mia... Je savais qué tou finirais par venir à ton Mario... Tu né le regretteras pas. Qué veux-tu boire, mon petit bébé?

Cornélia secoua la tête.

– Non, tou n'as pas soif... mon trésor... Qué tu as dé beaux cheveux... tu mé connais, jé né suis pas un baratineur... Mais qué tu étais la plus jolie fille cé soir... Moi tu sais, je n'aime pas tellement leurs voiles et saris à ces Indiennes, qui cachent tout... Je préfère té voir comme tu es là en pantalon bien serré et petite chemisette... tou mé fais un effet terrible, Cornélia...

Tout en discourant, Mario attirait la jeune fille vers son lit.

Elle se laissa tomber sur la couverture.

Sans pouvoir prononcer une parole, elle se mit à sangloter éperdument.

Mario ne s'attendait ni à cette réaction ni à ce déluge. Il gratta sa tête rousse avec embarras.

– Ma qué... ça té met toujours dans cet état?

– Non... non...

Les larmes de Cornélia redoublaient.

Dans le but de la calmer, l'Italien lui tapotait le dos. Il se risqua à lui caresser le bas des reins, ce qui eut pour effet immédiat de la faire pleurer encore plus fort.

– Ecouté Cornélia... tou n'es pas obligée... finit par dire Mario, un peu vexé... Jé vais té ramener. Mario n'est pas oune satyre loubrique... Allons, viens dans ta chambre...

Il faisait cette proposition comme si ce changement de lieu eût été la potion magique.

– Non... non... je veux dormir ici, hurla Cornélia.

– Ah! tou veux dormir avec moi?

Mario reprenait espoir.

– Non, non... je veux dormir dans ta salle de bains...

– Ah! ma salle de bains! Et pourquoi tou né vas pas plutôt dans la salle de bains dé Mathias ou Guillaume?

– Non... non...

– Eh! tou dis toujours non!

– Je peux pas... hoqueta Cornélia, ils ne sont pas au même étage que moi. A cette heure-ci, l'escalier est fermé... je... je dois prendre l'ascenseur...

– Eh! il té faut oune salle de bains spéciale pour dormir à cet étage... et pas oune autre étage... C'est bien ça?

Mario paraissait de plus en plus perplexe sur l'état mental de Cornélia.

Un long gémissement lui répondit :

– Oui... oui... c'est ça...

– Ah!...

Mario frotta encore ses cheveux roux.

– Ma qué si tou veux dormir dans une salle de bains à cet étage, pourquoi tu né dors pas dans la tienne?

– Je... je... il y a des araignées, trouva brusquement Cornélia.

– Ma qué c'est tout... je vais aller té les chasser...

Cornélia poussa un cri désespéré :

– Non, non... je t'en prie, Mario, ne bouge pas...

Le jeune homme avait déjà entrouvert la porte de la chambre. Il la referma presque aussitôt pour revenir, le visage pensif.

– Il y a effectivement ouné grosse araignée au bout du couloir... Tu es sûre qué tou né veux pas lui parler...

– Non, non, surtout pas... C'est ça que je ne veux pas... Tu... tu ne peux pas comprendre... Mario, je t'en supplie, il... faut que je reste ici... je ne peux pas le revoir...

Cornélia était au bord de la crise de nerfs.

– Bon, bon... c'est bien ma veine... Enfin, tou peux rester sans crainte, jé serai aussi respectueux qué la statoue dé Joules César...

Mario avait dit la vérité. Jules César n'attaqua pas au milieu de la nuit. C'est même lui qui abandonna le lit à la réfugiée pour essayer de dormir sur un couvre-pied dans la salle de bains.

Le lendemain matin, il était partagé entre la mauvaise humeur, des courbatures et la fierté latine d'avoir sauvé la « pure jeune fille des griffes du méchant séducteur oriental ».

– Si tu veux... tu peux demeurer ici... Jé dirai aux autres qué tu as oune indigestion...

– Oh non! protesta Cornélia.

Elle n'appréciait guère cette explication prosaïque, qui ne manquerait pas de revenir aux oreilles de Sardi.

– Tu... Tu vas arriver à la réunion en m'excusant et disant que... que...

Elle cherchait désespérément une raison valable à son absence. Mario l'interrompit :

– Tou as reçu oune télégramme et tu as dû rentrer en France cé matin... pour raisons familiales...

– Voilà... c'est ça... c'est bien... c'est très bien...

En disant ces mots, Cornélia fondit à nouveau en larmes.

La journée fut atroce. Elle imaginait sans peine la conférence, le déjeuner des cinq Madison avec Sardi et son grand-père.

Elle alternait entre le désespoir et l'excitation. Tantôt elle regrettait de ne pas s'être faite très belle pour avoir le courage de vivre cette dernière journée avec le visage d'une conquérante, tantôt elle touchait le fond du malheur avec le vieux leitmotiv :

« Avec moi, tout rate ! »

Vers midi, elle se décida à se faufiler jusqu'à sa chambre pour changer de vêtements.

Un mot était glissé sous la porte.

Appelle-moi sans faute à n'importe quelle heure de la nuit au 47.731. Je t'expliquerai tout.

Love.

S.

D'un geste rageur, elle roula le papier en boule.

Love... qu'est-ce que ça signifiait pour lui ? Rien... moins que rien... En plus, il n'avait même pas cru bon de signer son nom en entier... Bien sûr, une initiale était moins compromettante... Monsieur devait craindre que son aventure ne revienne aux oreilles de sa Pamela Rovaya...

Après avoir pris une douche et s'être habillée de sa robe mauve, Cornélia se sentit un peu mieux. La certitude d'avoir pris la bonne solution se confirmait dans son esprit fiévreux.

Elle prépara sa valise. Sûre de ne rencontrer à cette heure-ci personne du groupe, elle descendit dans le hall de l'hôtel.

Le corps retrouvait ses droits. Elle commanda au bar un sandwich, puis elle chercha de la lecture dans un des salons.

Tout en feuilletant avec désœuvrement un indicateur des chemins de fer promettant, aussi bien en anglais qu'en hindi, Jaipur ou Katmandu dans des trains de luxe, Cornélia, ne pouvait s'empêcher de penser.

« Katmandu... voilà où je devrais aller me perdre. »

Elle referma précipitamment la brochure pour s'aplatir derrière le dossier d'un gros fauteuil club.

Ravi Shikra pénétrait dans le hall.

Cornélia le voyait discuter avec un employé de la réception, puis l'ingénieur indien, précédé d'un groom, s'éloigna vers les ascenseurs, Cornélia n'osait bouger de son poste d'observation.

Elle attendit quelques minutes. Ravi Shikra redescendit. Il alla encore parlementer, puis il ressortit de l'hôtel.

Sans se faire remarquer du portier, Cornélia remonta vers sa chambre par l'escalier ouvert à la circulation dans la journée. Rien dans sa chambre n'avait apparemment bougé, mais elle était pourtant sûre que Ravi Shikra s'était fait ouvrir la porte.

Bien décidée à ne pas tomber dans un piège indien pour la dernière nuit, Cornélia déménagea toutes ses affaires dans la chambre de Mario. N'ayant rien d'autre à faire, elle se remit à pleurer, puis elle s'endormit brusquement comme une enfant malheureuse.

Mario la réveilla. Il venait se changer pour le dîner d'adieu. Prisonnière de son mensonge, Cornélia ne pouvait plus revenir sur sa décision.

– Comment ça s'est passé? interrogea-t-elle.
– Très bien...
– On a parlé de moi?
– Oune peu! admit Mario en se rasant.
– Qu'est-ce qu'ont dit les autres?
– Quels autres?
– Eh bien, Léopold, Robin, Guillaume, Mathias...
– Ils n'ont rien dit...
– Comment ça rien dit? s'énerva Cornélia.

– Bé tu sais, on a beaucoup travaillé... Alors, j'ai dit tou es partie... Bon, tou es partie... ils ont dit... Elle est partie...

– C'est tout l'effet que ça leur a fait?

Cornélia était suffoquée de tant d'égoïsme.

« Ah! les hommes! » On l'y reprendrait à se dévouer, soigner cette bande de sans-cœur qui avaient tout le temps mal quelque part.

– Après tout, je me moque pas mal d'eux...! Et personne d'autre n'a demandé après moi? insista Cornélia avec l'illogisme des gens qui veulent fuir tout en souhaitant qu'on les rattrape.

– Non, personne... Tou connais cé genre de conférences, huit heures dé blabla... épouisant... pour un Florentin fatigué... Tchao bambino...

Mario refluait vers la porte avec sa valise à la main.

– Mais où vas-tu, Mario? s'écria Cornélia.

– Ecoute, Bébé, j'ai oune lumbago... oune torticolis et oune crampe dans le plexous... Alors, tu mé donnes ta clef... Jé vais dormir dans ton lit... Tu vas faire de beaux rêves ici... et on sé voit demain matin pour le grand départ. O.K.?

Cornélia dut se rendre aux raisons de l'Italien.

Sous ses dehors fanfarons, il était quand même gentil, Mario.

Du bout des lèvres, elle lui envoya un baiser tandis qu'il refermait la porte.

Une longue soirée commençait pour Cornélia.

Rien n'est plus atroce que de se trouver enfermé dans une chambre d'hôtel impersonnelle, surtout lorsque l'on sait que les autres s'amusent.

Le froid de la solitude vous glace. Les pensées les plus noires vous envahissent.

« Quelle triste façon de quitter l'Inde... »

Cornélia tournait en rond depuis une bonne heure lorsque la sonnerie du téléphone, posé sur la table de nuit, la fit sursauter.

Cornélia hésita d'abord à répondre, puis elle pensa

que Mario seul connaissait sa retraite et qu'il voulait peut-être lui communiquer quelque événement important.

S'asseyant sur le lit, elle décrocha :

– Allô!... allô!...

– Allô! c'est toi Cornélia?

– DANNY... DANNY... hurla Cornélia; où êtes-vous? Où es-tu? corrigea-t-elle aussitôt.

– A Zurich... je voulais de tes nouvelles.

– Et toi, comment vas-tu?

– Ça va à peu près! fit le jeune homme, laconique.

Cornélia s'étonnait d'entendre sa voix à des milliers de kilomètres et pourtant si proche.

– Comment m'as-tu trouvée?

– Ta chambre ne répondait pas, j'ai demandé d'essayer celles des copains. Où es-tu?

– Chez Mario... Enfin nous avons échangé nos chambres, se hâta de dire Cornélia.

– Ah!... C'est bien Delhi?

– Oh! Danny, Danny... je suis si heureuse... si heureuse de t'entendre...

Un silence se fit dans l'appareil.

– Allô!... Danny, tu es toujours là? s'inquiéta Cornélia.

– C'est vrai, tu ne m'as pas oublié? reprit la voix du jeune homme.

– Non... non... gémit Cornélia.

– Je pars pour Paris, je t'attendrai après-demain matin à l'avion...

– Quel bonheur... Je n'en peux plus de ce sale pays... et de tous ces misérables Indiens...

– J'ai hâte de te revoir...

– Moi aussi Danny, j'ai hâte de te revoir...

– Je t'aime, Cornélia...

– Moi aussi, je t'aime, Danny... je t'aime... répéta Cornélia sans l'ombre d'une hésitation.

Elle raccrocha. Son dos se hérissa aussitôt de chair de poule.

– Félicitations! ironisait une voix métallique qu'elle connaissait bien.

Cornélia se retourna, frissonnante.

Adossé au montant de la porte, Sardi la regardait avec son visage de masque romain et glacé.

– Co... comment êtes-vous entré? interrogea-t-elle en se redressant.

– Le plus simplement du monde!

Sardi montrait une clef, probablement donnée par ce traître de Mario ou un employé soudoyé...

– Désolé de cette indiscrétion, bien involontaire... croyez-moi, mais qui m'a permis d'assister à une scène aussi touchante qu'explicite... persifla le jeune homme.

Cornélia répondit du tac au tac :

– En effet... on peut au moins frapper aux portes, mais peut-être ne connaissez-vous pas cet usage de politesse occidentale!

– Nous ne sommes qu'une bande de sept cents millions de misérables sauvages... Vous auriez pu vous en rendre compte plus tôt... Enfin, cela vous fera des souvenirs à raconter en France!

– Des souvenirs folkloriques, du plus haut intérêt ethnologique, avec supercherie, mensonges et lanterne magique, ricana Cornélia.

Sardi serrait les poings pour ne pas lui administrer une gigantesque raclée.

Les lèvres blêmes, il se contenta de s'incliner :

– Je crois que nous nous sommes tout dit...

– A peu près... Mes salutations à Mlle Rovaya...

– Mon bon souvenir à M. Kurzman...

Sur ces mots, Sardi disparut en claquant la porte.

A grandes enjambées furieuses, Sardi regagna la voiture qu'il avait garée devant l'hôtel.

Il ne se sentait pas le courage de rejoindre le groupe Madison dans le restaurant où il les avait laissés.

Soudain, il haïssait tous ces étrangers, orgueilleux,

ne comprenant rien à son pays, s'arrêtant aux détails, jamais contents, critiquant sans cesse et réclamant à cor et à cri leur beefsteak-pommes frites.

Il faisait une vague exception pour Mario, qui avait cru bien agir en lui révélant où était cachée Cornélia, mais maintenant, le cœur ulcéré, il en arrivait à se demander si l'aveu de l'Italien était parti d'un bon sentiment ou s'il ne s'agissait pas d'une mascarade organisée pour se jouer de lui.

« Ce n'est pas comme chez nous », était le refrain de ces Occidentaux arrogants.

Non, l'Inde n'était pas comme chez eux... heureusement... Dire que Sardi avait cru que Cornélia était d'une essence différente, qu'elle était plus fine, plus sensible, qu'elle percevait la magie de son pays...

Etait-il fou ou idiot de s'être, lui Sarvapalli Sardishing, laissé troubler par cette péronnelle, prétentieuse, menteuse, cruelle, aguicheuse avec tous les hommes, au point de se lancer dans ce voyage stupide où il avait perdu son temps à jouer les pilotes-employés modèles... au point de croire aux mots passionnés qu'elle lui avait murmurés, pâmée entre ses bras, la nuit du Bengale... L'imbécile de gourou s'était bien trompé et qu'ils aient vu le Tigre Blanc ensemble n'y changeait rien...

En avait-il connu de ces femmes occidentales, qui s'envoyaient en l'air avec une facilité remarquable, pour le lendemain jouer les prudes et ne même pas reconnaître leur amant d'un soir...

Etait-elle réellement ainsi?

Pourquoi lui avait-elle jeté sur ce ton « Salutations à Mlle Rovaya »?

Etait-ce le dépit?

Pourquoi alors ne lui avait-elle même pas laissé le temps de s'expliquer... de se justifier... Cette pensée de faiblesse le fit grincer des dents...

Se justifier... Il avait envie de l'étrangler, oui! S'il avait seulement pu vivre cent ans plus tôt, il aurait fait fouetter Cornélia comme son ancêtre le rajah n'eût pas manqué d'agir.

Des rêves exquis de la jeune fille attachée aux grilles du palais, criant grâce, passaient devant les yeux de Sardi. Quant aux six Occidentaux, s'il n'avait pas été trop méchant, il les aurait renvoyés ligotés à dos d'éléphant...

Peut-être après tout ne l'avait-il remarquée que parce qu'elle était toujours escortée de six hommes et qu'inconsciemment, Sardi avait envie de supplanter les Occidentaux...

Sardi haussa les épaules. Il était rentré dans son luxueux penthouse dominant la porte de Lahore.

Ce soir, il regrettait d'avoir jeté sa provision de haschisch. Quelques bouffées lui auraient fait du bien, l'auraient aidé à remettre ses pensées en place et à oublier l'affront qu'il venait de recevoir.

Le téléphone sonna.

C'était son grand-père, le président Sarryta, qui lui donnait pour le lendemain matin une mission dont Sardi se serait bien passé...

20

LA VENGEANCE DE CORNÉLIA

Les bagages étaient enregistrés.

Cornélia se laissa tomber sur la banquette du salon d'honneur de l'aéroport.

Etait-elle heureuse et impatiente en arrivant deux jours plus tôt à New Delhi?

Enfin, le cauchemar était terminé.

Dans moins de vingt-quatre heures, elle serait dans les bras de Danny.

A cette pensée, Cornélia se redressa avec nervosité.

– Je vais chercher un magazine! lança-t-elle à la cantonade.

Ses hommes étaient occupés à griller une cigarette, préparer leurs passeports, vérifier le contenu de leurs attaché-cases. Sans même tourner les yeux dans sa direction, ils hochèrent la tête.

La jeune fille soupçonnait Mario de leur en avoir dit plus long qu'elle ne l'aurait désiré. Pour le rendez-vous du départ, lorsqu'elle était apparue ce matin dans le hall en déclarant d'un ton faussement désinvolte : « En fait, j'étais malade mais j'ai demandé à Mario de ne pas vous inquiéter », elle n'avait eu que des réactions assez molles, du genre : « Ça va mieux ?... Eh bien, tant mieux... tant mieux... »

Ravi Shikra était chargé de convoyer les voyageurs. Elle l'avait évité comme la peste.

Assise à l'arrière de la limousine noire entre Mario et Robin, elle avait vu défiler pour la dernière fois, dans un brouillard embué, la capitale indienne.

Quelle était cette douleur inexplicable?... Ce goût amer dans la bouche... cette tristesse à quitter ce pays trop envoûtant où elle ne reviendrait sans doute jamais?...

Cornélia se dirigea vers un stand de presse bien achalandé. Au milieu des nombreuses publications indiennes, elle acheta les inévitables *Match, Jours de France* et *Times* que le voyageur trouve même au fin fond des Fidji.

Il lui restait quelques roupies. Avec désœuvrement, elle regarda les bibelots et breloques d'une vitrine... acheta un petit éléphant, souvenir pour son amie Gwendoline. Tout en parcourant les pages d'un magazine, elle retourna vers le salon d'honneur.

Au moment d'atteindre la porte de ce lieu privilégié, elle ne put réprimer un haut-le-corps. Zigzaguant pour se frayer un chemin au milieu de la foule bigarrée, Sardi se dirigeait, lui aussi, vers la salle d'attente des premières classes. Cornélia se dissimula vivement derrière le montant métallique d'une cabine téléphonique.

Sardi tenait sous le bras un paquet genre « présent de dernière heure » et son visage fermé offrait toutes les caractéristiques d'une humeur de dogue.

Il ne semblait pas avoir aperçu Cornélia. Il passa même si près de sa cachette qu'elle put respirer l'odeur fraîche de son parfum de toilette, puis il s'engouffra derrière la porte du salon d'honneur.

Du geste qui lui était habituel dans les fortes émotions, Cornélia mordit sa lèvre supérieure. Son cœur tapait dans sa poitrine. Jamais elle n'aurait cru que cela faisait si mal de le revoir. Pourtant, après l'horrible séance de la veille, elle souhaitait tout sauf se retrouver en face de cet orgueilleux, insensible, prétentieux, monstrueux enfant gâté, élevant la mauvaise foi à la hauteur d'un temple à Shiva!

Les haut-parleurs annonçaient en anglais le début de l'embarquement pour Paris.

Tremblante d'agitation, Cornélia décida d'attendre le dernier appel pour rejoindre ses compagnons. Elle éviterait ainsi les politesses, discours, blablas, toasts de salon, sans compter qu'avec un peu de chance, Sardi et son âme damnée Ravi Shikra quitteraient probablement les lieux avant le décollage.

Ne sachant trop où tuer le temps, Cornélia reflua vers le seul endroit de l'aéroport où elle était certaine de ne pas retrouver Sardi : les toilettes de dames!

Faisant durer le temps au maximum, elle essayait de retrouver son calme en se lavant les mains, les faisant sécher sous la soufflerie électrique en se brossant les cheveux.

« Je suis idiote... idiote... de me mettre dans un état pareil... ce joli monsieur s'en moque pas mal, lui... »

Tout en tirant avec rage sur ses longues boucles, Cornélia marmonnait.

Le troisième appel pour le départ imminent résonna dans le haut-parleur.

Cornélia était bien obligée de se résoudre à quitter son abri. Elle essaya de refermer posément son sac.

Des cris et des cavalcades retentissaient au-dehors.

Cornélia voulut pousser la porte battante, mais elle émit un faible cri.

Deux visages sardoniques lui barraient la sortie.

– Quelle agréable surprise! ricanèrent les visiteurs en repoussant Cornélia vers le fond des toilettes.

– ... Et je n'ai plus qu'à vous souhaiter un bon voyage, acheva Sardi.

Il avait inconsciemment fait durer les vœux de son grand-père, espérant revoir au dernier moment Cornélia, ne serait-ce que pour le confirmer dans son opinion que « cette fille-là n'était pas intéressante ».

– Au nom de mes collègues et en celui de Madison International, nous remercions Ottar Urissa, son prestigieux président et notre cher ami Sardi, de leur accueil... hospitalité, amabilité, nous prouvant, s'il en était besoin, que nos amis indiens...

C'était le grand Guillaume qui savait répondre avec sa faconde bien française.

Au moment de quitter le salon pour passer la douane, Léopold s'avisa :

– Mais où est Cornélia?

– C'est vrai ça! fit Robin.

– Elle n'est jamais là quand il le faut! ne put s'empêcher de lancer le grand Guillaume, un tantinet agressif.

– Bah! né vous inquiétez pas, elle va nous rétrouver à l'avion! dit Mario.

– Souvenez-vous du départ de Paris! rappela Mathias.

Les cinq hommes ne purent s'empêcher de rire à cette évocation d'un passé si proche.

– Eh bien, adieu! dit Sardi.

Il était soudain plus ému qu'il ne voulait le laisser paraître de quitter ces Occidentaux remplis de défauts, auxquels il s'était finalement attaché.

Il en était de même pour les cinq Madison. Au moment du départ, les divergences s'estompaient pour ne laisser place qu'à la nostalgie de la séparation.

Après leur avoir donné de vigoureux shake-hands à l'occidentale, Sardi et Ravi Shikra s'éloignèrent vers les ascenseurs descendant aux parkings.

Tout en attendant la cabine, Sardi pensait :

« Je suis heureux de ne pas l'avoir revue... C'est bien mieux comme ça... »

Ravi jetait de rapides regards sur le visage sombre de son ami : « Sardi amoureux... je n'aurais jamais cru qu'il y tenait à ce point-là... »

Les deux hommes allaient entrer dans l'ascenseur lorsqu'un cri les cloua sur place.

– CORNÉLIA... CORNÉLIA...

C'étaient Léopold et Mario qui leur couraient après. Pâles, essoufflés, bégayant, les ingénieurs occidentaux leur expliquèrent le drame qui se déroulait au bout de l'aéroport : la police de New Delhi avait cru identifier à la douane le couple maudit d'Auroville.

Ceux-ci s'étaient enfuis pour s'engouffrer dans les toilettes de dames où ils retenaient Cornélia en otage!

Un attroupement entourait le cordon de policiers. Ceux-ci écartaient les curieux sans ménagement.

– Je suis Sarvapalli Sardishing!

Le nom fit miracle. Un policier gradé mit aussitôt Sardi et les cinq Madison au courant de la situation.

Les terroristes réclamaient un avion pour quitter le territoire indien, une somme d'un million de dollars en petites coupures, ainsi que l'assurance de ne pas être attaqués par un commando, sinon ils égorgeaient immédiatement leur otage.

– Je veux entrer! dit Sardi.

– Vous n'y pensez pas! s'écrièrent d'une seule voix Ravi Shikra, le chef de la police et les Occidentaux.

– Il faut aller parlementer! s'obstina le jeune homme.

– Nous le faisons par un téléphone intérieur...

– Ce n'est pas la même chose... je veux... – « la voir » – faillit dire Sardi.

Il se reprit :

– Pour gagner du temps, je vais leur proposer de payer la rançon... et de les piloter moi-même où ils le désirent... J'ai un avion garé dans les hangars privés...

Le chef de la police était tenté par la proposition.

– Evidemment, cela nous permettrait de sortir de l'aéroport, de camoufler des tireurs d'élite sur le terrain...

– J'appelle votre grand-père, mais je vous en prie, faites bien attention, Sardi... chuchota Ravi Shikra, tandis que le policier prévenait les terroristes qu'un homme non armé allait entrer pour parlementer.

Les cinq Madison ne dirent rien, mais leurs regards étaient éloquents. Ils ne pensaient même pas qu'ils avaient raté leur avion pour Paris.

C'était comme si l'Inde magique employait tous ses sortilèges pour retenir de n'importe quelle façon, même la plus terrible, ses visiteurs.

D'une voix forte, Sardi annonçait :

– Me voilà... tout seul !

Il poussa doucement la porte battante.

– Bras en l'air... Ça suffit... N'avance plus... ou ma douce femme tranche la gorge de cette colombe en offrande à ton Vichnou...

Un revolver à la main, Peter palpait Sardi. Le jeune homme avait obtempéré à l'ordre. Il tenait ses mains levées au-dessus de sa tête. Pourtant, Sardi ne regardait pas le monstre, mais ses yeux étaient fixés vers le fond des lavabos où cette gorgone de Sybîlla appliquait sur la gorge de son otage un rasoir effilé.

Sardi aurait voulu étrangler de ses mains les deux sadiques.

Il contemplait le petit visage frémissant de Cornélia.

Sous le danger mortel d'une fin affreuse, ses lèvres tremblaient légèrement, mais ses beaux yeux d'un bleu si profond ne suppliaient pas. Ils avaient même une expression résignée qui terrifia Sardi.

« Courage, mon amour » avait-il envie de hurler.

– Alors, qu'est-ce que tu proposes ? interrogea Peter.

Il pointait son revolver sur Sardi.

– De vous payer la rançon et de vous emmener dans le pays de votre choix...

– Tu n'es pas de la police ? se méfia soudain le dément.

– Non...

– De quoi te mêles-tu ? Pourquoi veux-tu cette fille ?...

– C’est mon affaire... cela ne vous regarde pas...

– Alors, on ne marche pas dans ta combine... Tu nous prends pour des idiots... Pendant que nous discutons, les commandos doivent entrer dans l’aéroport... On sautera peut-être, mais elle avec...

Le désaxé ricanant désignait Cornélia.

– Ce n’est pas par tendresse que je la veux, dit Sardi, soudain inspiré. Elle a volé un objet de grande valeur à ma famille... Elle seule sait où elle a pu le dissimuler... Je vous propose donc une affaire : moi je vous donne l’argent et je vous fais filer à l’étranger. Ensuite, vous me rendez la fille... Le reste me regarde...

– Ne l’écoute pas, Peter, hurla Sybîlla. C’est un piège.

– Tu as raconté tout ça à la police? grommela Peter.

Sardi haussa les épaules :

– Vous devriez être un peu plus malins et comprendre à demi-mot... Au lieu de discuter, vous feriez mieux de vous dépêcher, ils vont s’énerver dehors et donner l’assaut.

Peter plissait les paupières sur ses yeux aux pupilles presque blanches. Soudain, il comprit.

– C’est une histoire de drogue. Elle a dû leur piquer des kilos d’héroïne... Hein! J’ai bien deviné... Allez... on y va, Sybîlla... Où vas-tu nous payer?...

– A l’avion... l’argent arrive... bluffa Sardi.

Par le téléphone intérieur, il avait fait écarter la police et demandé qu’une petite voiture électrique les attende sans chauffeur devant la porte battante.

Sybîlla tenait toujours la lame aiguisée sous le menton de Cornélia. Peter appliquait son revolver sur la tempe de Sardi. Ils sortirent enfin des lavabos dans l’aéroport apparemment déserté.

Les deux terroristes et leurs otages montèrent dans le véhicule.

– Pas d’entourloupe, hein! menaça Peter.

– Nos intérêts sont liés! répondit Sardi d’un ton convaincant.

La police avait ouvert en grand les portes vitrées. Rapidement, la voiture électrique sortit des bâtiments pour gagner, par les pistes, les hangars privés.

Malgré le rasoir qui lui entamait la peau, Cornélia se sentait envahie d'un bonheur ineffable.

« Il risque sa vie pour moi... Il m'aime donc... Il m'aime... »

Un ciel d'azur immaculé brillait au-dessus de Delhi la Rose.

Cornélia savait qu'elle allait mourir... mais une musique enchanteresse montait dans son âme. Ce devait être déjà le chant des anges.

« Mon Dieu, faites que lui s'en sorte... » priait-elle.

L'avion bleu avait été tiré hors des bâtiments.

Comme dans un rêve, Cornélia apercevait, à distance respectueuse, les policiers disséminés çà et là derrière d'autres avions de tourisme ou des remorques.

Un camion-citerne rempli de fuel quittait précipitamment les lieux.

Cornélia crut deviner la tête rousse de Mario et la grosse moustache noire de Guillaume derrière la fenêtre baissée d'un autobus de piste.

Que ses hommes ne soient pas partis l'attendrit.

« Les pauvres, je ne leur attire que des ennuis! » pensa Cornélia.

– On va attendre la rançon à l'intérieur de l'avion! ordonna la voix sifflante de Peter.

C'était exactement ce que souhaitait Sardi.

Tandis qu'il descendait de la voiture électrique, le jeune homme fit un signe discret de la main.

Nerveux de faire rapidement monter leurs otages dans la carlingue, les deux monstres offrirent, un court instant, leurs dos comme cibles aux tireurs d'élite.

Ce fut tellement rapide que Cornélia douta de la réalité. Un double coup sec retentit : comme une poupée de son frappée à la nuque, Sybîlla s'effondra dans un gargouillement. Peter n'avait été touché qu'à l'épaule. Avec un grondement de rage, il pointa son revolver sur Sardi.

Sans réfléchir, d'un élan désespéré, Cornélia se jeta devant le bras du fou pour détourner le coup.

Une lueur d'acier brilla en même temps qu'éclatait une autre détonation.

Il y eut un cri sourd.

Le corps de Peter oscilla, puis il tomba lentement la face contre le ciment de la piste.

Sardi entourait de ses bras Cornélia :

– Chérie, réponds... T'a-t-il blessée?... Mon Dieu, parle! Es-tu blessée?

– Je... je sais pas! murmura Cornélia d'une voix blanche, puis elle s'affaissa contre la poitrine de Sardi.

– Il l'a tuée... il l'a tuée... hurla Sardi avec désespoir.

Les policiers, Ravi Shikra et les cinq Madison accouraient.

Tandis qu'on emmenait les corps agonisants des deux fous criminels, Cornélia ouvrit les yeux.

Elle reprenait connaissance dans les bras de Sardi.

Le visage ardent du jeune homme avait une expression tellement passionnée qu'éblouie elle referma les paupières. De grands frissons la secouaient.

Sardi voulut l'allonger dans l'avion, mais elle s'agrippa à son cou pour resserrer l'étreinte.

– Non... garde-moi Sardi... garde-moi... murmura Cornélia.

– Tu es sûre que tu n'as rien? insista le jeune homme.

Avec effroi, il cherchait sur ses vêtements des traces de sang.

– Non, rien... rien... ils sont morts?

– Presque... N'aie pas peur... Calme-toi...

Cornélia rouvrit ses yeux brillants comme des saphirs. Ravi Shikra et les visages de ses amis étaient maintenant penchés au-dessus d'elle.

– Ouf! Ben dame, ma cocotte, on peut dire que tu fais jamais rrrien comme personne!

Mathias, par ces mots, résumait l'opinion générale.

Le chef de la police s'approchait des jeunes gens.

– Merci, monsieur Sardishing, sans votre aide... Ça va, mademoiselle? Allez-vous pouvoir faire votre déposition?

– Nous venons tout de suite, commissaire... Voulez-vous simplement donner quelques instants à Mlle Dassas pour qu'elle reprenne ses esprits... dit Sardi.

Dans sa lourdeur occidentale, le groupe Madison avait « quand même » compris!

Laissant pour un moment les jeunes gens seuls au monde, les cinq ingénieurs s'éloignèrent avec Ravi Shikra.

Sardi monta dans l'avion bleu.

Après avoir déposé Cornélia sur la banquette du bar, il s'agenouilla près d'elle. Tout en couvrant son visage de baisers, il murmurait :

– Quelle vengeance... Ainsi, tu voulais mourir et me sauver pour me laisser seul avec ces remords... Folle... folle que j'aime comme un idiot... Je n'aime que toi... Ah! non, écoute-moi... J'étais presque décidé de rompre le soir de Calcutta avec Pamela... mais j'hésitais encore... Après notre nuit dans le Sikkim, j'ai tout brusqué. Il m'a fallu faire comprendre la situation à mon grand-père... à ma famille... mais...

Cornélia ne pouvait en entendre davantage. Tout les séparait. Avec un sanglot, elle appuya son visage contre les cheveux noirs de Sardi.

– Mon Dieu, j'avais oublié que je ne suis ni de ta race ni de ta religion... Ta famille...

– Tout cela est vrai, dit gravement Sardi. Mais maintenant, je suis bien obligé... J'ai une dette d'honneur...

Cornélia écarquilla ses yeux que le danger avait rendus encore plus bleus, sans paraître comprendre.

– Je te dois la vie, mon amour... et tu n'auras pas assez de la tienne avec moi pour expier ta faute...

Sur ces mots, Sardi renversa Cornélia dans ses bras. Ils échangèrent un long baiser salé des larmes de Cornélia. Puis, elle se dégagea la première pour murmurer courageusement :

– Moi aussi, je te dois des explications... J'ai des remords... J'ai mal agi avec quelqu'un qui va m'attendre... qui m'attend demain...

Sous le regard brillant de Sardi, Cornélia se troubla davantage.

– J'étais perdue... malheureuse... Je sais, ce n'est pas une raison, mais...

– Nul ne peut rien contre son destin, mon amour. Le tien est de rester ici avec moi... Tu étais Lola la Cruelle... Désormais, je te jure que tu seras Sri l'Heureuse... chuchota Sardi.

Leurs bouches affamées l'une de l'autre se joignirent à nouveau. Avec l'égoïsme des gens heureux, ils ne parvenaient pas à se séparer pour rejoindre, comme ils l'avaient promis, les autres.

Blottie contre Sardi, Cornélia murmura sans conviction :

– Je crois qu'il est temps de retourner sur terre...

Sardi eut un regard amusé vers son poste de pilotage :

– Tu veux que nous soyons seuls? murmura-t-il.

– Oui... pour toujours! soupira Cornélia.

– Ma parrole, ils s'en vont! s'écria Mathias.

Le Canadien désignait du doigt l'avion bleu qui décollait en bout de piste.

– C'est quand même un peu cavalier! ronchonna le grand Guillaume.

– Curieuses façons, ça ne se passerait pas comme ça chez nous! protesta le petit Léopold.

– Ma qué... démain fini la comédie... On sera rentrés! soupira Mario.

– Après tout ce qu'on a fait pour elle... j'avoue que nous plaquer comme ça est assez ingrat... lança Robin, puis il ajouta aussitôt : Et en plus, avec tout le mal qu'on s'est donné je me demande si, à cause du prix du pétrole, Madison signera finalement le contrat Ottar Urissa...

– Ah là là!...

– Il va falloir reprendre le collier...

– Les habitudes!

– Les encombrements!

– Retrouver la pollution!

– Le franc va plonger!

– La livre aussi!

– Le dollar n'est pas tellement mieux...

Ravi Shikra interrompit ce concert de lamentations par un gracieux sourire :

– Connaissez-vous le proverbe du Bengale, messieurs... CREUSE ET TU TROUVERAS LA FORTUNE. MAIS NE PENSE PAS AU TIGRE DES NEIGES. IL VIENDRA TOUT SEUL!

Les Occidentaux se regardèrent avec éloquence.

Jamais ils ne comprendraient la curieuse philosophie et les mystères du caractère indien.

– Moi, je ne crois qu'à ce qui est possible! protesta le grand Guillaume.

Ses compagnons hochèrent la tête.

Avec des soupirs collectifs, traînant les pieds, ils rentrèrent dans un bâtiment de l'aéroport.

ÉPILOGUE

L'ingénieur indien avait terminé son histoire.

Dans le silence qui suivit, à peine troublé par le ronronnement des réacteurs, je le devinais plus ému qu'il ne voulait le laisser paraître par les réminiscences d'un passé encore proche.

Lui aussi avait dû être un peu amoureux de Cornélia.

Quelle diablesse sous ses dehors effarouchés!

J'aurais aimé la connaître, la rencontrer, l'interviewer. Quelle femme ne rêve finalement d'avoir un jour sept hommes à sa dévotion?

Les passagers du Jumbo commençaient à se réveiller. Çà et là, les hôtesses d'Air India rallumaient les petites lumières.

On allait bientôt atterrir à Bombay.

Je lançai un regard vers Ravi Shikra.

L'ingénieur redressait son dossier.

Soudain, j'entendis ma propre voix murmurer :

– C'était quand même un peu dur pour Danny. Moi, monsieur, n'en déplaise à votre orgueil national, je ne sais pas si j'aurais choisi le beau Sardi... car j'aimais bien Danny...

– Cornélia aussi... soupira Ravi Shikra... Vous qui écrivez, madame, je pense que vous pouvez comprendre... Ce n'est pas Cornélia qui a réellement décidé, c'est la destinée...

– Quand même, protestai-je en redressant à mon tour mon dossier. Votre destin a été cruel pour Danny... Je peux l'imaginer attendant l'avion qui devait ramener Cornélia... C'est affreux... Il a dû être désespéré...

– En effet, madame, il l'a été... admit tranquillement mon voisin.

– Le pauvre, il est donc reparti tout seul...

– Non madame... il est retourné à Zurich, mais pas tout seul...

Je pressentis un autre mystère.

– Allons, cher monsieur, avant d'atterrir, ouvrez-moi le dernier tiroir...

Dans la pénombre, l'ingénieur indien souriait. Sa barbe avait légèrement poussé pendant notre « Nuit du Bengale ».

Soudain, Cornélia était très proche, presque entre nous.

Devinant ma curiosité, comme un acteur voulant jouer de la surprise du public, il prit un temps assez long.

– Après avoir quitté l'aéroport de Roissy, Danny se dirigea vers le seul endroit où il pouvait avoir des nouvelles de Cornélia... Symposias 2000... Il y fit la connaissance de Gwendoline, vous vous souvenez, l'amie de Cornélia... « Celle qui réussissait question boulot, mais n'avait jamais eu de chance avec les mecs »... Le lendemain, il retourna la voir...

A chacun de ses voyages à Paris, Danny prit l'habitude de rencontrer Gwendoline... Au début, c'était pour parler de Cornélia, puis ils en parlèrent beaucoup moins et, un jour, Gwendoline repartit avec Danny dans les montagnes helvètes... Je les ai quittés avant-

hier à Zurich où j'avais quelques affaires à régler... Nous avons déjeuné ensemble. Bien sûr, nous avons parlé de Cornélia et Sardi, mais peu... car, finalement, LES GENS HEUREUX N'ONT PAS D'HISTOIRE...

A ces mots souriants, je regardai mieux mon voisin.

Etait-ce mon imagination de romancière, mais son nez droit, sa bouche ferme et son menton modelé évoquaient soudain pour moi un beau masque romain...

Avec mon mari, nous fîmes le même périple que Cornélia et ses hommes...

Je pouvais presque la voir à Goa... Auroville... Pondichéry... Calcutta...

A ma demande, nous prîmes un vol pour le Nord-Bengale, aux confins de l'Himalaya... Sans vouloir l'exprimer, j'espérais rencontrer Cornélia et Sardi...

Nous allâmes un soir au Sikkim... Il n'y avait pas la fête... Je ne pus donc voir le fauve des neiges.

Le gourou existait bien à Gangtok. J'allai frapper chez lui... mais le vieil homme était mort la veille de notre arrivée.

Je cherchai désespérément la maison de Sardi... mais... il y avait tant de hautes portes noires et sculptées... Je demandai partout SARVAPALLI SARDISHINGTTAR URISSA... *mais* SARDISHING... OTTOR URISSA... *mon conteur m'avait, je le compris enfin, donné de faux noms.*

Cela devenait une obsession. Je voulais un signe, une preuve tangible que Sardi et Cornélia avaient existé... vivaient... s'aimaient...

En redescendant à Bagdogra, n'ayant rien trouvé, j'étais complètement découragée.

Nous devions prendre, Edward et moi, un vol pour Delhi.

Au moment où nous nous dirigions vers le Boeing de ligne, je vous jure que c'est vrai..., nous vîmes dans le ciel clair du Bengale... un avion bleu, un de ces petits Lear-Jets, qui, après avoir décrit une gracieuse arabesque, piquait dans un nuage ayant l'étrange forme d'un TIGRE BLANC...

TABLE

Romans d'amour

L'amour: les meilleurs auteurs lui ont consacré leurs plus belles pages.

Demandez à votre libraire le catalogue semestriel gratuit.

ARLEN Leslie

Les Borodine:

1 - Amour et honneur (1226****)
Au siège de Port-Arthur, un journaliste américain tombe amoureux d'Ilona, jeune princesse russe. Inédit.

2 - Guerre et passion (1314****)
Dans ce monde en flammes, les héros s'aiment et se déchirent. Inédit.

3 - Rêves et destin (1364****)
La vengeance des nouveaux maîtres de la Russie va poursuivre les Borodine au delà des frontières de leur pays natal. Inédit.

CARRIÈRE Jean-Claude

Lettres d'amour (1138****)
Les plus belles pages inspirées par l'amour.

DELLY

Les ombres (889**)
Perdue dans une famille sans âme, saura-t-elle reconnaître le véritable amour?

Mitsi (890***)
Blessée dans son honneur, Mitsi pourra-t-elle pardonner à celui qu'elle aime?

L'infidèle (1004*)
La fidélité à une épouse morte peut-elle interdire l'amour?

Les deux crimes de Thècle (1015**)
Au château de Mieulles les haines s'exacerbent jusqu'au drame.

Le fruit mûr (1053*)
Ecrasé par sa mère et sa sœur, pourra-t-il s'épanouir et rencontrer l'amour?

Une misère dorée (1102***)
Une radieuse jeune fille aux prises avec des haines ancestrales dans un manoir autrichien.

La douloureuse victoire (1124**)
Peut-on aimer une femme, alors que Dieu est tout amour?

La lune d'or (2 t. 1136*** et 1137***)
Dans la pampa, des hommes luttent pour punir les crimes d'un mauvais génie.

L'héritage de Cendrillon (1182***)
La méchanceté d'une femme va réduire Magdalena à l'état de Cendrillon.

Comme un conte de fées (1254**)
Un pays enchanté où la vie avec le rêve se confond.

HEAVEN Constance

Le château sous la lune (995***)
A Vienne, Lisa découvre l'amour tandis que naît une révolution.

Marietta (1125***)
Dans ce château d'Ecosse, la mort rôde...

La reine et le gitan (1169****)
Les amours tumultueuses d'Elisabeth Ire d'Angleterre.

Le maître de Ravensley (1242****)
Alyne, aux cheveux d'or clair, est revendiquée par le nouveau maître de Ravensley.

HEYER Georgette

Pour l'amour de Cressy (1352****)
Il est risqué, pour un jumeau, de se faire passer pour son frère auprès de sa fiancée.

HOLT Victoria

L'orgueil du Paon (1063****)
Une tombe qui porte son nom. Quel mystère entoure sa naissance?

Le galop du Diable (1113****)
Une jeune Anglaise prise dans la tourmente de la Révolution française.

La nuit de la septième lune (1160****)
Helena a vécu un rêve; au réveil il ne reste qu'un cauchemar.

Ma rivale, la Reine (1363****)
L'amour va dresser contre Elisabeth Ire sa nièce et dame d'honneur, la belle Lettice.

KAYE M.M.
Pavillons lointains
(2 t. 1307★★★★ et 1308★★★★)
Au temps des Maharadjahs, Juli, princesse indienne, et Ash, le jeune Anglais élevé comme un Hindou, luttent pour leur amour.

KONSALIK Heinz G.
La passion du Dr Bergh (578★★★)
Un grand médecin voit sa carrière menacée par la haine d'une femme.
Docteur Erika Werner (610★★★)
Par amour, elle s'accuse à la place de son amant indigne.
Mourir sous les palmes (655★★★)
Sur une île déserte, deux hommes et une femme soupçonnée de meurtre.
Aimer sous les palmes (686★★)
Père et fils luttent contre le fanatisme des indigènes et la nature déchaînée.
Deux heures pour s'aimer (755★★)
Que faire d'une maîtresse clandestine morte dans vos bras? *(déc. 82)*
L'or du Zephyrus (817★★)
Deux filles et trois garçons s'affrontent lors d'une dramatique chasse au trésor.
Les damnés de la Taïga (939★★★★)
Quatre hommes et deux femmes isolés dans l'immensité de la forêt.
L'homme qui oublia son passé (978★★)
Petit employé hollandais, il se réveille dans la peau d'un écrivain.
L'amour est le plus fort (1030★★★)
A Paris, un peintre sauve Eva du suicide. Pourra-t-elle le sauver à son tour?
La caravane des sables (1084★★★)
Un voyage au pays de la soif, de la peur et de l'inconnu.
Une nuit de magie noire (1130★★)
Un sorcier indigène peut-il guérir leur fils atteint de leucémie?
Le médecin de la tsarine (1185★★)
On murmure que Maria, la tsarine, est un démon déguisé en ange.
Amour cosaque (1294★★★)
A l'époque d'Ivan le Terrible, la passion indomptable d'une jeune Russe durant la conquête de la Sibérie.
Natalia (1382★★★)
Natalia est-elle une meurtrière en fuite ou le fantôme d'une comtesse assassinée jadis?
(déc. 82)

McCULLOUGH Colleen
Les oiseaux se cachent pour mourir
(2 t. 1021★★★★ et 1022★★★★)
L'épopée vécue par Meggie et Ralph au cours de cinquante ans d'aventures et de passions à travers le continent australien.
Tim (1141★★★)
L'histoire d'un amour que la société a condamné par avance.

MYRER Anton
Les derniers jours de l'été
(2 t. 1073★★★★ et 1074★★★)
Peut-on épouser la fille qu'on aime quand on craint d'être son frère?

RUBENS Bernice
Chère inconnue (1158★★)
Une correspondance amoureuse peut déboucher sur la tragédie.

SEGAL Erich
Love story (412★)
Le roman qui a changé l'image de l'amour.
Oliver's story (1059★★)
Jenny morte, Oliver réapprend à vivre.
Un homme, une femme, un enfant
(1247★★)
Un père peut-il introduire dans sa famille ce fils dont il apprend l'existence?

STEEL Danielle
Leur promesse (1075★★★)
Reconnaîtra-t-il sa fiancée à qui la chirurgie esthétique a donné un nouveau visage?
Une saison de passion (1266★★★★)
Kate est déchirée entre son mari infirme et Nick, l'homme de sa vie.

VALENTIN Louis
Les roses de Dublin (1365★★★★)
Il a connu une jeune Irlandaise une nuit; il ne se doute pas que leur fils a maintenant dix ans.

et tous les romans
de Guy des Cars
Barbara Cartland
et Theresa Charles.

SHERWOOD Christopher
Adieu à Berlin (1213***)
Ce livre a inspiré le célèbre film Cabaret.

KEUN Irmgard
Après minuit (1290**)
1936 en Allemagne, Suzanne, dix-huit ans, fuit sa famille et son amour pour échapper à la montée du nazisme.

McCULLOUGH Colleen
Les oiseaux se cachent pour mourir (2 t 1021**** et 1022****)
L'épopée vécue par Meggie et Ralph au cours de cinquante ans d'aventures et de passions à travers le continent australien.
Tim (1141***)
L'histoire d'un amour que la société a condamné par avance.

MORRIS Edita
Les fleurs d'Hiroshima (141*)
Les souvenirs et les secrets des survivants de la bombe.

PAUPERT Jean-Marie
Mère Angoisse (1231***)
La vie d'une femme, d'une épouse, d'une mère.

PEREC Georges
Les choses (259*)
Le bonheur est-il lié aux choses qui peuvent s'acheter?

PERRAULT Gilles
Casanova (1279****)
Le plus célèbre séducteur de son temps, un grand écrivain.

PEYREFITTE Roger
Les amitiés particulières (17***)
Le climat et les illusions troubles de la première adolescence.

REMY Pierre-Jean
Orient-Express (2 t. 1152*** et 1153***)
Séductrices, aventuriers, princes russes voyagent à son bord.

ROY Claude
Victor Hugo, témoin de son siècle (1171****)
Le XIXe siècle décrit par le grand visionnaire.

SAGAN Françoise
Un peu de soleil dans l'eau froide (461**)
Les amours provinciales d'un journaliste parisien survivront-elles à son retour dans la capitale?
Des bleus à l'âme (553*)
Le sel de cette fichue existence, c'est quelque chose de fragile, de précieux, que l'on appelle l'âme.
Un profil perdu (702*)
Prisonnière de l'amour, puis de l'argent, trouvera-t-elle enfin la liberté?
Le lit défait (915***)
La liaison orageuse d'un écrivain et d'une comédienne.
Le sang doré des Borgia (1096**)
Une tragédie historique où se mêlent l'amour, l'argent et le poison.
Le chien couchant (1272**)
Pour exister aux yeux d'une femme, il passera pour un criminel.
Musiques de scènes (1381**)
Comment se faire aimer, comment continuer à l'être, comment rompre? (déc. 82)

SEGAL Erich
Love story (412*)
Le roman qui a changé l'image de l'amour.
Oliver's story (1059**)
Jenny est morte mais Olivier doit réapprendre à vivre.
Un homme, une femme, un enfant (1247**)
Un père peut-il introduire dans sa famille ce fils dont il apprend l'existence?

Editions J'ai Lu, 31, rue de Tournon, 75006 Paris

diffusion
France et étranger : Flammarion, Paris
Suisse : Office du Livre, Fribourg
diffusion exclusive
Canada : Éditions Flammarion Ltée, Montréal

Achevé d'imprimer sur les presses de l'imprimerie Brodard et Taupin
7, Bd Romain-Rolland, Montrouge. Usine de La Flèche,
le 11 octobre 1982
1545-5 Dépôt Légal octobre 1982. ISBN : 2 - 277 - 21375 - 6
Imprimé en France